世界侦探推理名著文库

[美] 厄尔·德尔·比格斯 著

张 辉 周玉军 译

黑骆驼

群众出版社

·北京·

图书在版编目（CIP）数据

黑骆驼／（美）比格斯著；张辉，周玉军译．—北京：群众出版社，2014.9

（世界侦探推理名著文库）

ISBN 978-7-5014-5264-4

Ⅰ.①黑… Ⅱ.①比… ②张… ③周… Ⅲ.①推理小说—美国—现代 Ⅳ.①I712.45

中国版本图书馆CIP数据核字（2014）第177410号

世界侦探推理名著文库

黑骆驼

［美］厄尔·德尔·比格斯 著

张 辉 周玉军 译

出版发行：群众出版社

地　　址：北京市西城区木樨地南里

邮政编码：100038

经　　销：新华书店

印　　刷：北京泰锐印刷有限责任公司

版　　次：2014年9月第1版

印　　次：2014年9月第1次

印　　张：9.125

开　　本：880毫米×1230毫米 1/32

字　　数：205千字

书　　号：ISBN 978-7-5014-5264-4

定　　价：30.00元

网　　址：www.qzcbs.com

电子邮箱：qzcbs@sohu.com

营销中心电话：010-83903254

读者服务部电话（门市）：010-83903257

警官读者俱乐部电话（网购、邮购）：010-83903253

文艺分社电话：010-83903973

本社图书出现印装质量问题，由本社负责退换

总序

阅读经典 收获智慧

于洪笙

在色彩缤纷的世界文学园林里，侦探推理小说是一株盛开着奇异的花朵、分外引人入胜的巨大乔木。《中国大百科全书》“外国文学卷”对“侦探推理小说”这个词条是这样定义的：它是西方通俗文学的一种体裁，与哥特式小说、犯罪小说以及由它们衍生出来的间谍小说、警察小说、悬疑小说同属惊险神秘小说的范畴。侦探推理小说主要描写具有惊人推理、判断能力的人物根据一系列的线索，破解犯罪（多是凶杀）的疑案。它的结构、情节、人物，甚至环境都有一定的格局和程式，因此它也是一种程式文学。

但就是这种文学样式，在自己并不太长的发展历史中，创造出两个奇迹：其一，产生了一个读者不准其死去的文学形象“福尔摩斯”。英国作家柯南·道尔一八八七年在《血字的研究》中创造了他，从此福尔摩斯成为人类智慧的符号并承担起人类“保护神”的重任。这不仅标志着福尔摩斯这个人物形象在文学意义上的不朽，更重要的是在现实生活中世界读者对它的需求，这是从人类文学产生之日起任何文学形象所不能比拟的。其二，产生了一位被称作“侦探小说女王”的作家——阿加莎·克里斯蒂。在她生前，即二十世纪六十年代，她的作品就在一百多个国家发行了四亿多册，仅次于《圣经》。如果考虑到《圣经》的销售主要依赖于悠久的宗教历史和庞大的教会系统作为背景的话，那么克里斯蒂就是世界文学史上最受读者欢迎的作家了。

不朽的人物形象、世界上最高的图书

销售量，均是在侦探推理小说领域创造的。如果我们还不能就此下结论说侦探推理小说是最好的文学样式，那么至少可以说它是最受读者欢迎、极具文学魅力的文学样式。

自一八四一年美国作家爱伦·坡创作《莫格街凶杀案》之后，侦探推理小说便以其曲折的情节、强烈的悬念、严谨的逻辑为表现手段，闪耀着理性的光芒，以智慧文学的形式显示出独有的魅力，在世界文坛上脱颖而出。从此，侦探推理小说便在世界各国拥有广大的读者，有关图书始终占据着国际图书市场销售量的四分之一以上，成为其他文学类图书难以企及的畅销、长销的图书类型。究其原因，侦探推理小说强大的生命力无非是由它的内容和形式所决定的。首先，侦探推理小说的巨大魅力，在内容上与它在审美上的主体意识被读者认可有关。一篇（部）优秀的侦探推理小说，不管故事发生在何国何时，不论篇幅长短，它都不能缺少一位正面人物。

这个正面人物继承的是世界文学传统，如史诗、悲剧中的英雄原型。在这个带有英雄色彩的正面人物即“侦探”身上，体现着人文精神和对人性的优点的描述，如正义、智慧、维护文明秩序，为纠正法制生活中的失衡、偏颇而奋不顾身等。他的主体人格应该是伸张正义、嫉恶如仇、尽忠职守、视死如归。这样一个在社会生活中具有奉献精神、牺牲精神的文学角色被创造者赋予的理想的色彩，是人类在生存、繁衍、发展、进步、创造文明的过程中所必须发扬光大的。正如比利时著名诗人维尔·哈伦所说：“文学的主旋律是对人的肯定和人性的张扬。”因为信仰、理想犹如阳光对于万物，是被人类自己肯定、歌颂的，所以它便具有了永久的魅力。这种理想色彩的魅力，满足着人类对英雄的崇拜需求，也就是人类对自己理想的肯定。

与此同时，侦探推理小说是用故事的载体，反映着人类同自身存在的毒瘤——犯罪的斗争，是人类对自身文明进化过程的不断反思。文明与犯罪，是人类历史进程中的双生子，而人类是必须要前进的，因此，同形形色色的犯罪作斗争，则集中反映着正义与邪恶、文明与贪欲、“真善美”与“假恶丑”的较量，体现着人类对自身理想的坚定捍卫。在这种较量中，文学的真谛得到了阐述。从这个角度讲，侦探推理小说还应在“智慧文学”前面加上“理想文学”。

同时，关于侦探推理小说在文本形式上的魅力，早在二十世纪三十年代，意大利杰出的马克思主义理论家安东尼·葛兰西就做了研究。他写道：“侦探推理小说这类书籍为什么总是令人读得如此入迷？它们能使人们得到什么样的满足？符合怎样的兴致？它们能给予人们什么样的特殊幻美？……阅读时，人们在幻想着‘美丽的’、‘有趣的’冒险，这种冒险应是个人不受约束的主动的精神表现。”

好奇地逗留在事物面前，屏住呼吸并密切地注视它们的奇异性，这是人的特性。

而正是这种好奇心，促使人类产生了区别于动物的伟大的想象功能。想象，这一人类本身所具有的天性，是人类生存、发展和创造文明的需要。正是想象才构成了人类行为中的创造性的基本特征。没有了想象，只知道追求近前的目标，人们就会减弱并失去活力。正是想象，激发着人类走向一个又一个未知的世界。在想象中去探秘，去历险，去体验英雄般的感受，人们这一古老的愿望正是在侦探推理小说中得到了满足。

作为一种智慧文学，侦探推理小说情节的主要框架是解谜，而读者的阅读实质上即是参与分析、判断、推理的解谜过程。对青少年读者来说，这更能激发他们的好奇心及探险、揭秘的心理，进而满足他们想象的乐趣、思索的乐趣、发现的乐趣、参与的乐趣，使他们在阅读的愉悦中不知不觉地进行了思维训练，提高了智能。因此，人们称侦探推理小说是“脑力体操”，这种脑力体操对当今的青少年尤为重要。

日本东京创造力开发研究所所长山上定也先生认为：“推理锻炼可以使头脑聪明，而作为一个现代人，应当及时掌握当代独特的成功利器——信息推理术，并把它和演绎法相结合，这能使你由此及彼、由表及里、举一反三、触类旁通，从而以高超的创造力迎接信息社会的挑战。”这番话倒是从另一个角度回答了孩子们为什么爱读侦探惊险作品的问题。一九九八年，由中国出版工作者协会少儿读物工作委员会和中华读书报社联合进行的“中国的孩子爱读什么书”的调查结果显示，侦探惊险作品超过“卡通漫画”及“寓言童话”，独占鳌头。

基于以上原因，由北京侦探推理文艺协会和群众出版社联合策划，决定推出《世界侦探推理名著文库》这套丛书，作为献给全国热爱这一文学样式的广大读者的一份珍贵的礼物。北京侦探推理文艺协会是我国目前在侦探推理文学研究、创作领域唯一的专业协会；群众出版社则是最早翻译出版《福尔摩斯探案全集》和大量世界侦探推理佳作的全国著名的出版机构，在此样式的出版上声誉卓著。协会与出版社强强联合推出这套丛书，意在从权威的角度向读者推荐世界侦探推理文学领域的泱泱名作，其中包括这一文学样式在一百七十多年发展历程中涌现出的众多流派的巅峰之作。与此同时，对收入本套丛书的每部作品，我们均特邀专家撰写导读文章，发挥他们各自独特的审美才华，对文库收纳的众文本进行阅读上的尽情评点，从而使广大读者更加明白什么叫精彩、什么是名著、悬疑之美是如何形成的……从某种角度上看，我们这种阅读加欣赏、点评的做法是希冀读者在读完文库后能有一个宏观上的史线般的阅读收获，即知晓在世界侦探推理文学领域有哪些优秀的代表作家，那些精彩绝伦的作品为什么能够影响至今。如果这些不是我们的奢望的话，那么丰富的知识信息定会使这些图书成为读者朋友阅读、收藏、研究这一文学样式的最佳文本。

爱因斯坦说过："我们所能有的最美好的经历是对神秘的感悟。它是坚守在真正艺术和真正科学发源地的基本感情。谁要是体验不到它，谁要是不再有好奇心，也不再有惊讶的感觉，那就形同行尸走肉……"让我们放松心情，敞开胸怀，捧上这些充满神秘、惊险、智慧并能引发我们的好奇心的经典之作！让阅读这些作品成为我们人生最美好的经历吧！

（本文作者为中国人民公安大学教授、北京侦探推理文艺协会常务副会长）

导读

东方的智慧

蓝玛

我最早听到陈查理这个名字，大约是在十八年前的秋天。记得是在一次作协搞的笔会上。闲时聊天，老作家中杰英听说我是写侦探小说的，大呼："那你得看陈查理呀！比福尔摩斯棒多了！"随即滔滔不绝地开始述说陈查理怎么好怎么好，口吐莲花。由此，我便记住了一个美国人写的陈查理探案。

第一次看到陈查理探案，得到的是一本没有封皮的破书，讲的是一只鹦鹉的故事。故事果然棒，挑不出毛病。但是，由于这本书太破了，以至于直到许多年后的今天，我才纠正了一个一直没有意识到的错误："陈查理探案”的作者是个地道的美国人——厄尔·德尔·比格斯。在此之前，我一直认为那是一个名叫“陈查理”的华裔作家写的，就如同奎因写“奎因探案”一样。非常可笑。

读到的第二本陈查理探案，便是这本《黑骆驼》。

仅就小说本身而言，能看出作者创作此书是下了大功夫的。无论是情节的设置和人物的刻画，还是故事的布局，统统无懈可击。尤其值得称道的是，作者在那个年代即编织出如此出色的故事，不能不说是个奇迹。如老前辈所说，《黑骆驼》完全可以和柯南·道尔的任何一部侦探小说比肩。

“黑骆驼”是一个绝妙的隐喻，书中谓之“东方的老话”——死亡就是不请自到的黑骆驼，不一定跪在谁家门口。小说以此暗示了好莱坞影星希拉·芬的人生宿命，带有一种不可抗拒的死亡信息。由于希拉·芬被杀，我们的华人大侦探登场了。

他，就是陈查理。

陈查理是夏威夷警署内的一名华人探长，他头脑聪明，屡破奇案，不断挫败各种犯罪团伙和黑色势力，完全是一个正义的化身。陈查理有十一个孩子，用他的话说，每天早上家里就像疯人院一样。老先生与那些孔武有力、说着粗口、依靠拳头加手枪的美国侦探不同，他穿着讲究、彬彬有礼。破案时他从来不带武器，完全是凭借过人的机智化险为夷。不仅如此，陈查理在剖析案件时语言幽默，还常常引用孔子等中国古人的名言。据说当年陈查理式的英语曾在美国广为流传，类似“孔子曰”这样的说法成为美国人争相使用的流行语。

《黑骆驼》的故事发生在夏威夷的一栋漂亮的海边别墅里，一种哥特式风格的诡谲气氛弥漫其间。这个环境既体现了古典侦探小说的独特氛围，又具备了某种好莱坞式的审美特质。围绕着一起三年前的谋杀案，故事自然地展开了。各色人物依次登场，钻石大王、电影导演、男女演员、占卜师、导游、厨师、百万富翁夫妇……经典的侦探小说阵容就这样分布完成了，很快进入案情，希拉·芬被杀……一气呵成，丝毫没有拖泥带水！陈查理迅速进入角色，光彩夺目。

作者就这样把一个东方的智者推到了前台。这个由美国作家于二十世纪二十年代创造的华人新形象，迅速风靡西方世界。陈查理被描绘成“模范少数族裔”，代表正义和善良。据统计，从1926年到1949年，美国有四家电影公司拍摄了四十九部以华人侦探陈查理为主角的系列影片，其时间跨度之长、规模之大，大概只有日后的“007”系列可与之媲美。

《黑骆驼》的魅力当然源于故事本身，但同时更表现在华人大侦探陈查理身上。作者不吝笔墨地渲染了这位华人侦探东方的智慧和过人的观察力，同时表现了他可贵的民族尊严。当死者的管家用侮辱的语言形容那位可怜的华人厨师的时候，陈查理当即告诉对方："他们发明印刷术的时候，大不列颠的绅士们还拿着狼牙棒厮杀呢。请原谅我讲了点儿历史。"

让我们记住本书的作者：厄尔·德尔·比格斯。

（本文作者为中国作协会员、侦探小说作家）

目 录

目 录

第一章
交叉路口的早晨

太平洋是最孤寂的大洋，横穿这波澜起伏的水的沙漠的游客开始感觉到他们的船已迷失在无尽的水天之中。但如果他们是从南海的环礁岛去往加利福尼亚海滨的话，会突然来到一个中途休息站。这样，在这个静寂的七月的晨曦中，“大洋号”上的游客就来到了这里。从海底升起的棕色的雾蒙蒙的山峰，看起来令人难以置信，显得那么不真实。但随着船行渐近，它们越来越清晰，最后翠绿的瓦胡岛就变得清晰可见了。蕴满雨水的暗色云团伏在一条一条的峡谷之中。这一切都令围栏上的游客兴奋不已。

“大洋号”转向航道入口，那儿耸立着戴蒙德角。如果你愿意用那个老掉牙的比喻来形容它的话，可以说它像一头蹲伏欲跃的雄狮。是的，一头蹲伏的雄狮，这个比喻是说得通的。至于跳跃，它还从没有这样的机会。戴蒙德角是一座死火山，已经很久没有喷发过了。

一位女游客站在船右舷甲板的围栏旁，望着怀基基曲折的海滩。在它的正前方，檀香山的白色峭壁掩映在亚洛哈峰之后。这个女人三十出头，容貌靓丽，在从塔希提到这里的酷热无聊的整个旅途中，她一直是其他游客感兴趣的人物。不管她藏身于世界的哪一个遥远的角落，你都会一眼认出她来，因为她就是电影演员希拉·芬，她的名气绝不亚于任何总统或国王。

八年或更久以来，电影经销商一直将她称为“一份巨额财产”，但现在他们开始摇头说：“不行了，她开始走下坡路了。”青春易逝，韶华难留，电影明星们彻夜难眠的时候无不如此默想着。希拉近来一直睡眠不好，她忧伤又有点儿渴望的眼睛看着缠绕着朵朵轻云的坦塔卢斯峰。

听到熟悉的脚步声从身后的甲板上传来，她转过身去。一个高大、健壮、目光敏锐的男子正低头微笑着看着她。

“哦，阿伦，”她说，“早晨感觉如何？”

“只是有点儿焦虑。”他说着走到她身边的栏杆旁。他的脸是那种从未经弧光灯照射过或从未化过妆的，皱纹明显，闪着因热带阳光而形成的古铜色。“旅行结束了，希拉，至少对你来说是这样的。”他把手放在她的手上，接着又说道，“你难过吗？”

她犹豫了一下说：“有点儿难过，我宁愿我们一直不断向前航行。”

“我也是。”他凝视着檀香山，明快的目光中闪露出一个英国人自然会产生的对一个新的港口或码头的兴趣。船在码头入口处停了下来，一艘载着海关人员和医生的汽艇快速开来。

“我想你不会忘记，”那英国人转身面对希拉·芬，“对我来说这并不是旅程的结束。你知道我今夜将离开你，在午夜，还是乘这艘船。当我离开你时，你必须给我一个答案。”

她点了点头说：“你走之前我会告诉你的，我保证。”

他对着她的脸观察了片刻。随着陆地映入眼帘，她发生了明显的变化。

她已经从轮船这个小世界回到了大世界，这个世界对她的宠爱正是她所期待和依赖的。她的目光不再宁静、消沉，而是闪烁着跳跃的光彩，她的小脚也开始不安地敲打着甲板。一种突如其来的恐惧感袭遍了他的全身，他感到可能就要永远失去这个过去几周来他一直在了解并喜爱的女人。

“为什么还要等？”他喊道，“你现在就回答我。”

“不行，不行，”她反对道，“现在不行，等今天晚些时候再说吧。”

她从他肩膀上望过去说：“汽艇上有没有记者来呢？”一个高个子、英俊、没戴帽子、满头金发的年轻人在微风中挥舞着手臂向她跑来。他的热情同这里温和的气候形成了鲜明的对比。

“你好，芬小姐，还记得我吗？在你向南航行路过这儿的时候我们见过面。我是旅游局的吉姆①·布拉德肖，风光宣传员，向你致以夏威夷人最高的问候，这个花环就是证

① “吉姆”是“詹姆斯”的昵称。——译者注

明。”他把一个散发着芬芳的花环戴到了她的颈上。这时，那个她称作阿伦的男人悄悄走开了。

“太谢谢你了。”希拉·芬对他说，“我当然记得你，上次你看到我似乎非常高兴，你现在也是。”

他咧嘴一笑。“我是很开心的，况且这也是我的工作。我是夏威夷门槛外的擦鞋垫，浑身上下写的都是欢迎。我必须保证把我的宣传变成现实，但如果对象是你，请相信我，我就会非常轻松。”他看到她期待地望着他的身后，“啊，真抱歉，所有的记者似乎都在睡乡流连呢，他们都沉睡在椰子林里使人心醉的信风中。告诉我现在情况怎样，我负责把它们在报上登出来。你在塔希提把那个关于南海的巨片拍完了吗？”

“还没有，”她答道，“还剩一部分，准备在檀香山拍。在这儿我们可以住得舒服多了，并且你知道，背景也同样很美——”

“我怎么会不知道？”小伙子喊道，“让我来说吧。异国情调的鲜花开满枝头，笔直葱绿的山峰，晴朗湛蓝的天空，波浪般起伏的白云，不变的热带之梦，并伴有春天般的感觉。怎么样？这是我昨天写的。”

“听起来不错。”芬笑着说。

“芬小姐，你打算在檀香山待一段时间吗？”

她点了点头。“我已经召来了我的工作人员。”她对他说，“他们在海滨为我找了一栋房子。旅馆会把我闷死，而且我也受不了人们总盯着我看。我希望那是一栋大房子——”

“是一栋大房子。”布拉德肖打断她说，“昨天我去了那里，他们把一切都准备好了，正在等你呢！我见到你的男管家了，还有你的秘书朱莉·奥尼尔。提起这事儿，哪一天我还得向你请教呢，你从哪儿找到像她那样的秘书的？”

希拉笑道：“哦，朱莉可不只是个秘书，她几乎像个女儿，虽然这么说不太妥当，因为我们的年纪几乎一样。”

“真一样吗？”小伙子暗自在心里琢磨着。

“朱莉的妈妈是我的好朋友，四年前她去世了，我就把那孩子接到身边。一个人必须时常做点儿好事。”她补充说，眼睛谦虚地看着地板。

“当然应该这样。”布拉德肖附和着说，“如果我们不这么做，我们也就永远不会被选入童子军了。朱莉告诉我你对她非常好——”

“我得到了充分的报偿。”影星对他说，“朱莉是一个非常可爱的孩子。”

“她当然是！”小伙子由衷地说，“如果我带着我的韵律辞典，我可以就在此时此地对她进行精彩的描写。”

希拉·芬突然看着他说：“但是朱莉才到两天——”

“是的，我也是。我去了一趟洛杉矶，回来的时候同她坐同一条船，那是我所有旅程中最美好的一次。你知道——月光，银色的海洋，漂亮的姑娘——”

“这事儿我必须调查调查。”希拉·芬说。

两个游客加入到他们中来。一个脸色困倦消沉，衣着使人联想起好莱坞的林荫大道上的男人，而另一个是二十来岁的时髦女郎。“这位是旅游局的布拉德肖先生。”希拉不得不介绍一下，“这位是在我的新片中担任角色的戴安娜·狄克逊小姐；这位是亨特利·范荷恩先生，我片中的男主角。”

狄克逊小姐欣然说道：“檀香山真是个可爱的地方，每次来这里我们都非常兴奋——这么美丽——”

“算啦，”明星打断她说，“这方面没有人比布拉德肖先生知道的更多了。”

“观点得到赞同我总是很开心，”布拉德肖颔首致意道，“尤其这赞同来自如此迷人的小姐。”

他又对那男人说：“范荷恩先生，我在电影中见过你。”

亨特利·范荷恩嘲讽般地笑着说：“我相信婆罗洲的土著也看过。希拉有没有同你谈过我们最新的影片？”

“只说了很少。”布拉德肖回答说，“演的是一个好角色吧？”

“一直都是好角色。”亨特利·范荷恩说，“我相信我对角色的演绎不会损害影片的前途。如果相反，那么我们的许多一流制片厂就都要关门了。我演一个海边流浪汉，并且我越陷越深——”

“你会的。”女明星点头说。

“我泥足深陷，自己却仍感觉不错，”范荷恩接着说，“不知道你信不信，后来我被救了，被这个未开化、棕色皮肤的孩子的爱彻底拯救了。”

“哪个孩子？”布拉德肖茫然地问道，“哦，你是指芬小姐。嗯，听起来情节非常好，但是别给我讲，别给我讲。”他转过去对女明星说，“你能在夏威夷拍一段时间的片子，我非常高兴，这种事也会使我们旅游局的人非常高兴。我必须走了，船上还有一两个名人，有个人叫阿伦·杰伊斯，他非常有钱。”

“你过来时跟我说话的那个人就是他。”希拉说。

“多谢，我这就去找他。钻石矿——南非——他听起来不错。你知道，我们夏威夷人崇拜艺术，但当金钱出现在港湾时，我们会挥舞彩旗来欢迎。待会儿见，先生、女士们。”

在他离开后，那三个电影演员走到栏杆旁。

“瓦尔来了，”亨特利·范荷恩说，“他浑身上下都带着一股热带劲儿。”

他指的是瓦尔·玛蒂诺——希拉新片的导演，他正快步走来。他身材矮壮，头发灰白，穿一身纯白丝制西装，领带火红，脸部宽大、厚实，脸色几乎同他的领带一样，这表明玛蒂诺先生从来不在乎血压、节食之类的问题。

“你们好，”他说，“我们到了。谢天谢地，塔希提那部分终于拍完了。从现在起我开始拍热带部分，尽管这里已被美国工业毁得差不多了。希拉，刚才同你说话的那个人是记者吗？”

“不是，是旅游局的。”

“我希望你为我们的新影片多说些好话，”他接着说，“你知道我们需要一切可能的广告宣传。”

“哦，别再提那部电影了。”女明星有点儿倦怠地说。

“大洋号”慢慢靠上码头，码头上接船的人少得出乎意料。希拉·芬既有兴致又有些失望地望着这群人。她原指望看到大群穿白衣、拿着庆祝花环的女学生，这情景发生在上次她路过的时候。她不该期望历史重演，况且现在才是早上七点钟。

“朱莉在那儿，”她突然喊道，“在那儿，靠码头那边。她朝我们挥手呢。”她也朝朱莉挥着手。

“她旁边那人是谁？”范荷恩问道，“天哪，似乎是特纳弗罗。”

“正是特纳弗罗。”狄克逊小姐说。

“他来这儿干什么?”男主角疑惑地问。

“是我把他叫来的。”希拉·芬说。

一个穿黑衣服的女人静静地走到她旁边。“什么事，安娜?”

“是海关的人，小姐，他们什么都检查。你最好来一下，他们似乎想同你谈一下。”

“我会同他们谈的。”女明星生硬地说，然后随女仆回到了自己的房间。

“你对此知道多少?”亨特利·范荷恩说道，“她大老远地从好莱坞把那个骗人的算命先生叫来——”

“你说什么！骗子?”狄克逊小姐插嘴道，“特纳弗罗是个神奇的人物。他曾神奇地说出他根本不可能知道的我经历过的事，也预言过我的将来。我做任何事都要他来指点，希拉也是这样。”

玛蒂诺不耐烦地摇着他的大脑袋说：“真是可憎的丑闻，你们大多数好莱坞女人竟如此迷信巫师，告诉他们你们所有的秘密。某一天他们当中的某人若出版了自己的回忆录，那时你们怎么办?几个像我这样的人费尽心力想把电影工业提到一个受人尊重的地位，但是，天哪，这些努力有什么用呢?”

“没用，我的老朋友。”范荷恩看着那个高瘦的算命先生说，“可怜的希拉，不过这种信任也有其感人的地方。我猜想她是想问特纳弗罗，她是否应嫁给阿伦·杰伊斯。”

“当然是这样，”狄克逊小姐点头说，“她想知道同他在一起是否会幸福。在杰伊斯向她求婚的第二天她就给特纳弗罗发了电报，为什么不呢？婚姻可是人生大事。”

玛蒂诺耸了耸肩：“其实只要她问我，我就可以很快指出她的未来。她的电影生涯即将结束，并且她也应该知道这一点。她的合约还有六个月到期，而我碰巧知道——你们明白，千万别说出去——合同不会续签。我可以预见到她还会乘船到遥远的国外去拍一部影片，这是事业终结的开始。她最好能在这个钻石大王改变心意之前把他抓牢，但是她却偏把时间耗在一个见不得人的水晶球占卜师身上。不过你们这种人就是这样，永远不会成熟起来。”他说完就走开了。

入港的手续很快就办完了，“大洋号”在码头靠了岸。希拉·芬第一个走下扶梯，投入她的女秘书迫不及待的臂膀中。朱莉年轻、纯真，她的欢乐是发自内心的。

“房子全部准备好了，希拉，房子棒极了。杰西普也在那儿，我们还找到了一个像魔术师一样的华人厨师。轿车在前面等你呢。”

“好极了，亲爱的。”

女明星抬起头，注视着站在朱莉身旁的男人那深陷的黑色眼睛：“特纳弗罗，见到你在这儿我就放心了，我相信你肯定会来的。”

“你可以永远信赖我。”占卜师郑重地说。

码头上迎接的人的喧闹和嘈杂弥补了其数量的不足。看到女仆安娜拿着不计其数的大包小裹，特纳弗罗就走过去帮一把手。

阿伦·杰伊斯和布拉德肖走了过来。布拉德肖和朱莉打了招呼，他的热乎劲儿就好像他是来自遥远的地方、经过艰难的旅程一般。杰伊斯快步走到希拉身边。

“我肯定会急死，”他说，“今天下午——我能来吗?”

“当然啦，”她点头说，“哦，这是朱莉，我跟你说过她。朱莉，请告诉他我们房子的号码。我们在格兰特大酒店后面，卡拉卡纳路上。”

朱莉告诉了他，然后他转过身对希拉说：“我不会让你——”

“等一下，”影星打断他说，“我想给你介绍一下我的一个从好莱坞来的老朋友。特纳弗罗，请你过来一下好吗?”

占卜师把几个包裹递给了希拉的司机，马上走了过来。杰伊斯有点儿惊异地看着他。

“特纳弗罗，这位是阿伦·杰伊斯。”明星介绍说。

他们握了握手。“很高兴认识你。”英国人说。当他注视这个人的面孔的时候，突然感觉一种憎恶感涌上心头。从那里他看到了一种力量，不是那种他自己也有的肌体的力量，而是一种更细致、神秘、难以言表的奇怪的令人不安的力量。“对不起，我必须得走了。”他接着说。

他消失在人群中。朱莉带着他们来到了等候的轿车旁。特纳弗罗住在格兰特大酒店，希拉提议送他一程。

轿车行驶在檀香山的大街上，天空一片湛蓝。这城市又迎来了悠闲的一天。不同种族的人开始慢悠悠地起来活动了。在国王大街的一角，一个男孩儿向他们卖早报，一个棕色皮肤的胖警察懒洋洋地做了一个手势让他们开过去。像所有刚刚下船来到这个港口的游客一样，明快的天空和缤纷的色彩使希拉·芬感到眼花缭乱。

“哦，这儿真让人感到舒服。”她喊道，“我以前待在这儿从没超过一天时间。从南海出来真让人轻松。”

“但那个地方不是很浪漫吗?”朱莉问道。

“我不会去破坏年轻人美好的想象,”明星耸了耸肩说,“但只要我活着,就别跟我提‘塔希提’这个词。”

“跟书中所说不太一样。”特纳弗罗点头说道。他就坐在希拉身旁。在这个明亮的世界里,他依旧显得那么神秘:“很久以前我就亲身体会到了这一点。你要在这儿待上一段时间,对吧?”

“一个月吧,希望如此。”明星回答说,“再拍一两周片子,然后,我相信还会有两周休息时间,我太需要休息了,特纳弗罗,我太累了,太累了。”

“这你不用告诉我,”他说,“我有眼睛。”

他确实有一双不同寻常的眼睛——冷峻、锐利、使人心慌。轿车快速驶过老皇家广场和司法大楼,拐上了卡拉卡纳路。

“你能过来真好。”希拉对他说。

“这不算什么。”他淡淡地说,“收到你的电报的第二天我就出发了,我也该有个假期了。你知道,我的工作并不是真的很轻闲,但你说你需要我,对我来说这就足够了。”

朱莉开始讲岛上的风土人情:怀基基温柔的海水,紫色夜晚中使人心醉的当地音乐,街道上充满异国风情的露天表演……

“所有这些,”希拉笑着说,“听起来都像詹姆斯·布拉德肖充满诗情画意的描述一样。”

朱莉笑了起来:“是的,我想我是在引用他的话。你见到他了吗,希拉?”

“见到了。”明星点头说。

“他真不错，”朱莉对她说，“尤其是当他宣传推销的时候。”

巨大的棕榈树后闪出了格兰特大酒店的粉红色围墙。希拉叫司机把车开进大门，停下来。

“我必须尽快同你谈一谈，”她对特纳弗罗说，“我有许多事情得问你的意见，你知道——”

他把瘦长的手举起来笑着说：“别对我讲，让我来对你讲。”

她有点儿吃惊地扫了他一眼：“哦——当然，我需要你的建议，特纳弗罗。你必须再帮我一次，就像你以前帮我许多次一样。”

他郑重地点头说道：“我尽力而为，成功与否，谁能说得清呢？十一点的时候到我房间来，我的房间号是十九，在二层。进门处酒店总台左首有一段楼梯通往我那一层的走廊，我会等你的。”

“好的，好的，”她的声音有些颤抖，“我必须今天解决这个问题，我会去的。”

特纳弗罗在酒店的台阶上向他们鞠躬告别。当车开动的时候，希拉注意到朱莉年轻、坦诚的眼睛注视他的时候带有一种近乎鄙视的责备之意。

酒店领班扯了一下特纳弗罗的衣袖说：“对不起，先生，这个人等着见你。”

占卜师转过身看到一个很胖的华人以异常轻盈的脚步朝他走来，那个华人黑色的眼睛混浊不清、睡意蒙眬。一个不太聪明的华人，特纳弗罗心中想到，但猜不透这个人的拜访预示着什么。

这个东方人把一只手放到自己宽厚的胸膛上，他的腰围并没有妨碍他深深地鞠躬。

“一千个对不起，”他说道，“请问你是否是尊贵的特纳弗罗阁下？”

“我就是。”特纳弗罗粗鲁地说，“有什么事吗？”

“请先允许我自我介绍一下，”华人接着说，“我的名字是邢哈里，是岛上一个微不足道的商人。如果我说我想和你单独谈一谈，这要求是否太过分呢？”

特纳弗罗耸耸肩说：“为什么呢？”

“事情很紧急，可以的话——你的房间在——”

占卜师盯着那似乎不存在生命的呆板面孔瞧了一会儿，终于让步了，他说：“跟我来。”他从服务台要来钥匙，朝房间走去。

一走进十九号房间，他立即转身面对这个从后面悄无声息地跟过来的不速之客。客厅的窗帘被拉开到最宽的程度，屋里非常明亮。出于习惯性的考虑，特纳弗罗选择了酒店靠山一侧的房间。从库罗山吹进的阵阵凉风掀动了桌子上的纸。

那华人仍然毫无表情，即使是在占卜师锐利的目光凝视之下。

“说吧，什么事？”特纳弗罗问。

“特纳弗罗先生，”邢哈里以一种恭敬的口气一板一眼地说，“在好莱坞的人中，你的揭开神秘面纱透视未来的能力有着崇高的声望。他们说，漆黑的未来世界在你眼中就像玻璃一样透明。请允许我补充说明，这种声望如影随形地伴你来到了夏威夷，大街小巷都在议论你神秘的能力。”

“是吗？”特纳弗罗简短地说，“那又怎么样？”

“我是，正如我所说，是对每一个人——除了我自己之外——来说都微不足道的小商人。现在我坦诚地跟你说，我遇到了一个机会，我现在可以把我的生意同我在北方的一个堂兄的生意合并，前途似乎一片光明，但我却犹豫不决。合并究竟能否成功？我的堂兄是否像我一样是个值得信赖的人呢？我能信任他吗？简单点儿说，我希望能揭开未来的黑纱，而你正是能够做到这一点的人，我为此准备了丰厚的酬金。”

特纳弗罗眯起了眼睛，凝神盯了这个意外来客好半天。那华人像一尊佛像一般一动不动地等着，手插在裤兜中，上衣敞怀甩到身后。占卜师的目光在对方马甲的钢笔口袋下方停了一会儿。

突然，他以一种坚定的口吻说：“不行，我到此地是来度假的，不是来工作的。”

“但有人说，”华人反驳道，“你已经为别人用水晶球看过——”

特纳弗罗打断他说：“只给一两个饭店的经理看过，那是表示友好，而且我也没收费，我不会为大众做这种事的。”

邢哈里耸了耸肩说：“如果是这样的话，我就太失望了。”

占卜师的脸上掠过一丝深沉的笑意。“请坐，”他说，“我在中国待过一段时间，我知道中国人对占卜师有浓厚的兴趣，所以你跟我说找我算命，我刚才竟信以为真。”

来访者皱眉说：“我不明白你是什么意思。”

依旧面带微笑的特纳弗罗坐在一把面对这个东方人的椅子上。“是的，邢——哈——里先生，刚才我相信了你，暂时被你骗了过去，然而我的小小的天赋帮我弄明白了真相。

谢谢你提到了我的成功。我成功了，为什么？因为我碰巧有通灵能力，邢先生——”

“华人也有通灵能力。”

“等一下，刚才我站在那儿听你说话时，突然产生了一种心灵感应。我有一种感觉，这感觉究竟是什么呢？我似乎看到了坐在警察局中发誓履行法律职责的警察，看到了追捕罪犯并最终将他们抓获的警探。然后，我看到了正义的法庭和一位所谓的资深的法官。我的朋友，这就是我刚才感觉到的，很惊人，对不对？”

他的访客的表情有些不自然，黑色的小眼睛里闪着敬佩的目光。

“对你来说此举确实是惊人的聪明，但我却不认为这是什么心灵感应。刚才我看到你在看我马甲上警徽被摘掉的地方时，有一种洞悉一切的表情，警徽的别针留下了难以去掉的痕迹。你本身就是一流的侦探，祝贺你。”

特纳弗罗仰起头笑道：“猜中了，你确实是个警探，那么该称呼你——”

“我叫陈查理，”这个矮壮的华人张着大嘴笑着说，“檀香山的陈探长，以前是巡警，但最近本地警察局人事调整，可我的功绩远远配不上我的升迁。对于刚才这么轻易就露馅儿的小诡计，我必须为自己说句公道话，这并不是我的主意。我跟局长说过，除非你是个大傻瓜，否则此计根本行不通。既然你比想象得还聪明，那么计策自然就失败了。此举并无恶意，我只想提醒你注意，根据本地法律，你这样的人未经允许不得从事神秘的活动。你是聪明人，我不必多说了，这就告辞。”

特纳弗罗也站起来说道：“我是不会在本地居民中从事此种活动的。”他已放下了那种专为影星们营造紧张神秘气氛的架势，取而代之的是挺有人情味的态度，“探长先生，很高兴能见到你，你说我具有侦探本领，可以自信地说，那对我的工作很有用处。”

“一定是的，”陈说，“但你这样的本领应用来为公众服务。洛杉矶经常有发生谋杀案的报道，但却没能侦破，对所有这些案件我都非常感兴趣。令人惊心动魄的泰勒一案至今仍是迷案，还有著名演员丹尼·梅若晚上在家中被杀一案，多少年了——三年多了——洛杉矶警方仍未给丹尼·梅若报仇。”

“而且永远也不会。”占卜师接着说，“不，探长先生，那与我的工作无关。我觉得还是藏身未来、对好莱坞的过去不要张扬更安全。”

“这不失为明智之举，”陈说，“但不管怎样，当如此麻烦的迷案出现时，若能有你的帮助，我会非常高兴的。再见了，特纳弗罗先生，你的才智给我留下了深刻的印象。”

他静静地闪身走了出去。特纳弗罗看了看表，然后神情轻松地把一张小桌子摆在了屋子中间，然后又从一张桌子的抽屉里取出一块闪亮的水晶，把它放在了桌子上。他走到窗前，把窗帘拉到几乎合上，大部分明亮的阳光都被挡在了窗外。环顾了一下黑暗的房间，他不禁耸了耸肩。这里的布置虽逊于他在洛杉矶的工作室，但还算差强人意。在窗边坐下，他从兜中掏出一个大信封，撕开封口，读了起来。由于强大的信风的吹动，窗帘在他的头上翻来卷去。

十一点时，希拉·芬准时来到他的房间。他把她引至客厅。她身穿白色长袍，看起来比在码头上显得年轻，但眼中却罩着一片愁云。特纳弗罗的举止现在又是职业化的了，他显得冷漠、疏远、淡然。他让她坐在水晶后面，然后把窗帘全部拉上，屋内一片漆黑。

“特纳弗罗，你必须告诉我怎样做。”她说道。他在她对面坐了下来。

“等一下。”他命令说，凝目看着那块水晶，“我看见你在一个明月当空的夜晚站在一艘轮船甲板上的栏杆旁，你穿着一身颜色正好与头发相配的金色晚礼服，肩上披着同样颜色的披巾。一个男人站在你的身旁，他用手指了指，然后递给你一架望远镜。你把望远镜举到眼前，看到了帕皮提那边的最后一抹余晖，而你正是几个小时前从那个港口出发的。”

“是的，是的，”希拉·芬喃喃地说，“哦，特纳弗罗，你怎么知道的?”

“那男人转过身，我看不太清楚他，但我能认出他。他就是今天在码头上的那个阿伦·杰伊斯，这是他的名字吗?他问你一个问题——可能是关于婚姻方面的——但你摇了摇头，有些不情愿。你想同意，但却没有同意，你说再等等看，为什么呢？我感受到你爱这个男人。”

“我爱他，”明星喊道，“哦，特纳弗罗，我确实爱他。我在帕皮提认识他——但在那种地方——晚上第一次出去——正如你所说——他向我求婚。我还没明确回复他，我想同意——过点儿快乐的日子——这是我应得的，我想。但我——担心——”

他那锐利的眼睛从水晶上抬了起来：“你害怕过去的某些事，你怕它会一直随着你——”

“不，不。”那女人喊道。

“发生在很久以前的一件事。”

“不，不，那不是真的。”

“你骗不了我，多久以前？我不能太确定，但我必须知道。”

信风轻拂着窗帘，希拉·芬的眼睛无助地扫视着这黑暗的房间，然后又回到了特纳弗罗的眼睛上。

“多久以前？”那男人追问道。

她叹息道：“三年前的上个月。”她的声音非常低，以至于他不得不侧耳倾听。

他沉默了一会儿，心思飞速旋转。六月——三年前，他凝视着水晶，嘴唇轻动。“丹尼·梅若，”他轻声说，“关于丹尼·梅若，啊，是的，我看见了。”

风把窗帘吹开，一道耀眼的阳光射在希拉·芬脸上，她凝视的眼神中充满了惊惧。

“我不该来。”她呻吟道。

“关于丹尼·梅若的什么事？”特纳弗罗无情地逼问，“是我告诉你，还是你告诉我？”

她指了指窗户说：“阳台，那边有一个阳台。”

像哄孩子一样，他站起身看了看外面。他回到桌旁说：“是的，那儿有一个阳台，但上面没人。”

他再次坐下，大胆威严的目光盯着她的眼睛。她被降伏了，并且完全感到无助。

“现在开始吧。”特纳弗罗说。

第二章　海滨的房子

短暂的黄昏之后，神秘的夜幕降临了。在如火炬一般的月亮升入紫色的夜穹之前，人的听觉变得极其敏锐。黑暗遮住了棕榈树，但仍可以听到风中树叶的婆娑之声。已看不见波涛前端的白线，但它们似乎更加用力地拍打着海岸。这是一个迷人而令人敬畏的夜晚，但只是太短暂了，因为月亮早就等待着升起了。

希拉·芬在怀基基海滨租的房子的大客厅里只开着一盏落地灯。墙壁、家具、地板都以热带稀有木材镶嵌装饰，屋中各处都有来自异国的绿色植物。朝街的落地长窗是关着的，但朝着大海并通往装着窗子的一个大门廊的窗户是开着的，从那儿传来有规律的涛声。

希拉·芬来到屋里，不安地快步来回走着，眼含忧虑，甚至是惊恐。自从她在格兰特大酒店见过特纳弗罗回来之后，表情一直如此。她都做了什么？她反复问自己。她都干了什么？这邪恶的人究竟有什么神秘力量能如此轻易地让她把本以为已永远埋在心底的往事吐露出来？一旦从他的影响下摆脱出来，她就开始震惊于自己的轻率，但悔之晚矣。

以一种对灯光的准确的直觉，她坐在了屋中唯一的灯下。从很久以前她像火箭般在好莱坞电影界异军突起开始，她就生活在镁光灯下。但现在灯光对她来说已不太友善，对她那似乎要化作火焰的头发也许还可以，却不太关照她眼角的皱纹和紧绷的小嘴。不知她自己有没有意识到，她已经比大多数明星拥有更久的辉煌了，她现在必须忍受孤独，并且快速地走向黑暗。

管家杰西普——一个也认为好莱坞是块福地的瘦削的上了年纪的英国人——走了进来。他拿着一个鲜花盒，希拉·芬抬起了头。

“哦，杰西普，朱莉小姐有没有告诉你晚宴是在八点半开始?”

“我知道了，小姐。”他严肃地说。

“几个年轻人晚饭前想去游泳，布拉德肖先生就是一个，你可以带他去男寝室更衣。洗澡间又黑又脏，需要清洗，朱莉小姐和戴安娜小姐会在自己的房间换衣服。”

杰西普点了点头。这时朱莉走了进来，她穿着休闲服，脸上丝毫没有化妆。她兴奋、高兴、年轻，这让影星的心中掠过一丝嫉妒。

“别担心，希拉，”朱莉说，“杰西普和我已经计划好了一切。像你以前所有的晚会一样——棒极了。那是什么？杰西普，鲜花？”

“给芬小姐的。”管家解释说，把鲜花递给朱莉，离开了房间。

希拉·芬皱着眉头环顾四周：“朱莉，我一直在想，在这种地方我在晚会上可怎么入场呢？要有一个阳台或者一大段台阶就好了。”

朱莉笑着说：“你可以从门廊中突然出来，装模作样地弹一把尤克里里琴，唱着夏威夷民歌。”

明星把她的话当真了，说道：“不行，亲爱的，那样我就会在同客人一样的高度进入房间，而这样做的效果从来都不好。要给大家一个好印象，必须从一个高处突然现身。一定要记住这一点，亲爱的。现在，在好莱坞——”

姑娘耸了耸肩说：“哦，希拉，这一回就自然点儿进屋吧，你知道，新奇感很重要的。”说着她已解开了绑盒子的丝带，打开了盖子。“太可爱了，”她喊道，“是兰花，希拉。”

明星不感兴趣地转过头，兰花在她的生命中毫不稀奇。“阿伦不错。”她没精打采地说。

但朱莉摇头说：“不，这花显然不是杰伊斯先生送的。”她念着卡片上的字，“‘满怀着爱——一个被你遗忘了的人’，这能是谁呢，希拉？”

“谁都可能是。”明星若有所思地微笑着说，突然感兴趣地站起身，“让我看一下卡片，”她瞧了一眼卡片，“‘满怀着爱’——”她的眼睛若有所悟地亮了起来，“啊，这是鲍勃的笔迹。我亲爱的老鲍勃！想象一下——满怀着爱——事隔这么多年！”

“鲍勃?”姑娘问道。

希拉点头说:“鲍勃·菲佛——我第一个也是唯一的丈夫，亲爱的。你从来没见过他，那已经是很久以前的事儿了。那时我还是个孩子，在纽约一家音乐剧团工作。鲍勃是一名演员，一名正式演员，也是非常好的一个。我那时非常喜欢他，但后来我到了好莱坞，再后来我们就离婚了。而现在，仍是‘满怀着爱’，这能是真的吗?”

“他在檀香山做什么呢?”朱莉问道。

“在剧团演出，”希拉回答说，“他是此地一些剧院的男主角。今天早上我给丽达·贝罗打电话时，她都告诉我了。”她拿起兰花，“我今晚要把这些兰花戴上。”她说，“我从没梦想过他会再同我联系，我太感动了，我想跟他再见一面。”她的脸上掠过一阵若有所思的表情，“我要马上见他，他一直是那么善良、聪明。现在几点了?哦，是——”她看了看手腕上的手表说，“七点二十分，那个剧院的名字是什么呢?丽达告诉过我，我想她说的是皇家——”

门铃声清脆地响了起来，大厅中传来一阵轻快的说话声。吉米①·布拉德肖掀起门帘快步走了进来，他看起来很高兴。

“大家都到了，”他喊道，“所有真正重要的人都到了。好了，芬小姐，请你说说，这里轻轻松松、自由自在、棕榈成行的海滩与温暖的南部海洋比起来，感觉如何呢?”

“感觉真是好极了!”希拉笑着说，接着朝朱莉点点头说，“我一会儿就回来，我去给这些花找一枚饰针。”

她消失在大厅中，布拉德肖立刻转身面对朱莉。

---

① “吉米”也是“詹姆斯”的昵称。——译者注

“你看起来棒极了,”他喊道,“我的意思是说有气候的作用,并不是说你原先看起来不好——”

“告诉我,”她打断他说,“你感觉希拉这人怎么样?”

“希拉?”他停了一下说,“哦,她还可以,挺可爱、挺友善的,但有点儿做作。她是个好演员,台上台下都是。过去两年中我所见过的电影明星多得足够我自己开一个好莱坞了,但我还是那句话,我敢打赌,你比他们都强。”

“你并不真正了解希拉。”姑娘反驳说。

“是的,我想我不了解她。她对你一向不错,这一点我还是很清楚的。我欣赏的女性是——我曾在这方面仔细地观察过——”

“哦,是吗?”

“我心中的理想女性——我很高兴你能问我——是非常与众不同的类型。当然是可爱、年轻、纯真、真诚,并且真心地喜欢我,这——我句句是真话——就是我心目中的姑娘。”

戴安娜突然从门帘后走了进来,她仍然穿着下午的长袍。

“你好,小伙子,”她说,“准备好同我一起游泳了吗?”

“当然了,”布拉德肖回答说,“还有其他人想和咱们一起游泳吗?”他又看着朱莉说,“咱们走吧,我想最好赶在月亮升起之前游。有别人去吗?还是就咱们三个人?”

朱莉摇了摇头:“我看没有别人了,其他人害怕水把化好的妆浸坏了。”

“这就是年轻人的优势之一,”小伙子说,“好吧,咱们走吧。”

希拉走了进来,肩上戴着兰花。

“我们就要去世界闻名的怀基基海水中游泳了，”吉米问她，“你不去吗？”

“改日吧！”她说，“你知道，我今晚可是女主人啊！”

布拉德肖郑重其事地说：“你会错过一生中少有的快乐时光。丝绸般的海浪拍打着珊瑚沙滩，还有黑暗的、布满群星的天空，也许还会看到可爱的色彩艳丽的彩虹。旧金山和洛杉矶每周都有船来此一次，任何人都付得起票价。”

门铃又响起来，年轻人同希拉一同走进大厅。

“拿着你的衣服，”朱莉对小伙子说，“我告诉你在哪儿换衣服。咱们比赛，最先进水的人有奖。”

“我肯定赢，”布拉德肖说，“而且我要给这个奖命名。”他们嘻嘻哈哈地走上了楼梯。

门铃再次响起。希拉就在门边，却没有开门，她认为开门迎客这种事有损明星的身份。她回到客厅等着杰西普去开门。一会儿，杰西普把两位新客人带入客厅，希拉走上前迎接他们——一位是肤色黝黑、未老先衰的三十岁左右的妇人，后面跟着一位显得很专横的身材高大的金发男子。

“丽达·贝罗，”明星喊道，“好久不见了。你好，威尔吉，我真开心。”

“你好，亲爱的。”那个叫丽达的女人说。

那男人走上前说：“我说，希拉，晚会几点开始？”

“八点半，不过没关系——”

威尔吉·贝罗转身对他妻子说：“天哪，你就永远办不好一件事吗？”

“这有什么呢？”那女人说，“在其他人到来之前，我们可以和希拉聊聊天。”她转身对明星说，“真遗憾，上次你经过时没见到你，我们那时在大陆。”

“谢天谢地，这次总算见着了。”威尔吉·贝罗接着说，“天哪，你还是这么漂亮。”

“你是怎么保持青春的?”丽达甜甜地问道，她那看着希拉的冰冷的眼睛闪着嫉妒的绿光。

“她肯定是找到了驻颜的秘方。”威尔吉羡慕地说。

“但我却一直听人说这秘方是在夏威夷。”明星笑着说。她的眼睛狠狠地盯着丽达，那眼神给她的话加了一个注解：但是它不在这里。

丽达明白她眼神的含意，她深沉地说：“根本不是。那秘方是在好莱坞的美女商店里，你知道在哪儿。在我们这儿，女人衰老得很快。”

“胡扯。”希拉反驳说。

“不过，确实是这样。哦，我太后悔了，可是一切都晚了，我本应待在好莱坞继续发展我的事业。”

“但是，亲爱的，跟威尔吉生活在一起一定很开心吧?”

“当然了，跟牙痛差不多。”

威尔吉耸着肩说：“别听她的，希拉，我们一路吵到这里，你知道她的神经有毛病。”

“是那么回事吗?”他的妻子说，“我想谁有你这样的丈夫也会发神经的。老实讲，希拉，他比莎士比亚更有想象力，如果他不是种甜菜的而是写剧本的。哦，别介意我们说笑。跟我讲讲好莱坞，我愿意重新体验过去。”

“我要在这儿待上一段时间，我们会有许多机会聊天的。”希拉说，“有几个人晚餐前去游泳，你们想一起去吗?”

丽达举起一只手放在精巧的发型上，耸了耸肩说：“我可不去，我非常讨厌游泳，甚至一看见浴缸就恶心。亲爱的，你不明白，我们结婚三年来就住在檀香山，这儿的人都像鱼一样，他们在陆地上反而喘不上来气。”

他们听到又有人进了大厅，接着阿伦·杰伊斯走进了房间，一身晚礼服使他显得英俊挺拔。一见到他，希拉的心突然沉了下去。当她向贝罗夫妇介绍杰伊斯时，朱莉和吉米·布拉德肖冲了进来，泳装外套着颜色鲜艳的沙滩长袍。他们很明显不愿停下来与大家寒暄。

“狄克逊小姐呢?”布拉德肖问，“她先出去了吧?”

“胡说，”朱莉喊道，“戴安娜最磨蹭了，她总是那样。”

“看来比赛只能在咱们俩中间进行了。”说完他就从开着的窗户冲到了门廊上，朱莉紧随其后。

“多英俊的小伙子!”丽达说，“他叫什么名字?”

希拉介绍了布拉德肖，丽达站起身说：“咱们都到海滩上去吧!”

“海滩?穿着高跟鞋?”威尔吉反诘道。

“我不可以把它们脱掉吗?”丽达边说边向窗户走去。

“去吧!”明星说，“我们随后就到。”

丽达走了出去。

威尔吉极不情愿地把他那笨重的身躯从椅子上抬了起来。“这意味着我也得去。”他说着走了出去。

希拉转过身，有点儿不安地朝阿伦·杰伊斯笑了笑：“可怜的威尔吉，他是那么爱嫉妒，而且是有理由的，至少是在过去。”

杰伊斯快步走到她身边说：“真对不起，我下午没能来看你，你的头痛——我相信已经好些了吧?”

她点点头："好多了。"

"我给你带了点儿礼物，当然很难配得上你。"他递给她一束用包装纸包着的佩戴花。

她打开包装说："真可爱。"

"但是太晚了，"杰伊斯说，"你已经戴上了别人的兰花。"

希拉把他的礼物放在桌子上说："是的，阿伦。"

"我希望这并不意味着——"他皱眉说，"希拉，这不可能是那个意思，我——我离不开你。"

她面对着他说："但你只能一个人走，阿伦，我真的很抱歉，我，我不能嫁给你。"

他的脸上布满了阴云："那么，那是真的了？"

"什么是真的？"

"今天下午范荷恩告诉我的事。我根本不相信你会做出那么幼稚、那么无知的事。你叫来那个可恶的骗人的占卜师，由他为你决定一切。他建议你拒绝我？"她转过身去，没说话。杰伊斯的脸气得通红。"如果你有任何正当的理由，"他继续说，很显然在尽量控制着自己的情绪，"我都会默默地忍受，但这也太过分了，让一个骗子、一个看水晶球的算命先生、一个无赖夹在我们中间，上帝啊！我忍受不了了。我在船上的时候还以为你爱我——"

"也许我是爱你的。"她忧伤地说。

"如果是这样，什么也不能阻止我。"

"等等，阿伦，不要这样。"她哭着说，"这是为了你，我这都是为了你。你必须相信我，我们不会幸福的。"

"这就是他跟你说的，嗯？"

“是他跟我说的，但他只是说出了藏在我心中的事。阿伦，过去是不会消失的。”

“我告诉过你我根本不在乎过去的事。”

“哦，但你不知道，阿伦，我也不能对你讲。我正试图作一个体面的决定。你是这么完美和正直，如果我最后使你受辱，我是难以忍受的。哦，阿伦，求你——”

“我不想明白，”杰伊斯喊道，“我只要你——爱你，照顾你。我的时间太短了，实在太短了，我必须在午夜离开——你是知道的。忘了那个可恶的占卜师吧，我不能理解你对他的信任。我认为你没有什么不对的，你的性格、你的生活都是最好的。忘了他吧，亲爱的，答应我，在我离开之前——”

她摇着头断断续续地说：“我不能，我不能。”

杰伊斯看了她一会儿，然后非常有尊严地转过身。

“你去哪儿？”希拉喊道。

“我不知道，”他说，“我必须找个地方想明白。”

“但你应该在这儿吃晚饭。”

“我现在不想同任何人说话，我想自己待一会儿，也许过一会儿我会回来。”他看起来有些茫然无措。

希拉站在他身旁，扯着他的袖子说：“真对不起，我太难过了。”

他转过身，把她抱在怀里。“上帝啊，在船上时，你是爱我的。我不会放弃你，我不会。”他的目光落在她肩上由一枚钻石饰针别着的兰花上。“没有人可以把你从我身边夺走！”他喊道，然后松开她，快步走了出去。

希拉·芬慢慢地走到椅子前，坐下，脸上挂着痛苦绝望的表情——她现在并非在演戏。她在那儿坐了一会儿，思绪逐渐回到现实中。她看了看表，差十五分八点。她很快站起来，走到后面的落地长窗前。

月亮还没出来，房子和海浪之间的大草坪仍裹在黑暗之中。她听到从远处传来朱莉同海浪搏击的欢快的叫声和吉米与之相呼应的叫声。她走到对面门廊的朝草坪开着的落地窗旁，脸上带着奇异的、期待的表情。她站在那儿向外看。在不远处一棵树下的一片黑影中，她似乎看到了一个更黑的黑影，它突然移动了一下。她认出来了，轻轻喊了一声，推开门，快步跑过了草坪。

同时，阿伦·杰伊斯正一脸怒气地在卡拉卡纳路上朝格兰特大酒店方向大步走去。只用了五分钟，他就来到了那著名酒店的清静、气派的门厅前。他从领班身旁走过，那领班看到这英国人的脸色时，欢迎的微笑突然在脸上凝固了。

杰伊斯转向左边，走过摆满玉石和东方丝绸的橱窗。他看了一眼鲜花摊，刚才他在这里买的鲜花现在正躺在希拉·芬的桌子上无人理睬。不一会儿，他就来到了酒店休息室的入口处，站在了一小段台阶的顶端。这是一个很美的房间，面对入口的三个大拱顶就像三幅热带天空的画卷，但他今夜根本没有心情欣赏它。休息室的人很少，大多数客人在吃晚饭。这个英国人在不远处看到了他想找的人，那人正在同一对游客模样的老人愉快地交谈着。

杰伊斯走下台阶，来到那个人的椅子前。

“站起来！”他以一种粗鲁的声音命令道。

特纳弗罗面无表情地抬头看着他。“我觉得你应该更礼貌一些，”他平静地说，“可是，我并不认识你。”

“站起来，”杰伊斯重复道，“跟我来，我想同你谈一谈。”

占卜师坐在那儿，静静地打量了这个耸立在他眼前的人一会儿，然后站起来，向两位老人致歉后跟在杰伊斯身边向长形房间的里面走去。

在快到尽头处他们停了下来。“这究竟是——”他开始问道。

外面的一串灯光把草坪照得一片通亮，这简直就是热带剧的理想舞台，但这个舞台是空的，真正的戏剧正在休息室上演。

“我想听你的解释。”杰伊斯粗暴地说。

“解释什么？”

“我向希拉·芬小姐求婚，她本想答应，但今天她却向你咨询。此事根本与你无关，是你建议她不要嫁给我的吧？”

特纳弗罗耸了耸肩：“我不同局外人探讨我所预见到的事。”

“你必须讲清楚，你别无选择。”

“即使我想同你谈，可又有什么好谈的呢？我告诉顾客的是我在水晶中看到的东西。”

“胡扯，”杰伊斯喊道，“那些都是你编造的。你有什么理由给希拉这种建议？”他逼得更近并盯着占卜师的脸说，“也许你本人碰巧也爱着她吧？”

占卜师微笑着说：“芬小姐非常迷人。”

“这不用你说！”

“她虽然很迷人，但我保证我决不会与顾客发生任何不理智的感情关系。我给了她那样的建议是因为我看到这个婚姻不会幸福。”他的语气严肃起来，“而且，不管你是否感激我，我今天也帮了你一个大忙。”

“是吗?”杰伊斯说，“但我可不会接受你这个江湖骗子的帮助。”

特纳弗罗脸上涌上一片暗红。“再继续这种谈话是毫无意义的。”他说完转过身去。

杰伊斯一把抓住他的胳膊：“我们不会谈太久，只要你同意立即向芬小姐承认你是个骗子，并收回你今天对她说过的所有的话。”

特纳弗罗甩掉他的手说：“如果我拒绝呢?”

“如果你拒绝，”杰伊斯说，“我就揍你一顿，让你永远忘不了。”

“我坚决拒绝。”特纳弗罗平静地说。

杰伊斯伸出拳头正要打，却意外地发现自己被人从后面紧紧地抓住了。他转过身，原来是导演瓦尔·玛蒂诺抓住了他的胳膊。在玛蒂诺身边的是穿着华丽的好莱坞晚礼服的亨特利·范荷恩，他正饶有兴趣地看着他们。

“好了，好了，”玛蒂诺大声地吼道，他的脸比平时更红了，“请别再闹了，电影里这种事已经太多了。别这样，杰伊斯，别这样。”

好一阵子，四个人站在那儿一动不动。这时，一个穿西服的胖胖的华人悠然地走来。特纳弗罗和他打招呼道：“啊！是陈探长，请你稍等片刻。”

查理走上前来说：“是特纳弗罗先生，神秘黑纱的揭开者。”

“探长，”占卜师说，“请允许我介绍范荷恩先生、玛蒂诺先生和阿伦·杰伊斯先生，这位是檀香山警察局的陈探长。”

陈优雅地鞠躬致意：“非常荣幸认识各位杰出人士。”

杰伊斯怒视着特纳弗罗，讽刺道：“很好，你这个躲在警察屁股后面的胆小鬼，我早料到你是这种人。”

“好啦，好啦，”玛蒂诺说道，“只是一个小误会，探长，不会有麻烦的。这一行业的声誉对我们每个人来说都是很宝贵的，对我更是如此。”

范荷恩看了看他的表。“八点了，”他说，“我这就慢慢往希拉那儿溜达，有谁同我一起去？”

导演摇了摇头说：“我过一会儿再去。”范荷恩慢慢地走开了。玛蒂诺依旧紧紧抓着英国人的胳膊，想把他拉到一边去。“走，到外面平台上去，”他恳求道，“咱们好好谈一谈。”

杰伊斯对占卜师说：“我十二点才会离开，在这之前，咱们可能还会见面的。”玛蒂诺拉着他走了。

“我不信他还会来找你。”陈对特纳弗罗说，“我不喜欢那位先生的目光。”

特纳弗罗笑道：“哦，他会改变主意的，我是无意中得罪了他。”他若有所思地看着查理说，“顺便说一句，探长，见到你真的很让人高兴，我本想给你打电话的。你晚上有安排吗？”

“我参加抚轮国际分社在这个酒店的酒会。”陈解释说。

“那么，你会在这儿待上一段时间吧？”

陈点头说：“恐怕是这样，晚饭后人们的谈话总是没完没了的。”

“可能会到十一点？”

“完全可能。”

“我去海滨一个朋友那里吃晚饭，”特纳弗罗说，“就是希拉·芬的住处。从现在到十一点之间我可能会有非常重要的消息给你，探长先生。”

陈慢慢睁大了双眼：“消息？哪一类的消息？”

特纳弗罗犹豫道：“今早你碰巧提到发生在洛杉矶的未解悬案，我那时对你说我不想卷入这类事件中，但人总是有事与愿违的时候，探长先生。”他说完就要走开。

“等一下，”陈说，“我的好奇心被你挑起来了。我可以再问一次吗？是哪一类的消息？”

占卜师看了他一会儿才说：“这消息能让你逮捕谋杀者，我不能再多说了。凭你的经验，你当然明白什么事都可能会发生变化的。很高兴有你在附近——最起码到十一点，十一点之后我可以在你家找到你吗？”

“没问题。”查理对他说。

“咱们一起盼望着成功吧。”特纳弗罗隐晦地笑着说，然后又重新回到休息室他认识的那对老人身边。陈看了一会儿他的背影，然后耸了耸宽厚的肩膀，转身去找举行酒会的房间了。

第三章
希拉·芬的鲜花

亨特利·范荷恩沿着卡拉卡纳路慢慢地朝希拉·芬的房子走去。在这个波涛汹涌的太平洋中心的小岛上，没有遗留下什么历史痕迹。这条路同好莱坞的林荫大道没有什么区别——现代路灯柔和的黄色灯光下是混凝土路面，路面上车流不断，有轨电车从耳边轰然驶过。但是，在这一排路灯的另一边，他能感觉到静寂的、黑暗的热带之夜。

他来到希拉的房子前，从大门走了进去。一条宽阔的车道从大门一直延伸进去。在走过一株古老的、茂密的榕树后，他按响了门铃，杰西普带他进了屋。

“哦，范荷恩先生，”管家说，“很高兴再次见到你。”

“你近况如何?”演员问道。

“身体非常好，先生。你在塔希提过得愉快吗?”

范荷恩扔掉头上的草帽。“塔希提是一个落后的、原始的地方。”他笑着说，“它会使你想起好莱坞，杰西普。”

管家只是很拘谨地笑了笑。范荷恩走进客厅，杰西普跟在后面。

“谁都不在?”演员喊道，“天哪，我真的来得这么早吗?”

“哦，不，范荷恩先生。几位客人在海边游泳，据我所知，这里有几处海水非常有名；还有几位在海滩上。你想加入几个年轻人中去游泳吗，先生?”

范荷恩咧嘴笑道：“外交部门没有招纳你真是一大损失。虽然我非常想把自己归为年轻人，但游泳得脱衣、穿衣，太麻烦，我还是脚不沾水地待在海滩上吧。”

“那也好，先生。”杰西普点头说，“现在已经八点十五分了，马上就要吃晚饭了，我一会儿就把大家叫进来。”

范荷恩环顾了一下房间问：“怎么，没有鸡尾酒?”

“稍微耽误了一会儿，先生，给我们送酒的先生刚到。我只对你说，先生，那是非常粗陋的原材料。你按门铃的时候，我正忙着调酒。”他走到通往门廊的落地长窗边说，“这外边就是大海，先生。”

范荷恩笑起来，走进门廊，管家跟着他，打开了玻璃门。

“啊，是啊，”演员说，“我听到了海涛声。”他在门口停下来，指着前方树林中透过来的一点儿灯光问，“那是什么?”

“是一个避暑屋或凉亭之类的建筑，先生。”杰西普解释说，“至少，在有伏天的英格兰，它会被当作避暑屋。我们有几位客人可能在那儿。”

范荷恩走到外面的草坪上，朝着灯光的方向走去。突然在海涛的轰鸣声中传来了海滩上的人们的声音，他站在那儿，一时定不下来究竟去哪儿。

这时，杰西普回到了客厅，一位上了年纪的驼背的华人拖着脚走了进来。

“我亲爱的吴若青，”管家生气地说，“在有规矩的人家，厨子应该待在厨房里。”

老头儿对他的抗议视若无睹。“几点吃晚饭？”他问。

“我已经告诉过你，晚饭定在八点三十分，”杰西普回答说，“但是，有可能会推迟一会儿。”

吴若青耸着肩说：“这是什么人家呀！晚饭马上就好了。我把晚餐弄好了，主人却要等到饭菜都坏了再吃。”他一边走开一边继续嘟囔地抱怨着。

玻璃门砰的一声关上了，威尔吉·贝罗穿过门廊，漫无目的地走了进来。“恐怕游泳使我们的晚饭得向后推迟了。”杰西普对他说。“什么，哦，是的，我想是的。你这儿有烟吗？我的吸完了。”

杰西普递过去一盒烟，贝罗拿出一支，然后坐在了一把椅子上。管家用火柴把烟给他点着后，自己去厨房了。

当杰西普十五分钟后回来时，他发现这个夏威夷居民依旧一动不动地坐在那儿。

“出了点儿情况，先生。”杰西普说，他手中拿着一面大锣，“根据我读的书，我一直认为中国人都非常有耐心。”

“是的，他们是有这方面的声誉。”贝罗点头说。

“但我们厨房里这位华人厨子却与这种声誉沾不上边。”

杰西普叹气说，“他跟我发脾气，急着要开饭。我现在到海滩上去看看这东西管不管用。”他朝贝罗点了点头就消失了，不一会儿就听到了远处带有节奏的敲锣声。

贝罗又点燃了一支香烟，这时杰西普回来了，后面跟着丽达·贝罗和范荷恩。

“刚才你该留下来，威尔吉，”丽达说，“我刚刚听到了所有好莱坞的最新消息。”

“我不感兴趣。”贝罗吼道。

“可怜的威尔吉，”他的妻子笑着说，“快到他上床睡觉的时间了，而他还没有吃上晚饭。振作点儿，不用等太长时间了。”

戴安娜·狄克逊回来了，有点儿上气不接下气。“我想我们回来晚了。”她喊道，“你们应该和我们一起游泳，太棒了，就是时间太短，不然我可以待上几个小时。啊，鸡尾酒，太好了。”

她从杰西普端到她面前的托盘上拿了一杯，其他客人也都主动拿了一杯。亨特利·范荷恩举起酒杯说：“敬我们的女主人，尽管她不在这儿。”

“对了，希拉去哪儿啦?”丽达·贝罗说，“刚才我还看见她了。”

“希拉呀，”范荷恩嘲讽地笑着说，“她肯定藏在后面等着给我们来一个惊人的入场仪式呢。她可能会骑一匹白色战马冲进来，也可能从气球上跳下来。你们知道，她喜欢这种把戏。”

朱莉和吉米精神焕发地跑了进来。“你好，范荷恩先生。”女孩子喊道，“怎么就你一个人来了?”

“唉！瞧瞧，”他说，“你对我是什么态度。”

“哦，你明白我的意思，”她笑着说，“我们其他的客人呢？瓦尔·玛蒂诺先生、杰伊斯先生，还有特纳弗罗——”

“特纳弗罗也会来吗？”范荷恩抬眼说道，“如果是这样，我就再喝一杯鸡尾酒，非常感谢。”

从前门出人意料地传来了吉他声和唱着夏威夷歌曲的年轻人的歌声。朱莉高兴地喊起来：

“是希拉的崇拜者在唱歌。”她说，“太好了，她肯定会非常高兴的。”她向门口跑去，泳袍在身后甩来甩去。她打开了门，外面是一大群高中女生，她们带着大把的鲜花。她们停止了唱歌，一个年轻的日本姑娘走上前来说：“我们想见见希拉·芬，请帮帮忙吧！”

“当然可以，”朱莉说，“等一下，我去叫她。如果你们不介意的话，你们等她时，可否唱《群岛之歌》？你们知道，那是芬小姐最爱听的歌。”

她让门开着回到了客厅。

“来，吉米，咱们去找希拉，我猜她在避暑屋。”

“肯定在那儿。”吉米说。

他们走进草坪。

“真是再好不过了。”朱莉喊道，“我说过希拉的晚会入场仪式会在歌声中进行，她肯定喜欢这样。”

“天哪。”布拉德肖说，声音中带着不满。

“哦，我知道，”女孩儿回答道，“这样很傻吧，但可怜的希拉就是这样。她的生活使她这样，她没法儿改变。”他们走过了黄槿树和角豆树下柔软的草坪，清凉的晚风中传来了甜美的《群岛之歌》。“快点儿，”朱莉说，“希拉一定要在歌声结束前入场。”

她跑上避暑屋的台阶，布拉德肖紧跟在她身后。他打开这唯一的一扇门，在门口站了一会儿，然后飞快地转回身抱住了姑娘。

“不，不，”他喊道，“别进去。”

他的语气吓坏了她。“你什么意思？”她问道。

“你转身回去吧！”他祈求地说，但她挣开了他的手跑了进去。

“你会后悔的。”他警告道。

她似乎真的后悔了，因为在远处传来的吉他声和歌声中掺进了她自己惊恐、尖厉的叫声。

希拉·芬躺在一个小靠背椅旁的地板上，她的心脏被刺穿了，她珍贵的乳白色长袍上染上了一片猩红的血迹。外面，她的那群崇拜者依旧卖力地唱着那首情歌。

朱莉跪在明星身旁，布拉德肖把脸扭向了一边。过了一会儿，他走过来，把姑娘拉了起来。“我们最好离开这儿，”他温柔地说，“我们没有什么可以做的。”

他把她拉到门口，她泪眼蒙眬地看着他喃喃地说：“但是，是谁，谁——”

“啊，是啊！”他回答说，“恐怕那是现在最重要的问题。”

他出乎意料地在房门内侧发现了一把钥匙。他们走了出去，小伙子把门锁上，把钥匙放进了口袋。他们慢慢地往回走，亨特利·范荷恩迎了过来。

“你们没有告诉希拉吗？”他问，“舞台已经布置好了，她的客人都在客厅，追随者在门口为她卖力地唱歌，这会是一个绝妙的入场仪式——”看到朱莉的脸色，他没再说下去。

“发生了什么事?”丽达·贝罗尖叫道。

布拉德肖站在那儿看着这一群人。杰西普走进来，拿着托盘，准备收拾空酒杯。在门外，《群岛之歌》渐趋沉寂。

“希拉·芬在避暑屋被谋杀了。”小伙子低声说。

突然“哗啦”一声，什么东西掉在了地上。这是杰西普四十年来工作中的第一次失误，他把托盘掉在了地上。

“请再说一遍。”他自顾自地说道。

门外，希拉·芬的崇拜者开始唱另一首歌，布拉德肖穿过门帘来到前门。

他喊道：“拜托，拜托，请别唱了。你们现在必须走，芬小姐不能见你们，她……她病了。”

“我们非常难过。”那个似乎是领头的姑娘说，“请问你能把这些花儿送给她吗?”

她们把鲜花堆在他的怀中。

过了一会儿，他抱着五颜六色的鲜花跌跌撞撞地走回客厅。朱莉站在那儿，大睁着眼睛，脸色惨白。

“花儿，”布拉德肖说，“希拉·芬小姐的鲜花。”

朱莉抽泣着跌倒在他的脚前。

第四章 门前的骆驼

在格兰特大酒店，查理已经开始吃晚餐，他觉得这是一流的晚餐。抚轮演讲时间尚远，不足以令他烦心，再加上食物可口，他心情舒畅。他不知道面前小盘子上的鱼的名字，但只尝了一口，就开始衷心地称赞它的美味。当他正俯身打算多吃点儿时，一个侍者碰了一下他的肩膀。

“电话里有急事找你。”侍者说。

当他穿过长长的门廊走向电话间时，心中涌起一种说不清的不安。他本喜欢过一种便于平静思考的生活，但无情的命运总是把一些必须要解决的问题摆在他面前。这一次又是什么事呢?

电话里传来一个激动的年轻人的声音：“喂，查理，我是旅游局的吉米·布拉德肖，亨特利·范荷恩告诉我可以在酒店找到你。”

“是我，什么事让你这么慌张?”

吉米颠三倒四地把事情的经过说了一遍。查理平静地听着。

“希拉·芬，”小伙子说，“你知道这意味着什么?查理，今晚我的新消息会发往全世界，这次你会成为人们注目的焦点，你最好尽快赶到这儿来。”

“我马上就到。”查理回答说。电话那端的布拉德肖怀疑自己听到了一声叹息。“我到之前什么都不准碰。”探长又加了一句。

他挂了电话，随后又给警察局打了一个电话，做了一番安排。最后他用手帕擦了擦冒着汗珠的前额，从电话间走了出来。又一宗案件，又一个谋杀，并且他知道小伙子说的是真的，这回他可真要在镁光灯下工作了。希拉·芬！他的那些孩子并非无缘无故地成为电影迷。他非常清楚那个现在冰冷地躺在不远处海边的女人一直以来在人们心目中的地位。

“千里之行，始于足下。”他叹着气说着，朝他的帽子走去。

当他走到酒店门口时，遇见了特纳弗罗。占卜师手中拿着帽子，似乎正要出去。“你好，探长。”他说，“你还没吃完饭吗?”

“没有，”查理回答说，“一件重要的事硬把我从餐桌上拉了起来，这种情况很长时间没有发生了。”

查理的小眼睛紧紧盯着对方的脸，并不急于进行感觉、分析、衡量和判断。

“希拉·芬小姐，”查理慢慢地说，“刚才被人发现在家中被杀了。”

此后的几个小时他一直在琢磨特纳弗罗阴暗、神秘的面孔上掠过的表情。

“希拉!”特纳弗罗喊道,“我的天哪。”

“你大概正要去那里吧?”查理接着问。

“我……我……是的……当然了。”

“请帮帮忙,我有几个问题想向你请教,坐我的车去吧!”

瓦尔·玛蒂诺赶了过来:“我说,特纳弗罗,你是去海滩吗?”

特纳弗罗把事情告诉了他,导演却惊人地平静。

“太糟了,”他若有所思地说,“唉,六个月的苦工都白费了,电影是毁了,我永远也不可能找到人替代她,虽然我曾试过——”

“上帝啊!”特纳弗罗愤怒地喊道,“希拉死了,你却在这儿唠叨你的电影。”

“对不起,”玛蒂诺说,“我为可怜的希拉难过,但即使在电影里,也不能有半途而废的事。”

“杰伊斯那个家伙去哪儿了?”特纳弗罗突然问。

“我们刚离开你,他就挣开我的手朝海滩走了。他的心情——你也知道,他不会去吃晚饭了,但我想我最好找到他,告诉他这件事。”

“对,对,”陈急着说,“我必须见他。走,特纳弗罗先生,我们必须抓紧。”他领着占卜师来到停车场,他的破旧的小汽车停在那里。“这车不怎么样,”他谦逊地说,“但还能开,你上来吧!”

特纳弗罗沉默地上了这辆双座小汽车，查理启动了车。

“太可怕了，”占卜师说，“可怜的希拉，我几乎不敢相信这事儿。”

查理耸着肩说：“现在不能感情用事。”他建议道，“你可能听过东方那句老话：‘死亡就是不请自到的黑骆驼，不一定跪在谁家门口。’这是早晚的事，至于是谁又有什么关系呢？”

“我明白，我明白，”特纳弗罗接着说，“但是，恐怕我得为此事负某种责任。哦，天哪，我越想越清楚了，我手上沾着可怜的希拉的血呀！”

“你的话很有意思，”车驶出酒店大门，开到了马路上，“能否请你解释一下呢？”

“今天晚上，”占卜师接着说，“我告诉过你我可能找你去逮捕一个重要的凶杀案的凶手，我对此抱了很大期望。我尽可能简单地告诉你我的意思。

“希拉·芬在船上给我发了电报，让我到这儿见她。似乎杰伊斯这家伙向她求婚，她想听我的意见。过去一段时间她习惯于所有问题都请教我。她爱杰伊斯，她想嫁给他，但她担心将来不知会怎样，她担心有一天人们会发现她三年多来心中一直埋藏的秘密。”

“什么秘密？”查理问。

“今天上午，”特纳弗罗接着说，“你说起三年前在洛杉矶的家中被谋杀的丹尼·梅若。警察从一开始就对此案束手无策，但是希拉·芬知道谁杀了丹尼·梅若，她当时在梅若的家中。在谋杀的当夜，她去拜访他。门铃响时，她正好在另外一间屋里，她看到了谋杀过程。所有这些她今早都对我说了，而且，她告诉我杀丹尼·梅若的凶手现在就在夏威夷。”

查理的眼睛在黑暗中闪着光：“她告诉你凶手的名字了吗?”

特纳弗罗摇了摇头。“很抱歉，她不想告诉我，我也不想强迫她。她当时没把这事儿说出来是因为那会毁了她的事业，所以这些年来她一直保持沉默。当她遇到了一个真正喜欢的男人时却犹豫不决是否嫁给他，她怕有一天这件事曝光会影响他的声誉。”

“她会犹豫，这很自然。”陈赞同道，“你也反对她嫁给他吗?”他把车停在希拉房子前的停车场上，却没有下车的意思。

“当然，”特纳弗罗说，“不仅如此，我强烈建议她把这个负担从心里卸下来，最终找到安宁。我向她保证，如果她主动说出那个人的名字，警方不会因她长时间的缄默而惩罚她。我这么说对吗?”

“我认为是对的。”查理点头说。

“我建议她暂时先拒绝杰伊斯，完成她对社会应尽的责任，尽管这是个让人不愉快的责任。我对她说，心中藏着这种负担时结婚是不明智的。如果杰伊斯真的喜欢她，最后还是会同她结婚的；如果他不那么喜欢她，早一点儿发现更好些。”

他们下了车，站在大榕树下。查理盯着占卜师的脸。“如果杰伊斯不娶她，那——”他暗示说。

特纳弗罗耸了耸肩说：“你领会错了。我和希拉·芬没有感情上的瓜葛，我清楚自己的角色，尽管她告诉我的比我想知道的多了一点儿。我觉得为了她自己的幸福，她也应该最终摆脱这个负担，所以我劝她公开梅若一案凶手的名字。”

“她同意了?”查理问。

“没完全同意，我的想法把她吓坏了，她说要考虑考虑，今晚告诉我她的决定。我对她说，给我写一个便条，写上凶手的名字，晚餐时给我，我会为她把这事儿办得尽可能妥当。我非常自信她会告诉我的，不然我根本不会和你提起。是的，她会告诉我的，但现在——”

“现在，”陈说，“杀死丹尼·梅若的凶手让这个女人永远地沉默了。”

“正是。”

“但这个人是如何发现她打算要揭发凶手的呢?”

“我不太清楚。”特纳弗罗回答说，“我屋子外面有一个阳台，或许有人在那儿偷听，但我觉得不太可能。或者可能希拉找凶手谈过，或者是她无法保持沉默了。她正是这样的人，不谨慎，好冲动。”他们走向台阶，“希望我说的会对你有所帮助，探长，至少我提供了作案动机，这可以缩小你的调查范围。相信我，在这个案件中我会一直同你站在一起，尽可能提供帮助。我比你更想知道是谁杀了希拉。”

“你的帮助很有用。”陈对他说，“我今天早上就对你讲过——你本身就是一流的侦探，但我没想到这么快我们就要并肩工作了。”

杰西普把他们让进屋，他们走进客厅。贝罗夫妇和范荷恩阴郁、沉默地坐在那里。查理站在那儿深思地看着他们。吉米·布拉德肖走了进来，他已脱下泳装，换上了晚礼服。

“你好，查理。”他低声说，“这儿太需要你了。避暑屋在草坪右侧，刚看清发生了什么事我就把门锁上了，这是钥匙。”

“干得不错，”查理满意地说，“早就知道你是个能干的小伙子。”他转身面对其他人说，“希望大家明白，没有我的允许，谁也不准离开这座房子。特纳弗罗先生，请你陪我来一下好吗？”

他默默地同占卜师穿过在月光下呈白色的草坪。陈首先走上台阶，打开了锁，特纳弗罗很明显是不情愿地跟了进去。

查理走过去单腿跪在希拉·芬身旁，他的目光慢慢地从希拉·芬转向占卜师。“我干这一行很长时间了，”他轻声说，“但我的感觉并未因此麻木。我为这位女士难过，虽然在这之前我从未见过她，但我同样非常难受。”他站起来接着说，“黑骆驼今晚跪在了一个非常著名的大门口。”

特纳弗罗同尸体保持着一段距离，他似乎在尽力地控制着自己。“可怜的希拉，”他低声说，“生命对她来说是非常甜美的。”

“生命对我们每个人来说都是美好的，”查理点头说，“乞丐还不愿意过危桥呢。”

“我永远不能原谅自己，”特纳弗罗继续说，“你现在看到的都缘于上午在我房间里发生的事。”

“该来的，总要来。”陈安慰他说，“验尸官来此之前我们不要动这不幸的人。我已经给局里打了电话。但我们可以先看看现场，特纳弗罗先生，别忘了，你是来帮我的。”他再次蹲下来，抬起了希拉·芬的左臂。“这儿有一些证据，有过一场搏斗，搏斗中手表摔坏了，水晶表面摔碎了，并且，”他把表放在耳朵上，“搏斗时表被摔停了，指针停在八点零二分。这么快，毫不费力，我们就知道了悲剧发生的时间，真是不小的收获。”

“八点零二分，”特纳弗罗说，“当时，杰伊斯、玛蒂诺、范荷恩、你，还有我正在宾馆的休息室里。记得当时，范荷恩看了看他的表，说是八点，并说他要来这儿。”

“对，”陈点头说，“一下子好几个人都有不在现场的证据了。”他指着地上被踩烂的兰花说，“这是发生搏斗的又一证据——花被扯掉在地上，并且被脚踩过。”

“所有这些看起来，都像是嫉妒的行为。”特纳弗罗皱眉说，“会不会我们把犯罪动机搞错了？不，也可能是愤怒。”

查理在小地毯上爬着。“奇怪，”他说，“花是用饰针固定的——你可能注意到肩带儿被扯开了——但却找不到饰针。”他检查了兰花，并仔细地找遍了地板，特纳弗罗看着他。“真是这样，”他站起来说，“固定兰花的饰针奇怪地失踪了。”

他走到一个古旧的红木梳妆台旁，以前它一定很漂亮，现在却被搁置在了这间海滩小屋里。梳妆台的面儿是玻璃的，他俯下身从兜中掏出放大镜开始检查。“还有一点，”他说，“这个角刚被硬物猛力敲打过，这意味着什么呢？”

特纳弗罗拿起桌子上贵重的金丝袋，翻看里面的东西。“没有什么，”他说，“一份普通的契约，还有几美元。我一度荒诞地认为她已经写下了我们想要的名字，如果那样就好了，案子还没开始就可以结案了。”

“案件本身也不允许出现这么简单的结局。”陈叹着气说，“即使你盼望的那封信在这个房间里，它也早被罪犯拿走了。不，命运不会这么仁慈，我们还有很长的路。走吧，目前这儿没什么可做的了，后面还有大量的工作要做。”

他们走了出去，查理锁上了门。当他们走过草坪时，他数着发现的线索：“一块在剧烈搏斗中停在八点零二分的表，被践踏的兰花，不翼而飞的固定兰花的饰针，梳妆台上玻璃一角的崭新划痕。就目前看，线索不算少了。”

当他们走进客厅时，杰西普正领着玛蒂诺和阿伦·杰伊斯进来，后者古铜色的脸上露出一丝苍白，很明显他非常伤心。

“请大家入座，”陈说，“我有许多问题要问。”

杰西普走到特纳弗罗面前。“对不起，先生，”他说，“太紧张了，我几乎把它忘了。”

“忘了什么？”特纳弗罗吃惊地问。

“这封信，先生。”他从口袋里拿出一个精美的大信封说，“芬小姐吩咐我在你一到这儿时就把这封信交给你。”

特纳弗罗刚伸出手，查理却快步走到他们中间。他拿过信封说：“非常抱歉，现在这里的一切应该由警察负责。”

“当然了，先生。”杰西普点着头退了下去。

查理站在那儿，手中拿着信封，样子有点儿无助。这能是真的吗？谜题的答案这么快就被他掌握了吗？他和特纳弗罗会意地深深地对视了一会儿。屋里都是人，大家在四处乱转地找椅子。查理抬起右手撕信封。

屋里唯一的光亮来自一盏落地灯。陈朝灯走近一步，打开了信封。他正要把信纸拿出来时，突然灯灭了，响起一声拳击声，接着又是一下，有人大叫一声，随后是一个沉重的躯体倒地的声音。

屋里乱成一片。当落地灯再次亮起的时候，查理正从地板上慢慢地爬起来，他用手摸了摸自己轻微流血的右颊。

“太遗憾了，”他说，“听说丘比特也有打盹儿的时候，至于我自己，恐怕我刚才打了一个最不幸的盹儿。”他伸出左手，手中只剩下信封的一个小角。他接着说：“信的绝大部分，似乎已经溜到别处去了。”

第五章 穿大衣的男人

陈在那里站了很长一段时间，手中拿着信封的一角。他的表情平静而沉着，很难看出他在想什么。当着这么一大屋子的人的面，有人耍了他，使这位夏威夷著名警探大失颜面。

陈查理在大家面前丢了面子。虽然他已经在夏威夷住了好长时间，但他东方人的性格仍使他一阵狂怒，这愤怒的程度让他自己都大吃一惊。

他马上尽力控制住自己的情绪，他知道怒火是毁坏理智的毒药。要想解决当前的难题，他需要发挥自己所有的能力。在这个案件中他所面对的对手不仅穷凶极恶，而且异常狡猾。这样更好，查理告诉自己，最终击败这样一个对手会更令他感到满足。他会最终取胜，对此他毫不怀疑。那个先杀死了丹尼·梅若，然后为了这个秘密又杀死了希拉·芬的神秘人物最终会受到正义的审判，不然陈探长就永远不会得到安宁。

特纳弗罗盯着他，脸上隐藏不住愤怒。“真遗憾，”他冷冷地说，“但现在这儿是由警察负责。”

陈点头说：“你的嘲讽绝对没错，在我过去的生活中从未遇到过这样的事，但我向你保证，”他慢慢地环视着这一小群人说，“打我的那个人会付出代价的，我可没有心情让另外一边脸再挨一下。”

他拿出手帕去擦那已经不幸地挨了一下的脸颊，他不需要看那白色亚麻手帕上染的血迹也知道打他的人的手上戴着一枚戒指。他挨打的是右颊，那么打他的应该是左手。在范荷恩的左手上，他看到了一枚大戒指，在威尔吉·贝罗的左手上有一枚钻石戒指。他继续暗中观察，布拉德肖、玛蒂诺、特纳弗罗和杰伊斯手上都没戴戒指。

特纳弗罗举起双臂说：“如果你要搜查屋里的每个人，你可以从我开始。”

查理微微一笑。“我没有那么笨，给我重重一击的那个人不可能把罪证留在身上。另外，”他边走边不经意地说，“这事反正也不重要。”

特纳弗罗垂下双臂，从他的表情可以明显看出他完全反对查理不进行他认为是非常关键的步骤。但是陈没有理他，他快速地检查着从灯到高出地面几寸的插座的导线。被拔出的插头就在他的脚前，插头上伸出的两条铁片无声地显示出要拔出它们是轻而易举的事。只要在导线的任何一处踩上一脚，然后再朝墙的相反方向稍挪一下就可以了。简单，是简单，但这人的心思一定很敏捷。查理插回了插销，灯又亮了。

他回到屋子中间说：“我们不会把时间浪费在不会有结果的寻找信这件事上，我建议把注意力放在大家身上，并请你们说出在八点零二分时你们都在做什么。”他看着他们，“我不知从谁开始好。贝罗先生，你我比较熟悉，我还是从你开始吧。你可否说出当时你和你的妻子是以什么身份来这儿的呢？”

百万富翁以一种好像是在劣等种族中生活了很长时间的白人所具有的傲慢目光看着他。“我为什么要说？”他不在乎地问道。

“这里发生了谋杀案。”查理严肃地说，“我知道你在岛上的尊贵身份，但这并不意味着你可以不回答问题。你可否委屈一下回答问题呢？”

“我们被邀请来这儿吃晚饭，”贝罗说，“我们是——我们曾是芬小姐的老朋友。”

“你是在好莱坞认识她的吗？”

“是的。”

“贝罗夫人在同你结婚之前，也是电影演员吗？”

“她是，那又怎么样？”贝罗发火了。

“你为什么不能礼貌地说话，威尔吉？”他的妻子埋怨说，“是的，探长，我当时在电影界的名字叫丽达·蒙田。如果非说不可的话，我当时还挺有名气呢。”

陈鞠躬道：“当然会那样。我可以知道你们结婚多长时间了吗？”

“三年前的这个月。”她亲切地告诉他。

“你结婚前大概住在好莱坞吧？”

“哦，是的。”

“你能否记起来贝罗先生在结婚前的一段时间是否也在好莱坞?”

“是的，他在好莱坞待了几个月，求我放弃我的事业嫁给他。”她的丈夫哼了一声，“你现在可能不记得了，威尔吉，但你当时确实是那么做的。”

“真可恶，”贝罗愤怒地喊道，“这跟希拉·芬被杀有何关系? 我想，探长，你是在滥用职权，你最好小心点儿，我是个有影响的人!”

“真抱歉，”陈抚慰他说，“我不再问过去的事了。你什么时间到这儿的?”

“七点半。”他说，“晚饭要在八点半开始，但我夫人在电话里接到邀请，像往常一样，”他怒视一眼他的妻子，“她把事情搞糟了。”

“七点半。”陈没等丽达说话就快速插嘴说，“请说一下从那时到现在你们都做了些什么。”

“你这是什么意思?”贝罗粗鲁地问，“你不会认为是我杀了希拉·芬吧? 天哪，我得到警察局找人谈谈这事，你知不知道我是谁——”

“哦，你到底是谁，威尔吉?”他妻子不耐烦地插嘴说，“为什么不告诉探长他想知道的事而把此事了结呢?”她转过头对陈说，“我们在大约七点半到的，同芬小姐聊了一会儿之后，我们就到外面的海滩上去看他们游泳，我想我们去外面的时间大约是差一刻八点吧。”

“你们在那儿待了多长时间?”

“我一直待在那儿，直到杰西普八点半来叫我们。大约在那之前十分钟，范荷恩先生加入了我们，而我丈夫却离开那儿朝房子这边来了。”

“那么，在八点零二分时，你和你的丈夫是一起在沙滩上啦？你是否听到喊声或其他不安的声响？”

“没有。两个姑娘在水中倒叫喊了一阵——你明白，人们进到水中就是这样，我想你不是指这个吧？”

“不是。”陈说，“非常感谢你，暂时没有问题问你了。”

朱莉·奥尼尔慢慢地走进屋里。那件她盼着要在晚会上穿的新的粉红色晚礼服已被放了回去，她换上了一件普通的灰色雪纱绸裙子。她的脸色依旧非常苍白，但她似乎已经缓过劲儿来了，神情镇定。陈问她：

“晚上好。我到这儿来心情一直非常难过，直到看见你，我才觉得有点儿高兴。你可以告诉我你的身份吗？”

布拉德肖走上前来，他向陈介绍了朱莉，并说明了朱莉的身份。

“我向你表示最深切的同情。”查理说，“但为了例行公事，在这个不幸的夜晚，我仍然要问你的行踪。”

“这我都可以告诉你，”布拉德肖对他说，“这叫一石二鸟。哦，对不起，我是指讲了她的行踪，你就知道我的了。当时我要和奥尼尔小姐去游泳，我们最后一次见到芬小姐是当我们换好泳衣来到这个房间时，那大约是在七点四十分。她当时正同贝罗先生和贝罗太太以及杰伊斯先生在这儿。”

“然后你们马上就去了海滩？”

“是的，并且马上就下水了。简直太妙了，很抱歉我又插入了一段本地海滩的小广告。我的意思是，我和奥尼尔小姐从最后看见芬小姐到八点半杰西普敲锣找我们这段时间里一直在一起。在那之后不久我们就一起发现了不幸的事件。”

“你们一直待在水中吗？”

“哦，不，我们时不时地回到岸上来。贝罗太太正如她所说的，从一开始就在那儿。最后贝罗先生走了，范荷恩先生却来了。”

“那么在八点零二分时，你和朱莉小姐不是在水中就是回到岸上喽？”

“是这样，但我们没办法知道具体时间。时间过得非常快，当杰西普来叫我们的时候，我们都感到很吃惊。”

陈对姑娘说：“芬小姐今晚肩膀上戴着一束很漂亮的兰花吧？”

朱莉点头说：“是的。”

“那么兰花肯定是用饰针固定的了？”

“当然了。”

“那么你是否注意过那个饰针呢？”

“我没有注意过。但我记得她说她要回房间去拿一枚，或许她的女仆能告诉你。”

“你是否知道是谁送的兰花呢？”

“我知道。”朱莉回答说，“卡片上没有写名字，但希拉认出了笔迹，她说是她的前夫，叫鲍勃什么，他是在夏威夷剧院演戏的演员。”

“是鲍勃·菲佛，”丽达·贝罗解释说，“他是皇家剧团的演员。他们是在芬小姐很年轻的时候结婚的，我相信她一直很喜欢他，甚至在他们离婚之后。”

阿伦·杰伊斯站了起来，从烟盒里拿出了一支小雪茄点燃，在屋里不安地来回走着。

“一个被遗弃的丈夫，”查理思考着说，“对，我料到会有这种情况。必须立即通知这个人，让他尽快来这儿。”

“这事儿让我来办，查理。”吉米·布拉德肖说。

“非常感谢。”陈说。

小伙子离开后，陈面对其他人说：“我们要重新开始不太礼貌的问话。范荷恩先生，你大概是一位演员吧？”

“大概？”范荷恩笑着说，“难道你就用这个词来形容我十年的努力吗？”

“那么，你已经在好莱坞待了十年了？”

“十年半——迷失在可爱的门肯先生所说的好莱坞的下水道之中。”

“在那之前呢？”

“哦，在那之前我过着一种非常浪漫的生活——你问我的广告宣传员好了。”

“我想知道事实。”查理说。

“如果这样，我只好告诉你了。从技工学校毕业之后，我天真而无知地来到好莱坞。我本打算建桥，但我的英俊相貌改变了我的生活。”

“你此前还同希拉·芬小姐合演过别的影片吗？”

“没有。”范荷恩严肃地说，“在出演这部片子之前，我几乎不认识她。”

“我大概不必问八点零二分时你在哪儿吧？”

“是的，你不用问了，”演员同意道，“我那时同你在一间屋子里。你应该记得我当时看了看表，说八点了，我要往这边溜达了。在八点零二分时，你还能看见我呢。”

“你立刻就到这房子来了吗？”

“是的。我走来的，因为要锻炼身体，这是我保持身材的方法。我大约在八点十五分到了这儿，我没走太快。杰西普把我领进屋，我们聊了一会儿，在大约八点二十分我到了海滩上贝罗夫人那儿。这你都知道了。”

吉米·布拉德肖回来了。“我在剧场找到了菲佛先生。”他说，“我的消息差点儿让这个可怜的家伙晕过去，他说他演完第二场马上就来。”

“非常感谢你，”陈点头说，“你真是热心肠。”他转过身对玛蒂诺说，“我想，你就是人们所说的电影导演吧?”

“是的，是有人这么称呼我。”玛蒂诺严肃地回答。

“你做这行有很长时间了吗?”

“不太长，我以前是个演员，在英国演出，后来对电影产生了兴趣，就去了好莱坞。”

“能说一下你到好莱坞的时间吗?”

“当然，我是在两年前的三月到的。”

“那是你第一次到好莱坞?”

“是的，当然。”

查理点头说：“我也不必问你今晚八点零二分时在何处了。”

“当时我同你，还有其他的朋友在一起。我告诉过你，刚过八点时我离开你，和杰伊斯先生到平台上去了。我尽力地安慰他，但他甩开我向海滩方向走去了。我在海滩上散了大约二十五分钟的步，欣赏景色。再见到你时，我刚从楼上取下帽子，准备到这儿来。”

阿伦·杰伊斯在边上的一个角落不安地吸着烟，查理朝他望过去说：“杰伊斯先生。”

英国人站起身看了看表，朝他走过来。“什么事?”他说。

查理严肃地看着他说：“我认为你是为今晚的不幸而悲伤的人中的一个吧?”

“你这么说是什么意思?”

“据说你爱希拉·芬。”

“据说——据谁说?”他怒视着特纳弗罗。

“这不重要。”陈说，“你向她求过婚吗?”

“是的。”

“那么你爱她喽?”

“听着，你一定要公开地问这些事吗?”

“非常抱歉，我感觉自己确实有点儿粗心。布拉德肖先生告诉我今晚七点三十分时你在这个房间里。”

“是的。我来赴晚宴。”

“并且，你同芬小姐私下谈了一会儿?”

“是的，但谈话的内容同你毫不相关。”

查理笑着说：“天哪！我已经知道了这么多与我毫不相关的事。你问她最后是否决定嫁给你，她拒绝了你，你怀疑是特纳弗罗先生从中搞鬼，你愤怒地返回旅馆，要和这位特纳弗罗先生争吵。所以，在八点零二分时，你正在旅馆休息室发着火，这对你来说，亲爱的先生，可是一件幸运的事。”

“我看，”杰伊斯说，“你已把谋杀的时间确定在了八点零二分?”

“是的。”陈回答说。

杰伊斯把雪茄扔进了烟灰缸，深深地松了一口气：“感谢上帝，你还有别的问题吗?”

“你在大约七点四十五分离开这个房间时，是最后一次见到芬小姐吗?”

“是的，那是我最后一次见到她。”

“那么在八点零五分至八点三十五分之间，你没有回到这儿吗?”

“我没有。”

“你曾去过好莱坞吗，杰伊斯先生?”

英国人苦笑道：“我没去过，而且以后也不太可能去。”

“没有问题了，先生。”陈点头说。

“谢谢，我得说再见了，我正好要在午夜乘‘大洋号’出发。”

查理突然吃惊地看着他问：“你今夜就要离开夏威夷吗?”

“是的。”

警探耸了耸肩说：“很抱歉让你失望，但你不能走。”

“为什么?”杰伊斯问道。

“因为你与此案有密切关系。”

“但是你说过你已确定了谋杀时间，而那时我就在你旁边，这是一个完美的不在现场的证据。”

“完美的不在现场证据有时会突然变得不完美。”查理对他说，“很抱歉不能让你继续航行，我们将密切监视‘大洋号’，与此案有关的人目前都不准乘坐它或其他船只离开本岛。”

一抹愤怒的红晕涌上了英国人的脸颊。“你以什么理由把我留在这儿?”

“作为本案的重要证人。”陈回答说，“如果有必要，我会不惜一切代价获取上级批准的。”

“那我至少可以回旅馆吧?”杰伊斯问道。

“在我允许时。”查理温和地说，“同时，我希望你能找把椅子舒服地坐下。”

杰伊斯怒视着他，然后退到了后面。门铃响起，杰西普领着两个人走了进来，一个是佩戴副警长徽章的高瘦美国人，另一个是表情焦躁的日本人。

“啊，你好，验尸官先生。”陈对兼做验尸官的副警长说。“卡西莫，你跟往常一样慢吞吞的，你难道是坐马车来的?”陈对日本人说道。

副警长说道：“他们派他去找我，他花了一段时间才找到我。现场在哪儿，查理?”

“过一会儿我带你去现场。”查理说。

“也许我该搜查一下房间?”卡西莫问道。

陈悲哀地看着他说：“那会显得警察局今晚太缺警探了。不，卡西莫先生，至少在有人告诉你要搜什么东西之后再搜吧!”他又对副警长说，“请跟我来。”

这时，戴安娜·狄克逊小姐走进屋。她穿一件白色晚礼服，她的浓妆艳抹充分说明了她这么晚才出现的原因。陈感兴趣地看着她。

“这位女士，我怎么从来没听人提起过你?”他说。

“你是——”戴安娜盯着他说。

“别害怕，”查理笑着说，“我是檀香山警方的陈探长，而你现在身处夏威夷。”

“哦，我明白了。”她说。

“请问你的名字——”

她说了自己的姓名。

“你大概是这儿的客人吧?”

“是的，芬小姐热情地邀请了我。你知道，我刚跟她一起从南海到这儿，我在她最后的影片中饰演角色。”

“一位女演员。”陈点头说，“这么多的名人、美女，都有点儿快把我弄蒙了。不管怎样，我还得振作精神问问题——今晚你都在做什么?”

“我一直在游泳。”她对他说。

“你最后见到芬小姐是在什么时候?”

“当我上楼去换泳装时，我不知那是几点。布拉德肖先生刚进来，朱莉小姐和他，还有我上楼去换衣服，芬小姐留下来站在大厅里，那时，我听到了门铃响。”

“你跟这两个年轻人一同下楼去游泳的吗?”

“哦，不，我换衣服花了很长时间，我换好时已经八点了。我离开屋子前看了一眼梳妆台上的钟，我并不知道已经那么晚了，所以我赶紧跑下楼。”

“你没有看到芬小姐?”

“我没有，我下楼时这屋子里没人。我穿过门廊走到草坪上——”

“那时刚过八点?”

“是的，应该是八点零三四分。我跑过草坪时，看到一个男人从避暑屋很快走开。”

“你看到一个男人离开避暑屋?他是谁?”

“我不知道，我没有看到他的脸。我以为他是我们的一位客人，我还向他问好，但他没回答我。”

“你能说一下他的样子吗?”陈问道。

“我告诉过你，他的脸被黑影遮着，看不清。但他穿着一件大衣，我当时还想在这样的晚上穿大衣真是很奇怪。大衣是敞开的，厨房里射出的一道灯光照在他胸前的衬衫上。他穿着晚礼服，在他的白衬衫上——”突然她脸色惨白，虚弱地坐在了离她最近的一把椅子上，“哦，上帝啊！”她喊道，“我从来没有想到这一点。”

“你又想到了什么？”查理马上问。

“他衬衫上的污渍——一条细长的红色的污渍，”她喘息着说，“那，那肯定是血迹。”

第六章 雨中放烟火

好一阵子，大家都被狄克逊小姐描述的情景惊呆了，屋里一片沉默，然后响起了低声的私语和惊异的评论。陈查理站在那儿若有所思地望着他最新的证人，似乎在问自己她的话是否可信。

“非常有意思。”他最后说，“这么说，今天晚上这儿还出现过一位我对之一无所知的先生，无论他是否穿着胸前带血的衬衫——”

“但是我告诉你我看得很清楚。”姑娘抗议道。

陈耸了耸肩。“也许吧。哦，真是对不起，我并不怀疑你讲的是真话，我的意思是你的神经可能过分劳累而产生视觉错觉。我要说杀人犯在行动时笨拙地染上血渍是可能的，但是当他从作案现场逃跑时却不用大衣把罪证遮掩起来，这实在说不出道理。我倒想象他会用衣服紧裹着自己以遮住血迹，但这有什么关系呢？我们无论如何也得找到这个穿大衣的人。他穿着大衣本身就说明他是个怪人，因为在热带穿大衣是一种奇怪的装束。”他转身对朱莉说，“请问这房子的男仆的名字是什么？”

“你是指杰西普？”她问道。

“我是指管家。你把他叫来好吗，如果你愿意帮忙的话？”

朱莉走进大厅。查理朝着副警长说：“我发现现在我不可能陪你去作案现场了。案件发生在草坪右方的一个海滩小屋中，这是钥匙。你现在可以开始检查，我问完了管家再去找你。”

“你找到凶器了吗，查理？”验尸官问道。

“没找到，我想凶器被凶手拿走了。你会发现他是一个很狡猾的家伙。”查理对那日本人说，“卡西莫，你在周围仔细找一找，但如果你还像上次那样把脚印踩坏了，我就把你送回鱼市让你再去当看大门的。”

验尸官和日本人走了出去，这时杰西普打开门帘走了进来，身后跟着朱莉。管家脸色苍白并显得很激动。

“你叫杰西普？”查理问道。

“是的，先生。”

“你知道我的身份吗？”

“我想你代表本地警方，先生。”

陈咧嘴笑道：“杰西普，我知道告诉你一件事儿会对你忍受像我这样的人的提问有所帮助的——在一个案件中，我的微不足道的工作获得过一个来自苏格兰场①的先生的衷心赞扬。”

“是吗，先生？”杰西普回答道，“这记忆肯定是最令你感到欣慰的吧？”

“确实是。你做芬小姐的管家多长时间了？”

“两年了，先生。”

“在那之前你就在好莱坞吗？”

“在那之前大约十八个月。”

“一直做管家吗？”

“一直做管家，先生。在芬小姐之前我在几家干过，我不得不说我对他们都不满意。”

“或许是工作太难了？”

“根本不是，先生。我反对同雇主很亲密，在仆人与主人之间应保持一定距离，但我发现很多时候缺乏这种距离。我为之工作过的一些女士经常当着我的面哭泣，并给我讲述她们的单相思；雇用我的绅士们对待我就像是久别的兄弟，尤其有一个总叫我‘老兄’，感情上来时还当着客人们的面拥抱我。人是要有尊严的，先生。”

“我们都知道，没有尊严就没有身份了。”查理赞同地说，“你发现芬小姐与别人不同吗？”

“确实是这样，先生。她是一位像我一样知道自己身份的女士，她对待我从来都很正式。”

“那么你们的关系非常融洽喽？”

“是的。我应该补充说，我对今晚的事感到非常伤心，

---

① 英国首都伦敦警察厅的代称。——编者注

先生。”

“你今晚请进屋的先生中有没有穿大衣的呢，杰西普？”

“大衣，先生？”杰西普的白眉毛扬了起来。

“是的，里面穿着晚礼服。”

“没有，先生。”杰西普肯定地说，“我没有见到这么笨的装束，警察先生。”

陈微微一笑：“请你看一下屋里的客人，你是否记得在他们之外你还让别的客人进来过？”

“没有，先生。”杰西普看着众人说道。

“谢谢。你最后见到芬小姐是什么时候？”

“在大约七点二十分，在这个房间里，我给她拿了一盒鲜花。后来我还听到她说话的声音，但没有再见到她。”

“请详细说一下七点二十分以后你都做了些什么。”查理这样要求道。

“我在厨房和餐厅忙着自己的工作，先生。就我个人来说，我要加一句，这个晚上可不好过，我们的华人厨子显露了一个未开化民族的最差的品性。哦，请原谅我，先生。”

“一个未开化民族？”查理严肃地重复说，“他们发明印刷术的时候，大不列颠的绅士们还拿着狼牙棒厮杀呢。请原谅我讲了点儿历史。那厨子发火了吗？”

“是的，警察先生。他的行为表明他完全没有他的民族所具有的著称于世的耐心。另外，那个私酒贩子又来得太晚。”

“啊，你们同非法贩酒的人有联系？”

“是的，先生，芬小姐本人是主张戒酒的，但她知道作为一个女主人的责任，所以，那个厨子吴若青就安排一个朋友送来一点儿好像是从实验室弄来的白酒，还有刚刚酿成的葡萄酒。”

“真让我吃惊。”陈说，“吴的朋友来晚了吗?”

“确实是这样，先生。如我所说，我把鲜花给了芬小姐之后就去忙着做我的工作了。在八点零二分时——”

“你为什么提到八点零二分这个时间?”

“我刚才听到了你问其他人的问题，先生。那时我在厨房——”

“一个人吗?”

“不，先生。吴当然也在那儿。还有女仆安娜，她进来喝了杯茶。我让吴注意已经过八点了，我们说了几句酒贩子怎么来晚了之类的话。我们三个人在那儿一直待到八点十分，吴的朋友才偷偷摸摸地到了。我马上开始用他拿来的酒进行力所能及的加工。在八点十五分，我出去请范荷恩先生进来。从那时起，我一直在这个房间出入，先生。在我去海滩敲锣前，我没有离开过这个房间。”

“感谢你讲得这么完整。”陈点头说，“没有问题了，杰西普。”

管家犹豫了一下说：“还有一件事，探长先生。”

“啊，什么事?”

“我不知道这是否重要，先生，但当我听到这可怕的消息时，我又想起了这件事。楼上有一个小书房，在我收拾完午餐餐具之后，我到那儿去找一本书，打算拿到我的房间午睡时看看。突然我看到芬小姐，她看着一张照片悲伤地哭泣着，先生。”

“谁的照片?”

“我不知道，先生。我只看出是一位男士的照片，她把照片挡住了，所以我看不到照片上的人，而且我立刻就离开了那个房间。我只能说那是很大的一张照片，镶着尼罗河绿边。”

陈点头说：“非常感谢你。你能否让那个不开化的厨子过来呢，杰西普?”

“我会的，先生。”杰西普回答着，走了出去。

查理看着这一小圈儿人，温和地说：“事情越拖越长了，我看见窗子那边清凉的门廊上放着一些不错的香港椅子，你们可以过去坐。如果大家愿意的话，也可以到更通风的地方走走。我只有一个要求——不要离开此地。”

大家都动了起来，低声地说着话。除了布拉德肖、朱莉、特纳弗罗和陈，其他人都到外面昏暗的门廊上去了。占卜师热切地看着查理。

“有什么进展吗?”他问道。

查理耸了耸肩说：“到目前为止，我所做的都像是在雨中放烟火。”

“那正是我的想法。”特纳弗罗不耐烦地说。

“别灰心，”陈建议说，“打个比方，要挖出大树，我们必须从根开始。这些挖掘工作都是枯燥的公式化作业，但在任何时候我们都可能挖到重要的根。”

“我衷心希望如此。”特纳弗罗说。

“哦，你相信查理吧。”布拉德肖说，“他是檀香山的杰出公民之一，他会抓到罪犯的。”

吴若青走了进来，自言自语地嘟哝着。查理用广东话严厉地问他话，吴睡眼惺忪地看着他，慢吞吞地回答他的问题。

这两个人之间的高声、单调的对话越来越快，声音越来越大，吴相对来说不太激动。三个旁观者站在那儿感到非常有趣，这就像一幕用某种已经死亡的语言上演的戏剧，他们听不懂语言却能感受到汹涌的潜流。突然，陈猛地抬起了头，就像猎犬闻到了猎物的气味。他靠近了那个老头儿，抓住了他的胳膊。吴的话中重复出现的一个可以听懂的词是“酒贩子”。

最后，陈耸了耸肩，转回了头。

“他说了什么，查理?”布拉德肖急切地问。

“他什么也不知道。”查理回答说。

“那个酒贩子是怎么回事?”

查理深深地看了一眼小伙子说：“老人的话充满智慧，别人也愿意听，年轻人的嘴则应该省点儿劲。”

“我会记住你的话。”小伙子笑着说。

陈对朱莉说：“你提到过芬小姐的女仆，只剩她一个人没有问了。你能请她来吗?”

朱莉点了点头走了出去。吴若青仍在门口逗留，现在他突然开始长篇大论地说了起来，还打着手势。查理听了一阵，把老头儿赶了出去。

“吴抱怨说没人吃他做的晚饭。”他笑着说，“他是一个伟大的艺术家，却没人欣赏他的艺术，他苍老的心中充满了愤怒。”

“如果是这样，”吉米·布拉德肖说，“可能这么说有点儿不太合适，但我可以吃掉一点儿他的作品。”

陈点头说：“我也那么想，或许再晚点儿吧，为什么不呢？饿死活人对死人又有什么好处呢?”

朱莉回来了，后面是女仆安娜，她是一个举止优雅的黑瘦女人。

“请问你的名字?”陈问道。

“安娜·罗德里克。”她回答说，语气中流露出一丝蔑视。

“你跟着希拉·芬小姐有多长时间了?”

“大概有一年半吧，先生。”

“我知道了。在那之前你受雇于好莱坞的其他人吧?”

“不，先生，我没有。我刚一到那儿就开始为芬小姐工作，我从未为电影界其他人工作过。”

“你为什么去加利福尼亚呢?”

“我那时在英国工作，一位朋友写信告诉我美国的工资高。”

“你与芬小姐相处得不错吧?”

“当然了，先生，不然我不会一直待在她这儿，我可以找到许多其他工作。”

“她曾向你坦露过私事吗?”

“不，先生，她没有，这是我喜欢她的地方之一。”

“你最后见到你的女主人是什么时候?”

“在差点儿到七点半时，我正要去厨房喝一杯咖啡，因为我觉得晚餐可能会推迟很长时间。这时，芬小姐回到她的房间——我住在她旁边一间。她叫我找一枚饰针来别她手中拿的兰花，我给她找了一枚。”

“请说一下饰针的样子。”

“很精致，镶着钻石，我想有大约两英寸长，我把花系在她晚礼服的肩带儿上。”

“关于那些花她有没有说什么呢?”查理问道。

“她说花是一位她曾非常喜欢的人送的，她似乎有点儿激动。”

“接下来又发生了什么?”

“她坐在电话机旁，”安娜对他说，“她房间里有一部分机。她在电话簿里查了一下号码，开始拨号。”

“你听到她在电话中说什么了吗?”查理试探地问。

“我没有偷听的习惯，先生，我立刻就离开那里去厨房了。”

“在八点零二分时，你在厨房吗?”

“是的，先生，我记得这个时间，因为杰西普和厨子谈了很多关于酒贩子的话。”

“在八点十分，那个酒贩子来的时候，你还在厨房吗?”

“是的，先生，过了一会儿我就回自己房间了。”

“你没有再见到你的女主人?”

“我没有，先生。”

“还有一件事，”陈若有所思地看着她说，“请说一下她今天的状态，她跟往常一样吗?”

“我没注意到任何异常的表现。”

“你在今天下午有没有看到她拿着一张照片——一位男士的照片?”

“我下午时不在这儿。这是我们上岸的第一天，芬小姐很好心地给了我几个小时的假。”

“在芬小姐的物品中，你有没有见过一幅镶着尼罗河绿边的男士照片?”

“芬小姐总是随身携带她的大相册，里面装着许多她朋友的照片，那里面可能有那么一张。”

“但你从来没见过它？”

“我从没打开过那个相册。那似乎太像是刺探了，如果我可以这么说的话，先生。”

“你知道相册现在在哪儿吗？”查理问道。

“我相信它在她房间的桌子上。要我把它拿来吗？”

“过一会儿再说吧。你熟悉芬小姐出席晚会时经常戴的珠宝首饰吧？我是指除了戴兰花用的饰针以外的。”

“我想是的，先生。”

“你跟我来一下，好吗？”

把其他人留在客厅，他领着女仆穿过月光下的草坪走向避暑屋，他们走了进去。安娜看到希拉·芬时有一小会儿失去了控制，她发出了一声低低的叫声。

“请仔细找一找，”查理对她说，“然后告诉我是否珠宝现在都在原处。”

安娜点点头没说话。验尸官走过来同查理打了个招呼。

“我已经检查完了。”他说，“这事儿可不简单，查理，我最好找个人来帮帮你。”

陈笑着说：“我有卡西莫了，还能有什么更多的奢求呢？告诉局长我将尽快向他汇报所有的情况。”他们走到小屋外面的门廊上，这时，卡西莫像一个函授学校出身的侦探那样从屋子一角的一丛灌木中站了起来。

“查理，快过来！”他嘶哑地轻声喊道。

“卡西莫有了重大发现，”查理说，“请跟我一起来，验尸官先生。”

他们跟着日本人穿过灌木丛来到了私人海滩右侧的公共

海滩。避暑屋与海滩分界线齐平的这一侧有一扇窗户，卡西莫把他们领到窗户旁，打开手电照着地上的沙子。

“许多脚印。”他戏剧性地强调“许多”一词。

查理抓过手电跪在沙滩上。“确实是脚印，卡西莫。”他说，“这些是很独特的脚印，这鞋又破又旧，鞋跟已经磨得高低不平了，一只鞋的鞋底上差不多都快有一个洞了。”他站起来说，“恐怕这鞋的主人运气不太好哇。”

“我是搜索的能手。”卡西莫骄傲地说。

“你确实是。”查理笑着说，“这次你终于没有在发现线索的同时把它破坏掉，你是在进步，卡西莫，祝贺你。”

他们回到希拉·芬房子的草坪上。“好吧，查理，这事就交给你了。”副警长说，“早上再见，除非你让我留下来。”

“你的任务已经完成了，”陈说，“或者说等你在城中做出妥善安排之后才算完成。尸体当然应该马上送到太平间去。”

“当然。”副警长回答说，“好吧，再见，祝你好运。”

陈转过头对卡西莫说：“现在有一个发挥你的特长的绝好机会。”

“太好了。”卡西莫急切地说。

“到房子那边去，问一问哪间是希拉·芬小姐的卧室，然后搜查一下。”

“我现在就去。”卡西莫喊道，就要跑开。

“站住!”查理命令说，“卡西莫，你从来也不停下来想一想你要搜什么东西。在那间屋子的桌子上你会发现一个大相册，我非常想见到一张镶着尼罗河绿边的绅士的照片——”

“尼罗河对我来说是个新词。”日本人抱怨道。

“是的，但我现在没时间给你上地理课。”陈叹气道，“把屋里所有镶绿边的照片都给我拿来，如果相册里没有，就到别处找。现在去吧，记住，是一张男士的照片。如果你给我拿回一张富士山的照片，我就亲自把你送回去关禁闭。”

卡西莫跑过草坪，查理再次走进避暑屋，安娜站在屋子中间。

“你检查完了吗?”他问道。

“是的。”她说，“没找到系花的饰针。”

“这我已经知道了。”他点头说，“其他饰品都在吗?”

“不，不都在。”她回答说。

他突然感兴趣地看着她说：“丢了什么东西吗?”

“是的，一枚祖母绿戒指，芬小姐通常将它戴在右手上。她有一次告诉我它值不少钱，但它不见了。”

第七章
手表显示的时间

查理让女仆回去后，在梳妆台前的椅子上坐了下来。屋里的照明来自镜子两侧各一盏粉红色的灯。他沉思地看着昏暗的镜子，镜子中不时映照出希拉·芬的奶白色缎子长袍。验尸官已经把希拉·芬放到了沙发上，她不平凡的事业中的所有爱与恨、嫉妒与成功都在今夜结束了。人们把她叫作火焰般的女人，但这火焰已像风中的烛火一样熄灭了——熄灭在从库罗山吹来的变幻的信风之中。

陈眯起小眼睛聚精会神地思考着。在一个不太慎重的时刻，希拉·芬看到丹尼·梅若被谋杀了。三年来她一直隐藏着这个秘密，直到在一个更不慎重的时刻，她把这秘密告诉了特纳弗罗——一个看水晶球的算命先生，毫无疑问他是一个骗子。这一晚，黑骆驼就跪在了她的门前。

侦探心中仔细地琢磨着调查显示的各个要点。他从来不带笔记本，于是从兜中拿出了一个信封，开始在信封的背面写了一排名字。这时，他听到身后有脚步声，回过头来，看到了特纳弗罗神秘而瘦削的身影。

占卜师走进来，坐在陈旁边的一把椅子上。他盯着侦探，眼神中流露出一种责备。

“既然你曾让我在此案中同你一道工作，”他说，“那么如果我说我觉得你做事儿太不仔细了，请你别介意。”

查理睁大了眼睛说：“怎么讲?”

“我是指芬小姐的信，”特纳弗罗继续说道，“它可能是解决所有问题的答案。那可怜的姑娘可能已经把我们要找的名字写在里面了，但你却没有搜查屋里的人，我提出建议你又不采纳，这是为什么?”

陈耸了耸肩说：“那么你认为我们要对付的人是个傻瓜吗？那无赖费尽心机抢到了信，然后会把信放在身上让人一搜就搜出来吗？你错了，我的朋友。我并不想说你错得多么厉害，因为我自己也犯了错误。不，信被藏在屋里，早晚能找到它。如果找不到，也无所谓，我强烈地感觉到信的内容根本无关紧要。”

“你这感觉从何而来呢?”特纳弗罗问道。

“我有充分的理由。希拉·芬会把这个大秘密写在纸上，然后再让一个仆人转交给你吗？不，她会等待机会亲手交给你。我不想责怪你，但我认为你太看重那本身并无关紧要的信了。”

“很显然凶手认为这信很重要，你不能否认这一点。”

“凶手太紧张了，冒了不必要的险。如果他再这样多冒险几次，我们就胜利在望了。”

特纳弗罗做了个手势，表示不愿再谈这事。“那么，你从问话中都发现了什么?”他瞥了一眼陈拿的信封问道。

“不多。你看到了，我很想知道三年前的上个月谁在好莱坞。假设那故事是真的——你说希拉·芬早晨同你讲的事情——”

“为什么不是真的?一个女人会开这种玩笑吗?”

“不会。”陈用有些尖厉的声音说，“正因为这个原因，我要说我认为这是真的，所以确定三年前的六月我们的这些嫌疑人都在什么地方很重要。我在这儿写下了所有当时在好莱坞，也就是有可能杀害丹尼·梅若的人的名字。他们是威尔吉·贝罗、他的妻子、亨特利·范荷恩，还有杰西普，那个管家。非常遗憾，我刚才光想着那染血的衬衫而忘了问狄克逊小姐三年前她在不在好莱坞。”

“她已经在好莱坞六年了，”占卜师告诉他说，“这是我给她算命时她告诉我的。”

“还有一个人，”查理把名字写了下来，“我想我可以加上朱莉小姐，虽然那时她年纪还小。在这些人中，有两个人在八点零二分时的行踪可以确定。杰西普有充分的不在现场的证据，亨特利·范荷恩更有完美的不在现场的证据，我本人就可以做证。另外还有一件事，它虽然不太重要，但我却很注意，你肯定也注意到了，那就是阿伦·杰伊斯先生非常着急地要在今晚离开夏威夷。别忘了，也有可能丹尼·梅若一案同希拉·芬的死毫无干系。这位杰伊斯先生心情很糟，他可能性格善妒，很有可能他看到了这位女士肩上的兰花，而那是另外一个人的礼物。”

“但根据那块手表，他也有不在现场的证据。”

“啊！是的。”陈点头说。

他们沉默地在那儿坐了一会儿后，特纳弗罗站了起来，慢慢走向沙发。他不经意地说：“你是否仔细地察看过那块手表呢?”

“真抱歉，”陈站起来跟了过去，“你提醒了我，这是我最大的疏忽。”特纳弗罗弯下腰去，但陈阻止了他。“我马上把它拿起来好好看一看，虽然我脑筋慢到还没太明白你的意思。”他从兜中掏出一块亚麻手帕，把它铺在左手上，然后用右手解开了希拉·芬手腕上的细黑表带，把这珍贵的小表拿起来放到了手帕上。他走回去站在灯下，低头看着指针。

“嘿，我今晚可是脑筋不灵，”他叹气说，“我还是没看出什么，水晶裂了，表正好停在八点零二分——”

“请让我看一下，”特纳弗罗把手帕和表都接了过来。他用手指头隔着手帕按了一下精细指针的旋钮，分针立刻动了起来。

占卜师的眼中闪过一道胜利的光芒，他喊道：“这比我预计得还好。凶手犯了一个小错误，我们要感谢他。他调了旋钮，所以表上的时间可以任意调整，但匆忙中他忘了把旋钮按回去。当然我不用告诉你这意味着什么了。”

查理用赞赏的目光兴奋地看了他一眼说：“你自己就是一个一流的侦探，这我今天早上就说过了。非常感谢你，现在我明白你的意思了。”

特纳弗罗把表放在梳妆台的玻璃面上。“我想我们可以确定一件事，探长，”他说道，“凶杀案发生的时间绝不是在八点零二分。你要对付的是一个狡猾的家伙，他杀死了希拉·芬之后，取下了她的手表，把时间向后调或者向前调到八点零二分，然后把表摔坏，好像发生过一场搏斗。”占卜师的眼睛亮了起来，他指着梳妆台的一角说，“这就是玻璃上有划痕的原因，他把表往这个角上砸，直到它停了下来。”

陈立刻蹲在地板上开始查找。“下面没有玻璃碴儿。”他说。

“不，不，”特纳弗罗继续说，“不会有的，碎玻璃肯定在芬小姐倒下的地方。为什么呢？因为这个不知名的人是用手帕把表包着，就像你刚才一样，他用手帕包着表敲打桌子，以防水晶碎片漏掉，然后再把摔碎的部分都放在他选定的地方。这可真是个聪明的家伙，探长。”

查理点了点头，表情明显有些懊恼：“但是你更聪明，我都快想因自己的愚蠢而辞职了。你应该戴上我的警徽，特纳弗罗先生，因为在此案中你才是聪明的侦探。”

特纳弗罗很古怪地看了他一眼：“你真这么想吗？我想你是太夸张了，这事其实很简单。我当时感觉到太多人有不在现场的证据了，我想到了要改变表上的时间是多么容易，事情就是这样。凶手把表往回调到他已经有不在现场证据的时间，或者往前调到他计划会有一个不在现场证据的时间，然而当一个人太紧张时，他就容易犯错——这个家伙在走之前忘了把旋钮按下去。”

陈叹息道：“正如我所说，我非常感激你，但我也很吃惊，这么多人不在现场的证据就这么完了，现在调查的范围就像无边的草原。范荷恩不在现场的证据没了，玛蒂诺和杰伊斯的也没了。请你原谅，特纳弗罗先生，你也把自己不在现场的证据给毁了。”

占卜师扬起头笑道：“我也需要不在现场的证据吗？”

“可能不需要，”查理咧嘴笑着说，“但是大树一倒，影子也没了。谁知道呢？即使是你，将来也可能后悔没处乘凉了。”

“或许我还有另外一棵大树。”特纳弗罗暗示说。

“如果是这样，我向你表示祝贺。”他环顾四周说，“我现在必须把这可怜的女士搬到房子那边去，然后把门锁上，等指纹专家明早来这儿。你可能已注意到了，在夏威夷，人们做事速度不快，这都是由于我们可爱的气候。”他把表放进梳妆台的抽屉里，然后锁上门，同特纳弗罗走了出去。“咱们再到客厅去吧，我们得设法不让别人打扰。在那儿你可能还会有重大发现。我今晚运气可不错，若没有你我可怎么办啊？”

草坪上的一圈椅子显示出大多数客人的位置。在客厅里，他们看到朱莉和布拉德肖紧挨着坐在一起。姑娘很明显一直在哭，而布拉德肖则在安慰她。陈把避暑屋的钥匙交给了朱莉，柔和地告诉她应该做什么。随后，她和小伙子出去找仆人帮忙了。

他们出去后，查理开始沉思着在屋中走来走去。他观察着一些植物的花盆，翻开几本书并拿起来抖了抖。

“顺便问一下，”特纳弗罗说，“你查看芬小姐的卧室了吗？”

“还没有。”陈回答说，“这么多的事儿，只有你和我两个人做。我已经把我们的日本警探卡西莫派去了，这家伙肯定得一两周以后才能回来。至于我自己——”他正在一小块儿地毯上走着，忽然停了下来，“至于我自己——”他重复了一遍，并用他的薄底鞋在地毯的一个地方来回蹭着，“至于我自己，”他第三次说道，“还有许多工作要做。”

他弯下身去掀开地毯。在光亮的地板上，刚被别人从他手中夺去的信封赫然躺在那儿，信封缺了一个角，但其他部分是完整的。

“很幸运，芬小姐喜欢用这样的厚纸。”查理拿起信封，“恐怕我不能说我们那位不知姓名的朋友这件事做得很完美，他做这件事时非常地匆忙，我必须记住这一点。”

特纳弗罗靠了过来，他的黑眼睛闪着光：“上帝啊，希拉的信，而且我相信是写给我的。”

“我再次提醒你，这儿是警察负责。”陈说。

“他们刚才就负责过了。”特纳弗罗回答说。

“啊，是的，但历史不会重演。”查理把信从信封中取出，读了起来。他耸了耸肩，把信递给了占卜师说：“我终于对了一次。”

特纳弗罗低头看着这个用信纸同用别的东西一样大方的人的潦草而特大的字迹。读了信的内容，他皱起了眉头。

亲爱的特纳弗罗：

请忘了我今天上午对你讲的话，我一定是疯了，我打算忘掉它，你也必须这么做。哦，特纳弗罗，答应我你会的，假装我从来就没说过。我今晚将拒绝可怜的阿伦，这会让我心碎的，但我会这么做。我会一个人走下去，或许最后我能找到一点儿快乐，我太需要它了。

“可怜的希拉!”占卜师站在那儿看着信说,“她没有勇气了结这件事,我应该知道这一点。”他把信狠狠地在手中揉着,“谋杀丹尼·梅若的人安全了,她没打算告发他,他根本不必杀她。她死了,但她的灵魂可能还在这儿。我向天发誓,就是死我也要抓住他。”

陈笑着说:“我也有相同的愿望,但我相信并不需要为此付出生命。”他的日本助手偷偷摸摸地走了进来。“啊,卡西莫,你是在楼上享受周末吗?”

“这活儿可不轻松,但我找到它了,”卡西莫骄傲地说,“在一个花盆里找到的。”

陈伸出手。让他吃惊的是卡西莫拿出的不是陈希望看到的相片,而是一大把被撕碎的相纸和绿色的相纸边——有人把相片撕成碎片并试图把它藏起来。

“看看我们找到了什么?”陈站在那里惊讶地看着手中的一把碎片,然后看着特纳弗罗的眼睛说,“这件事值得我们思考,有人不希望我们看到这张希拉·芬为之哭泣的相片。为什么?难道相片中的人就是你让她揭发的人吗?”

“可能是。”特纳弗罗同意道。

“线索现在明确了,”查理说,“我必须看看这张相片,所以我将用自己最大的耐心把这些碎片拼起来。”他把一张小桌子搬到靠街的窗前。

“我去屋外调查。”卡西莫说。

“那你就不会惹麻烦了,”陈回答说,“努力调查吧!”

日本人走了出去。

查理掀开桌布,坐了下来。在光滑的桌面上他开始小心地拼照片,他看出这工作会花很长时间而且让人烦闷。“我从来都玩不好拼板，”他抱怨说，“我女儿罗斯干这种活儿干得最好，她是我们家的骄傲，要是她在我身边就好了。”

他还没取得多大进展时，门廊的门打开了，几位客人走进了客厅。威尔吉·贝罗走在最前面，后面是范荷恩、玛蒂诺、杰伊斯和丽达·贝罗，戴安娜·狄克逊走在最后，她似乎想显示自己同前面谈判团模样的一伙人不是一路的。

很明显，这确实是一个谈判团。贝罗用他最威严的语调开始讲话了。

“探长，我们都已经谈过了，你也没有什么理由再把我们留在这儿了。问题你都问过了，我们也告诉了你我们所知道的，现在我们打算离开。”

查理扔下手中还没有拼好的碎片站了起来，很有礼貌地鞠躬道：“我明白你们有充分的理由感到不耐烦。”

“那么你同意我们走了?”贝罗问道。

“我……这么说真令我痛苦……我不能同意。”陈回答说，“不幸的是新的发现像新年的烟火一样不断涌现，我还要同你们谈一谈。”

“这太过分了!”贝罗喊道，“我要让你为此丢掉警徽。”

查理报之以一个可以把人气疯的微笑：“这可能会发生，但最早要在明天。但是今夜，我主管这个案子。我要说的是，在我允许之前你们不能走。”

杰伊斯走上前来：“我在大陆有重要的事情，我必须在午夜出发。现在早就过十点了，我警告你，如果你想把我留在这里必须出动全部警力!”

“这也可以办到。”查理讨人喜欢地说。

“上帝啊!”英国人无助地看着威尔吉·贝罗，“这是什么地方？他们为什么不派一个白人来?”

查理的眼中闪过少见的怒火。“要过河的人不应该骂鳄鱼的母亲。”他冷冷地说。

“你这是什么意思?”杰伊斯问道。

“我的意思是你还没有安全到达彼岸。”

“你非常清楚地知道我有不在现场的证据。”英国人怒喊道。

陈用小眼睛从头到脚地打量着他。“我不认为我知道。”他平静地说。

“你亲口说你已把谋杀时间定在——”

“令人伤心的是，”查理打断他说，“在生活中我们总要犯许多错误，我是一个愚蠢的傻瓜。你不在现场的证据，杰伊斯先生，已经像戳破的气球一样消失了。”

“什么!”杰伊斯喊道。

范荷恩和玛蒂诺突然感兴趣地骚动了一阵儿。

“回到后面冷静冷静，”陈继续说，“接受我的建议，别再提你不在现场的证据了。你已经说得太多了。”

像一个丧失神志的人一样，杰伊斯完全听从了陈的命令。查理转过来对丽达·贝罗说：“夫人，非常遗憾，我向你致以最深的歉意。我迫不得已让你留在这儿。我想起来晚饭早就准备好了，恐怕这么长的时间已影响了大部分菜的味道，但是我建议——”

“哦，我什么都吃不下。”丽达告诉他。

“是的，当然了，单是吃饭的想法也让人害怕，”陈点头说，“那会显得太冷酷了。”朱莉和布拉德肖走了过来。“不论如何，我建议你们都到桌边坐下来，至少喝上一杯咖啡，这会缓解紧张情绪，也使等待的时间好过一点儿。咖啡能刺激神经，使人坚强。”查理继续说道。

“这主意不错。”亨特利·范荷恩说。

“朱莉小姐——”陈试探道。

姑娘惨淡地微笑着说：“是的，当然。我会告诉杰西普把东西准备好。你必须原谅我，我都忘了今夜我们有客人。”

她走了出去。查理回到小桌前，他的工作仍未完成。就在这时，一扇靠近街道的落地长窗突然被推开了，一阵季风像小旋风一样吹了进来，空气中马上飘满了照片的碎片。它们翻转着，就像明尼苏达州的暴风雪。

卡西莫把脑袋探了进来，“嘶——”他嘘声说，“查理!”

“干得真漂亮，卡西莫。”陈从牙缝里挤出要说的话，“又有什么事儿?”

“我发现窗子没锁。”日本人炫耀地说着，退了出去，把窗子关上了。

强忍着厌恶，查理在屋里四处寻找着照片的碎片。特纳弗罗和其他几个人马上过来帮他，不一会儿，他手里又有了一小把碎片。他走来走去，继续寻找，但却再也找不到了。

他重新坐在桌前，努力地工作了一会儿，然后耸了耸肩膀，站了起来。

“有什么问题?”特纳弗罗问道。

查理看着他说：“没有用，现在碎片只剩下一半了。”他站在那里看了一阵子这群表情都很无辜的人。他心中本想搜查每一个人，但是看了一眼贝罗之后，他明白这意味着要大吵一架，而他又是一个热爱和平的人。不，他必须用其他的方法达到目的。他叹了一口气，把剩下的碎片揣进口袋。这时卡西莫冲了进来，查理愤怒地看了一眼他的同事说：

“警察局今晚肯定是没人了才会派你来。”

门铃不间断地大声响了起来，杰西普远在厨房，吉米·布拉德肖起身去开门。客厅的人们听到有人在大厅急促尖锐地说了几句话，然后一个人就大步走到了他们中间。这人年约四十，相貌英俊，两鬓有些灰白，举止不凡，目光热切，脸上留着演戏时化的妆。他站在那儿，往四周看着。

“晚上好，”他说，“我是鲍勃·菲佛，曾是希拉·芬小姐的丈夫。有人打电话告诉了我这不幸的消息，我的戏刚演完就过来了，都没来得及换衣服，这都是违反行业习惯的，但请你们一定不要在意。”

“要我帮你拿一下大衣吗?”吉米·布拉德肖问道。

“非常感谢。”他走到门帘处把大衣递给了吉米。当他转回身来时，屋里突然响起了戴安娜·狄克逊刺耳的尖叫声。她用手指着菲佛胸前的衬衫。

他胸前的衬衫上有一条鲜红的荣誉军团缎带，菲佛吃惊地低头看着它。

“啊，”他说，“我已经告诉你们了，我是穿演出服来的。这一周，你们知道，我正好饰演法国大使。”

第八章 流浪汉的鞋

在接下去的长长的沉默中，查理严肃地看着这个英俊的演员。在不知不觉中，他完成了演员生涯中最佳的入场。演员冷静地同他对视着，还是没有人说话。菲佛开始意识到屋里的每个人都在看着他。虽然他习惯于被众人审视，但这次他却有点儿发窘了。他感到有点儿不安，想要说句话来打破沉默。

“希拉到底出了什么事？我尽快地赶到这儿来，虽然我已经多年没见过她了——”

“多少年？”陈快速地大声问道。

菲佛仔细地看着他说：“请你原谅，我不太清楚你的身份。”

查理若无其事地把上衣的左边向后拉了拉，露出了警徽。

这是一种让这位演员赞赏的姿势——摆事实，不说废话。

“我负责此案。”陈说，“你说你曾是希拉·芬小姐的丈夫，你好多年没有见过她了，多少年?”

菲佛想了想说：“我们是在九年前的四月份分手的。我们那时都在纽约演出，芬小姐在新阿姆斯特丹剧院演奇格菲尔德讽刺剧，我则在阿斯特剧院演一部侦探剧。有一天晚上，她回家告诉我她有非常好的机会可以去好莱坞拍一部电影。她太兴奋了，太有热情了，我没忍心反对她。一周之后，在四月的一个晚上，我在中央火车站跟她道别，心中想着她还能爱我多久，最后结果表明并不太久。不到一年她就去了雷诺，我猜这一切对她来说都毫无痛苦，但对我来说却并非如此，虽然那晚在火车站我就意识到那将是我最后一次见到她。”

“这些年来你一定去过洛杉矶吧?”陈试探着问，“就是当芬小姐在好莱坞的时候。”

“哦，是的，当然了，但是我们从没见面。”

“你能否记得在三年前的六月，你是否在洛杉矶演出?”

“不，”菲佛肯定地说，“我不在。”

“你说得非常肯定。”陈评价说。

“很凑巧，”菲佛回答说，“三年前我正随一个团体旅游，没有到洛杉矶。”

“这很容易查明。”侦探以缓慢的口气提醒他说。

“当然了，”菲佛同意道，“你去调查好了。”

“那么你敢肯定，”陈继续说，“从九年前在火车站跟希拉·芬道别之后，你再也没有见到她吗?”

“是的。”

“你今天在檀香山也没有见过她吗?”

“没有。”

“今天晚上呢?”

他停了一下说:“没有。”

朱莉走进来说:“咖啡已经好了，请大家到餐厅来吧。”

“我非常赞同这个建议。”陈说。

人们不太情愿地走了出去，互相抱怨说他们什么都吃不下，但一杯咖啡或许……他们的话声渐渐消失在门帘外。所有赴晚宴的客人中，只有占卜师逗留未去。

“还是去喝一杯吧，特纳弗罗先生。”查理说，“提提神儿，让我非常依赖的大脑转动更快些。”

“就去一会儿。”他点头说着走出了屋子。

查理对卡西莫说:“至于你，我建议你到外面门廊上坐在椅子上好好反省一下你的罪过。刚才你像匣子里的木偶一样探进脑袋时，吹进来的风把珍贵的证据都刮跑了。”

“真抱歉。”卡西莫嘶声说。

“请你到门廊上去抱歉吧。”查理说着把他赶了出去，并把窗子关上。他转回来对鲍勃·菲佛说:“很高兴能单独跟你在一起，你自己可能还不知道，你是与此案相关的人中最有意思的一个。”

“真的吗?”演员坐在一把椅子上，身上的大使服更使他仪表不凡。他的表情平静安详，似乎非常坦率。

“确实非常有意思。”查理继续说，“我看着你，问我自己，这个人为什么要对我撒谎呢?”

菲佛从椅子上站起来说:“你这是什么意思?”

陈耸耸肩说:“我亲爱的先生，何必如此呢?当你去草坪小屋拜访前妻时，怎么粗心地让胸前显眼的红缎带露在外面呢？它甚至可能被大惊小怪的年轻女子误认作血迹，这还有什么可说的呢?”

“哦，”菲佛沉重地说，“我明白了。”

“告诉我事实，这可以作为交换条件。”陈温和地说。

演员把头埋在手里在那儿坐了一会儿，最后他抬起头说：“我愿意说出实情，但实情有点儿不同寻常。我从火车站那晚之后再没见过希拉·芬，除了今夜。今天早上我听说她到了城里，这消息令我非常吃惊。你不了解芬小姐，呃，怎么称呼你?”

“陈探长。”查理告诉他说，“是的，我是不了解她。”

“认识她真是让人高兴的事情。”菲佛半笑着说，“她是个不寻常的姑娘，充满活力。我非常喜欢她，而且这种喜欢从未停止过。希拉走了之后，没有任何其他女人能让我动心。我留不住她，我并不怪她，没有任何男人能长时间拥有她，她需要浪漫、刺激。我说过，今早我听说她到了城里，这消息令我异常振奋，似乎在九年的沉寂之后我又听到了她的声音。我给她送了鲜花，夹着一张便条，上面写着：‘满怀着爱——一个被你遗忘了的人’。我还没告诉你她性情急躁、狂野、不理智、冲动。我的花儿刚一送到，她就给我打来了电话。那时我在剧院已经化了妆，准备好上台了。‘鲍勃，’她说，‘你必须马上来，你一定要来，我非常想见你，我等你。’”

他看了陈一眼，耸了耸肩说：“如果是任何其他女人，我都会回答说：‘演出之后我再去吧。’然而，你不可能对希拉说出这样的话。‘马上就来。’你只能这样回答希拉。

“这想法很疯狂，但却能办到，因为我是提前到剧院的，离上台还有四十五分钟。我有一辆车，如果快点儿开的话，往返各需十五分钟。就这样，在七点三十分时，我来到大楼一层我的更衣室，把门从里面锁上，从窗子跳到剧院外面的小路上。

“希拉跟我说起过那个避暑屋，她说她要举行一个晚会。但我不想见那些客人，你明白。正好，她也想与我单独见面。我在大约七点四十五分到这儿，在草坪上见到希拉，我们去了避暑屋。她以一种奇怪的方式看着我，我当时怀疑她是否还喜欢我。她的变化令我非常吃惊，记得跟我在一起时，她是那么清纯、可爱、开心。好莱坞深深地改变了她，是的，我想谁也不会越活越年轻。我们俩把宝贵的时间都浪费在回忆过去上了，回忆起过去似乎令她快乐。我担心时间，不停地看表，最后我说我必须得走了。”

他沉默了。“然后呢——”陈催促他道。

“事情很奇怪，”菲佛接下来说，“我听电话时就有这种感觉，见到她之后，这种感觉就更强烈了，她似乎有非常重要的事想听我的意见。但当我告诉她我要走了时，她只是可怜巴巴地看着我说：‘鲍勃，你还是有点儿喜欢我的，对吧？’她站得离我很近，我把她拥在怀里喊道：‘我爱你！’然后，我们……我不必讲这些了。我拥有过那一刻，没有人能把它夺走。当时，我又想起了幸福的过去，我的脑袋被对希拉的爱和那可恶的表的嘀嗒声撕成了两半。我匆忙地告诉她，演完剧之后我再过来，而且她待在这儿时，我每天都会来看她，我们可以一同游泳。我有一个疯狂的想法，或许我可以重新得到她，或许我本可以做到的，但是现在——”他的声音有些哽咽，“可怜的希拉，可怜的姑娘!”

陈沉痛地点头说：“人们常说，活得太出众的人会引来厄运。”

“我觉得没人比希拉活得更出众了。”菲佛用锐利的目光快速看了查理一眼，“探长先生，你一定不要让我失望，你一定要找到凶手。”

“这正是我的目标。”陈安慰他说，“你马上就离开了吗?”

“是的，我走时她站在那儿，站在那里微笑着，活得好好的，微笑着，也哭泣着。我冲出了避暑屋——”

“那是什么时候?”

“八点零四分。我跑上车道，在房子前面找到我的车，尽快开回了城里。当我从窗子跳进更衣室时，他们正像疯子一样敲我的门呢。我打开门，说我打了个瞌睡，就随着舞台指导上了舞台。我晚了五分钟，舞台指导给我看了他的表——八点二十分，但这并不严重，我上台演完了我的角色。我刚演完第一场就有个年轻人打电话告诉了我这个不幸的消息。”

他站起来说：“陈探长，这就是我的经历。我傍晚的来访可能会对我不利，但我并不后悔。我又见到了希拉，我把她搂在怀里，为这我愿意付出任何代价。还有什么要我说的吗?”

陈摇了摇头说：“暂时没有了。请你先留在这儿，可能一会儿还有别的事情。”

“当然可以。”菲佛点头说。

门铃响了，查理亲自去开门。黑暗中他看到一个皮肤黝黑、身材粗壮的穿着檀香山警方卡其布制服的人。

“啊，是斯潘塞，”他说，“很高兴你来这儿。”

警官走进大厅，用手牵着一个除了在热带海滩上在别处都会让人难以置信的人。

“我是在卡拉卡纳路上发现他的，”警官解释说，“我想你可能想见他，他对今晚都干了什么有点儿糊涂。”

他所指的那个人挣脱了警官的手，对查理说：“相信我还没错过晚饭的时间。”他站在那儿向大厅四处看了看，然后像突然想起了很久以前的事情，摘下了破旧的草帽，“我的司机真蠢，他迷路了。”

他的举止斯文有礼，衣着却让人不敢恭维。除了拿在他瘦削、长着雀斑的手上的帽子外，他的服饰还包括脏兮兮的帆布裤子、没系领扣的衬衫、一件破烂不堪的曾是红色的丝绒上衣，还有一双鞋子的残余部分，从其中一个洞里露出了他的白色的脚趾。

餐厅里嗡嗡的说话声已经消失了，人们很显然在听这边的动静，查理立即打开客厅的门帘说：“请进。”众人鱼贯而入。穿丝绒上衣的人盯着演员看了一会儿，他那乱蓬蓬的、有一个月没刮的黄胡子下的嘴上露出了一丝微笑。

陈说：“你是谁？你住在哪里？”

这人耸了耸肩说：“我的名字可能叫史密斯。”

“也可能是琼斯。”查理试探着说。

“这是个人喜好的问题，就个人来讲，我更喜欢史密斯。”

“你住在——”

史密斯先生犹豫了一下说：“不太文雅地说，警官，我住在海滩上。”

查理微笑地说：“啊，你沿袭了高贵的传统。如果没有流浪汉，怀基基海滩会成什么样子?”他走到门廊的窗前，把卡西莫叫了进来。“请搜一下这位先生。”他命令道。

“随便。”流浪汉同意道，“如果你找到了任何像钱的东西，请马上告诉我。”

卡西莫只找到很少的东西——一小段绳子、一把梳子、一把生锈的折刀，还有一个乍看起来像硬币的东西，原来是枚奖章，查理把它拿了过来仔细看着。

“圣殿铜奖，三等奖，风景油画，”他读道，“宾夕法尼亚艺术学院。”他怀疑地看着史密斯。

流浪汉耸耸肩道：“是的，看来我得全部交代了。我是一个画家，但不是第一流的。这只是个三等奖，你已经看到了。一等奖章是金制的，我近来迟早会用得上它的，如果我获了一等奖的话，但是我没有。”他靠近一点儿说，“如果这要求不太过分的话，可否告诉我平白无故地干扰我的生活是为什么？难道一位绅士在城中办事时非得被一个胖警察抓着，然后再被一个瘦子搜身吗?”

“很抱歉打扰你，史密斯先生。”查理礼貌地回答说，“请告诉我，你今晚到过海滩吗?”

“没有，我在城里。我出来走走，我没有必要告诉你原因。我正沿着卡拉卡纳路走着，这个警察就——”

“你去了城中的什么地方?”

“阿拉公园。”

“你在那儿同别人讲过话吗?”

“是的，虽然谈话人选不佳，但我还是设法找人谈了一会儿。”

“你今晚不在海滩上。”查理盯着他的脚说，“卡西莫，请你和斯潘塞陪这位先生到窗下你发现脚印的地方，仔细核对一下。”

“是。”日本人兴奋地喊道，他同斯潘塞和那个流浪汉一同走了出去。

陈转身对菲佛说：“这真是漫长而艰苦的工作，但是一个人不工作会变成什么呢？会变成像史密斯那样的人。请你坐下好吗？”

查理把椅子搬给从餐厅进来的人，大多数人都不太情愿地坐了下来。阿伦·杰伊斯看着他的表，十一点了。他看着陈的眼睛，但警探好像毫无察觉地望着别处。

特纳弗罗走过来低声问道：“有什么新进展吗？”

“调查范围扩大了。”陈说。

“我倒希望它缩小。”占卜师回答说。

两位警察和流浪汉从门廊走了回来。斯潘塞再次紧紧地抓着流浪汉。

“好了，查理，”警官说，“窗下的脚印在檀香山只能属于一双鞋。”他指着流浪汉的破鞋说，“就是这双。”

史密斯向下看了看，古怪地笑着说：“这双鞋似乎太破了，不是吗？但是，你知道，夏威夷似乎不懂得欣赏艺术。你们看看这儿的人买来挂在客厅里的画儿——本地画匠画在画布上的生硬的海浪，我虽然是三流的，却也画不出这种东西，哪怕是为了一双新——”

“过来！”查理厉声打断了他的话，“你对我撒了谎。”

史密斯耸耸肩说：“对于你的民族来说，你说话太直率了，我只不过把事实稍加改变，为了保护——”

“保护什么？”

“保护史密斯的利益。我看出这儿似乎有麻烦，我不想卷进来——”

“你已经卷进来了。告诉我，你今晚有没有进那海滩小屋？”

“我没有，我发誓，事实是我只不过在那窗下站了几分钟。”

“你在那儿做什么？”

“我本想把避暑屋作为我今晚的住所，那是我喜欢的地方之一——”

“从头说起，”陈打断他说，“这回要说真话。”

“我已经三天三夜没到海滩上来了，”他说道，“我弄到了一点儿钱，待在城里。我上次来这儿的时候，这屋子里没人。今天我的钱花光了，我在等一张支票，但它却没到。”他停了一下说，“这儿的邮政工作太差了，如果我能回到大陆——”

“你的钱花光了，然后呢？”查理打断他说。

“我只好回到棕榈树下，那是我经常休息的地方。我从城中出来，走到海滩——”

“在什么时间？”

“我亲爱的先生，你真让我尴尬。如果你沿着旅馆大街走一走，你会看到我的表挂在某一个窗户上，我常在那儿看时间。”

“没关系，你到了海滩之后呢？”

“这一段是公共海滩，属于每个人。我很奇怪看到避暑屋中有灯光，我想是有人把屋子租下来了。窗帘被拉了下来，但却不断地被风吹动。我听到里面有声音——一个男人和一个女人的声音，我开始怀疑这到底是不是一个睡觉的好地方。”

他停了下来。查理的眼睛看着菲佛。这位演员身体紧张地向前探着，眼睛盯着流浪汉，双拳紧握，指节都泛出了白色。

“我站在那儿，”史密斯继续说道，“窗帘翻动着，我清楚地看见了那个男人。”

“啊，”查理说，“什么样的男人？”

“就是他，”史密斯说着用手指着菲佛，“这个胸前有缎带的人。自从我在巴黎的朱利安学校读完书之后，我就再没见过这样的缎带了。那时，我们的大使请我去吃晚饭，这是真的，我和他是同乡，他是我父亲的老朋友——”

“这无关紧要，”查理插嘴说，“你站在那儿，从窗帘下向里偷看，然后——”

“你这是什么意思？”流浪汉喊道，“不要以貌取人，我不是在偷窥，我只是瞧了一眼，这是不可避免的。他们说话很快。”

“是的，或许你也不可避免地听到了什么。请别误解我。”

史密斯犹豫着说：“好吧。事实上，我是听到了，我听到她告诉他——”

菲佛轻喊了一声跳上前去，把流浪汉推到一边，自己站到了查理面前。他的脸色发白，但眼神坚定。

“别再问了，”他嘶声说，“我现在就可以把你的调查了结，是我杀了希拉·芬，我愿为此付出代价。”

屋中一片死寂。陈平静地、一动不动地盯着他的脸。

“你杀了希拉·芬?”

“是的。”

“为什么?”

“我想让她回到我身边，我不能没有她。我不断恳求，但她就是不听。她嘲笑我，她说这不可能。她逼我杀她，我不得不这样做。”

“你杀了她，用什么杀的?”

“是一把用作道具的刀。”

“它现在何处?”

“我在回城的路上把它扔到一片水洼中了。”

“你能带我找到它吗?”

“我可以试试。”

查理转过了身子。

阿伦·杰伊斯站了起来。“十一点十分。”他喊道，“如果抓紧点儿，我刚好能赶上船，探长。现在你当然不会再把我留在这儿了。”

“但我还得把你留下。”查理回答说，“斯潘塞，如果这个人要走的话，你就逮捕他。”

“你疯了吗?”杰伊斯喊道，“有人已经认罪了，难道不是吗?”

“至于这一点，”查理说，“请稍等片刻。”他转身对静静地站在他身边的菲佛说：“你是在八点零四分时离开避暑屋的?”

“是的。”

“那时你已杀死了希拉·芬?”

“是的。”

“你开车回到剧院，在八点二十分时你已经在后台了?”

“是的，我告诉过你了。”

“你八点二十分在那儿，舞台指导可以为此做证吗?”

“当然……当然。”

陈盯着他说：“然而在八点十二分，仍有人看见希拉·芬好好地活着。”

“什么?”特纳弗罗喊道。

“对不起，我在与这位先生讲话。在八点十二分，菲佛先生，有人看见希拉·芬还活着，你怎么解释这一点?”

菲佛坐在椅子上把脸埋在了手里。

“我真不理解你，”查理温和地说，“你要我相信你杀了希拉·芬，然而，在这屋里的所有人中，只有你具有最可靠的不在现场的证据。”

第九章
关键的十八分钟

没有人说话。外面，被吉米·布拉德肖称为丝绸般的海浪又一次拍打在珊瑚沙滩上。海浪声逐渐消退，拥挤的房间里却一片沉静。很少点火的壁炉上的一个小钟的嘀嗒声清晰可闻。阿伦·杰伊斯做了一个绝望的手势，走到桌边，划着火柴，点燃了一支小雪茄。查理走过去把手放在菲佛的肩膀上。

“你为什么承认自己没干过的事呢?”他问道，“我非常想知道原因。”

演员没有回答，也没有抬起头。查理转过头对着特纳弗罗。

“这么说在八点十二分还有人看见希拉·芬活着？”占卜师平和地说，“你能否告诉我你知道这一点多长时间了？”

查理笑着说：“如果你懂汉语，我就不必解释了。”他走到门口，喊杰西普。管家来到之后，陈让他马上把吴若青找来。“这件事我是为你一个人做的，特纳弗罗先生。”他说道。

“你真的很为别人着想，探长。”占卜师回答说。

华人老头儿走了进来，他明显地在生着气，他精心准备的晚餐都被这不幸的事件给毁了，他现在可没有心情接受孔夫子的耐心哲学。

陈用广东话同他说了一阵儿，转过身对特纳弗罗说：“我用中国话让他证实他早些时候回答我的话。”他又用英语说，“吴，你说当钟敲八点时你还同杰西普、安娜在厨房，你很生气，因为晚餐时间似乎可以随意改变，而且你选的酒贩子没来，让你大失面子，对吗？”

“酒贩子来得很晚。”吴点头说。

“但是在八点十分，你那位把事情办糟了的朋友终于喘着气把你们急盼着的酒带来了。当杰西普开始忙着把这毒汁变成可以喝的琼浆的时候，你出去找女主人了。”他又看着特纳弗罗说，“吴是那种表情呆板、四处乱闯的仆人。”他接着对那华人说，“你发现希拉·芬小姐一个人在避暑屋。为了保护你的名誉，你告诉她你的酒贩子朋友终于来了。女主人说了什么？”

“小姐看看表说，八点十二分了，酒贩子来得可够晚的。我说晚饭开始得也够晚的。”

“好吧，然后她命令你出去，别再烦她，这样你就回到了厨房。这就是你上次对我说的，对吗？”

“是的，探长先生。”

“这都是真的吗，吴？”

“是的，探长先生，我骗你干吗？”

“好了，你可以走了。”

“我走了，探长先生。”

当这个穿着丝绒拖鞋的老头儿静悄悄地走了出去之后，查理转过身与特纳弗罗锐利的目光对视着。“真有意思，”占卜师冷冷地说，“我明白了，刚才我对你说表的事情时，只不过是在说废话，你早就知道希拉·芬不是在八点零二分被杀死的。”

查理把手放在特纳弗罗的肩膀上，劝慰他说：“千万别生气。是的，我知道有人在比那更晚的时间见过芬小姐，但我仍不能确定表是怎么回事儿。我一开始是好奇，然后是着迷地听着你合乎逻辑的分析，难道我能在最后粗鲁地说这一切都没有意义吗？绅士总是彬彬有礼的，我更应该对你大加赞扬，这样你才会信心百倍、精力充沛地帮我干下去。”

“真是这样吗？”特纳弗罗说着走到一边去了。

查理走到流浪汉面前说：“史密斯先生。”

“噢，警官，”史密斯回答说，“我正担心你把我给忘了。你现在要我做什么？”

“刚才你正要开始重述你听到的这个衬衫上有缎带的男人与今晚在避暑屋遇见的女人之间的有趣的对话，但在重要关头却被粗鲁地打断了。我现在非常希望你马上重新开始。”

菲佛站了起来，狠狠地盯着这个穿丝绒上衣的流浪汉。史密斯与他对视着，眼中闪过狡黠的目光。

“哦，是的，”他慢慢地说，“我是被打断了，但对这我已经习惯了。我告诉你我听到了他们说话，可是，现在，没必要讲下去了，对这位先生跟你们讲的话我没有什么可以补充的了。”菲佛转开了身子。“他请求她回到他身边，说他爱她，她根本不听他的话，我为他感到难过——我本人就有类似的经历。我听到她说：‘哦，鲍勃，何必呢？’他继续坚持，不时地看着他的表。‘我没有时间了，’他最后说，‘我必须得走了，我们稍后再解决这个问题。’然后，我听到了关门声。”

“那女人自己留在房间里，还活着，你能肯定这一点吗？”

“是的。窗帘翻动着，他走后我还看见她，她一个人在那儿来回走动。”

查理迷惑地皱了皱眉，瞧了一眼菲佛说：“你有了一个不在现场的证据还不满意，现在又有了第二个。我真不理解你，菲佛先生。”

演员耸耸肩说：“我自己也觉得难以理解自己，探长。可能是一时激动，我们演剧的人容易激动。”

“那么你收回你刚才的认罪之举吗？”

“我还能做什么别的呢？”陈并没有忽视演员和破衣烂衫的流浪汉之间交换的表面上看来毫无可疑之处的眼神，“别人已经为我把话收回了，我没有杀希拉·芬，这是真的，但我认为这样更好，如果——”

“如果什么？”

“没什么。”

“你认为如果我的调查不深入下去会更好。”

“哦，根本不是这样。”

“你担心这个人听到了你同你前妻说的某些话，你想把它压下去。”

“你的想象力可真丰富，探长先生。”

“我还有挖掘别人想掩盖的事实的习惯。到目前为止，你的手法还是成功的，但是你我之间还不算完，菲佛先生。”

“我愿意随时帮忙，先生。”

“非常感谢，但我希望下次我们见面时，你的帮忙会对我更有用些。”他看着史密斯说，“至于你，虽然我不愿对你说这么难听的话，但我相信你所说的话中掺了假。”

流浪汉耸了耸肩说：“你怎么又以貌取人啊？”

“这并非是从你不会说话的衣服而是从你会讲话的舌头听出来的。”查理对他说，“斯潘塞先生，请你把这个人带回警察局并留下他的指纹。”

“呵，这么重视我，”史密斯说道，“希望我不要被冲昏头脑。”

“完事之后，”陈继续说，“你可以放他走——暂时的。”

“好的，查理。”斯潘塞说。

“还有一件事，你稍等一下，我把这屋里的人向你介绍一下。”他严肃地完成了这个有点儿冗长的仪式，“你已经见过了管家和厨子，还有一个女仆，我建议你出去时顺便去认识她一下。到警察局之后，你立刻赶往七号码头。‘大洋号’半夜时将从那儿离港，不要让这屋里的任何一个人乘那条船走，你明白吗？”

“放心吧，查理，我会办好的。”斯潘塞点头说。

杰伊斯走上前来说：“我想提醒你，我的行李还在船上，有一部分在货舱。”

查理点头说：“你提到了这一点真幸运。斯潘塞先生，请你把杰伊斯先生包房中的所有财物都运到岸上由你看管，安排一下，让旧金山方面照看一下货舱中的行李，向他们解释一下，由于重要的事情，杰伊斯先生将在檀香山滞留一段时间。这令你满意吗，杰伊斯先生？”

“见鬼，我太不满意了，”英国人吼道，“但是我看我也只能将就了。”

“也只能这样了。”查理点头说，“卡西莫，你陪斯潘塞先生去城里，你在这个房子里的热情工作今晚就告一段落了。你算‘光荣退休’了，但如果你再从哪扇窗户突然钻进来，你就真的永远退休了，记住这一点。”

卡西莫点了点头，跟在斯潘塞和流浪汉后面走了出去。菲佛走上前来问道：“我还有必要再待在这里吗？”

查理若有所思地看着他说：“我想不必了，你可以走了，等我有空儿时我们再谈。”

“随时恭候，探长。”菲佛走到门口拉开门帘，又补充说，“我住在福特大街的怀丽旅馆，有空儿时来坐坐吧，晚安。”他说着走进大厅，在那儿可以听到斯潘塞和女仆说话的声音。他走了出去，随后那两个警察和史密斯也走了。

查理站在那儿看着客厅里这群疲倦的人说：“请接受我的建议，振作起来吧，麻烦都让斯潘塞先生带走了，我真高兴他们终于离开了。我们在这里等着时，还有一两件事情要做。从我刚开始同诸位谈话到现在，有些观点有必要修正一下了。当时我把悲剧发生的时间确定在八点零二分，现在我们必须把时间向后推，悲剧发生在八点十二分至八点半之间——关键的十八分钟。诸位都要扪心自问：那十八分钟里在做什么?”

他停了下来，他的眼睛明亮，显得精力充沛。陈在夜晚精神状态最好，夜晚是他最喜欢的时间。但这里只有他一个人充满活力，其他人都是精疲力竭、萎靡不振的样子，尤其是女人们，苍白疲倦的脸上化的妆也变得刺眼、不自然，令人讨厌。

“重要的十八分钟。”陈重复说，“狄克逊小姐、朱莉小姐和布拉德肖先生那时正尽情享受着海浪，并不时回到岸上。贝罗夫人坐在海滩上消磨时间，直到晚餐开始。在最后的十分钟内，贝罗先生走开了，没人知道他在哪儿——”

“我能说出在哪儿。”贝罗打断他说，“我回到了这个房间，管家可以证实这一点，我走了进来并吸了一支他递给我的香烟。”

“你吸烟时他同你在一起吗?”

“不，他没有。他给我点燃了烟，就出去了。当他回来时，我还坐在同一把椅子里。”

“你希望我把这也记下来吗?”查理笑着说。

“我不在乎你是否记下来。”

“现在该轮到不在现场的证据已被无情毁掉的四位先生了。我知道在八点零二分时你们在哪儿，但是之后——”

“从我开始吧,”特纳弗罗说，“你看见我又回到旅馆休息室那两个人那儿去了，他们是我在澳大利亚的老朋友。你走后我们又在那儿待了几分钟，然后我提议我们到对着棕榈树院子的门廊上去，我们坐在那儿说了一会儿话。最后我看了一下我的表，正好是八点半。我说了一下时间并向他们道歉，告诉他们我得走了。我们一起走回旅馆，我跑上楼去拿帽子，当我回到门厅时正好在门口遇见你。”

查理察看着他的脸色说：“你的老朋友会为此做证吗？”

“我看不出他们有什么理由不这样做，他们知道事实就是这样。”

陈笑道：“那我祝贺你，特纳弗罗先生。”

“我也为自己高兴，探长，你可能还记得我告诉过你我还有另外一棵大树的。”

“杰伊斯先生——”陈转身对英国人说。

杰伊斯绝望地耸了耸肩说：“我没有不在现场的证据，在那十八分钟里，我一个人在海滩上游荡。你愿意怎么想就怎么想，但我没到这儿来。”

“范荷恩先生，你肯定来这儿了吧？”查理问这个电影演员。

“是的，我运气太差。”范荷恩耸了耸肩说，“这是第一次提前赴晚会，这对我是一个教训，我可以告诉你这一点。”

“杰西普是在八点十八分请你进来的？”

“差不多，他告诉我晚会——或者不管是什么吧——已经迁到海滩上去了。我来到外面的草坪上，看到杰西普告诉我的避暑屋里有灯光，我本想去那儿，我真希望我去了，但我听到海边传来的声音，所以我就去海边了，我坐在丽达·贝罗旁边，这些你都知道了。”

陈点头说：“只剩一位了，玛蒂诺先生？”

导演皱眉说：“跟亨特利和杰伊斯先生一样，我没有值得一提的不在现场的证据。你撤销了你的八点零二分理论，把我和他们都一网打尽了。”他从兜里中掏出一块手帕擦了擦前额，“杰伊斯离开我去了海滩之后，我坐在靠近水一侧的厢房里。我想我那时本应该忙着给自己找一个不在现场的证据，但我不像特纳弗罗先生那么聪明，”他不友好地看了占卜师一眼，“所以我就一个人坐在那儿。我觉得风景很美，我能把它拍成影片就好了。紫色的星空，海滨的黄色灯光，戴蒙德角的巨大黑影，彩色的影片——我们不久就会拍出这种影片。我心中编着故事自己消遣，因为你不能指望那些作家。然后我看了看表，是八点二十五分。我回到房间梳理了一番，戴上了帽子。我下楼时遇见你和特纳弗罗先生，然后听说了芬小姐被杀的消息。”

查理站在那儿沉思地看着导演。突然，特纳弗罗跑了过来，把他推到了一边。

“你的额头上有一道难看的伤口，玛蒂诺。”占卜师喊道。

导演吃惊地用手在额头上擦了一下，手拿下来后，他看到在一个指头上有一点儿血迹。

“天哪，”他说，“真奇怪——”

“你最好把你刚放进兜里的手帕交给陈探长。”

“什么手帕?”玛蒂诺拿出了他刚用来擦额头的手帕说，“哦，是这个!”

“请交给我。”查理说。他把这块方丝帕摊开放在桌子上，取出了放大镜。他看了一会儿中间的部分，然后又用手指轻轻地触摸了一下，他抬起了头。

“很奇怪，玛蒂诺先生，”他说道，“这块手帕上有几块玻璃碴儿，这你怎么解释?”

玛蒂诺很快站起来，表情严肃地弯下身子看着手帕。“我无法解释，”他说，“我甚至说不出这块手帕是怎么跑到我口袋里的。”

查理凝视着他问：“这块手帕是你的吗?”

“当然不是。”导演回答说，“我的晚礼服带两块手帕，一块在这儿，”他指着胸兜，上边露出了一块手帕的一角，“还有一块在后兜儿里。”他又把那块手帕拿了出来，“我当然不需要第三块，我刚才正好把手放进裤兜里，我的手碰到了它，我就顺手拿出来用了。但不是我把它放在那儿的，它不是我的。”

“这故事听起来简直像真的一样。”特纳弗罗嘲讽地说。

“我亲爱的特纳弗罗，”导演说，“等你像我一样拍了很多电影之后，你就会知道真实发生的事儿往往不如虚构的真实了。”他拿起那一小块丝帕，把它递给了查理，“另外，这个角上有一个洗衣店的标记。”

“我知道。”陈点头说。他站了一会儿，看着那用黑墨水写在丝帕边上的小小的字母“B”。他看了一眼威尔吉·贝罗。农场主回了他一眼，从自己的口袋里掏出一块手帕，不在意地擦着前额。

第十章
“丹尼赠希拉”

查理耸了耸宽厚的肩膀，转回身面对着玛蒂诺。导演的脸比平时更红了，他喘着粗气。

查理问道：“你是否想说一下，你认为这块手帕可能是在什么时间放进你的口袋的？”

玛蒂诺想了想说：“刚才当我们离开餐厅时，我们都挤在了门口，我记得我当时感觉到有人碰了我的口袋一下。”

“那时谁在你身边？”

“很难说，大家都挤在一块儿，这事儿挺严重，我不想乱猜。”他停了一下，瞧了一眼占卜师说，“我倒确实记得特纳弗罗先生离我不远。”

“你是说是我干的吗?”特纳弗罗冷冷地问。

“不能这么讲，我不能确定——”

“我看你倒是非常希望能确定。”占卜师暗示地说。

玛蒂诺笑道：“你说对了，我不喜欢你，你知道这一点。如果我说了算的话，你早就被赶出好莱坞了。”

“做不到这一点，你就私下里四处向女士们说我的坏话。”

“你什么意思?私下里?我是公开这样做的，你知道，我告诉她们不要接近你——”

“为什么?”

“我不喜欢你的眼神。你今天早晨对可怜的希拉讲了什么?她对你说了什么?”

“这类事情我是不太可能与你探讨的。你晚上一直坐在水边的沙滩上，是吧?”

“别为你那不在现场的证据太自鸣得意。”玛蒂诺喊道，“你怎么这么碰巧有现成的不在现场的证据?你又预见到了未来吗?”

“先生们，先生们，”查理抱怨说，“这样吵下去是不会有结果的。我感觉大家神经太紧张了，我非常高兴现在打开房门结束调查，你们都可以走了。”

大家都冲向大厅，陈跟在后面。

“还要补充一句，”他喊道，“虽然我确信你们对我的声音已经非常厌倦，但我还要请你们记住，你们身处在广袤的太平洋中心的一个小岛上，任何人想要乘船离去，我们都会马上知道，而且认定他为重点怀疑对象。请你们留下来，享受美景，布拉德肖先生愿意在任何时间、任何地点为你们效劳。”

“完全正确。”小伙子点头说，“在长满棕榈树的海滨逍遥自在，忘却烦恼。也许别处还是寒冷的冬天——”

“在七月份?”范荷恩问道。

“当然，比如说在南极。忘了好莱坞吧！记住，夏威夷真正拥有加利福尼亚想有的气候。”

贝罗和他的妻子走了出去，范荷恩、玛蒂诺和杰伊斯也马上跟了出去。布拉德肖回到客厅，朱莉和戴安娜还在那儿，查理和占卜师留在大厅。特纳弗罗拿起帽子。

“探长，”他说，“我很同情你，这案子很复杂。”

“但是有你帮助我，”陈提醒他说，“这令我感到安慰。”

特纳弗罗摇摇头说：“恐怕你高估我的能力了，但不管我能力大小，我都站在你这一边。什么时候再见你呢?”

“我明早去拜访你，”陈回答说，“我们要好好谈一谈。也许晚上再想想，我们都会有些新的想法。”

“我会尽力去想的，”特纳弗罗点头说着走了出去。查理站在那儿看着他关上了身后的门，然后转身回到了客厅。

“狄克逊小姐，”他说，“可以再向你提一个要求吗?你能陪我上楼去告诉我谁住哪个房间吗?我休息之前还要做点儿搜查。”

“当然可以。”女演员点头说，“提到搜查，我希望你最先搜查我的房间，这可怕的夜晚使我疲倦极了。”

她和查理走了出去。朱莉惨兮兮地坐进了一把椅子。

“可怜的孩子。”布拉德肖说。

“哦，吉米，这是一个悲惨的夜晚，不是吗?”

“是的。想一想，朱莉，想一想，你比任何人都更接近希拉·芬，你能不能想到是谁做出这样可怕的事?”

她摇着头说："我想不出来。当然，希拉有敌人，所有成功的人都有。有人嫉妒她，甚至恨她，但我从来没想到有人会恨她到这种程度，这简直让人难以相信。"

小伙子坐在了她旁边。"咱们暂时把它忘掉吧！你怎么样，你现在打算怎么办？"

"哦，我想我应该回到我来的地方去。"

"你从哪里来的？你还没告诉我呢。"

"从芝加哥的一个剧院的寄宿旅馆来的。我那时正跟我的妈妈在一起，不久她就离开了我。演戏的人，你明白，我所有的家人都这样，爸爸也是。我妈妈把旧金山称作家，虽然她很少到那儿去，但她出生在那儿。许多优秀的演员都出生在那里，你知道，她——"

"我想她一定是最好的演员之一。"吉米·布拉德肖说。

"我想是的。我现在在那儿有一位祖母，七十二岁了，但她还偶尔演出呢。她非常可爱，吉米。我想我会去找她，然后找份工作，我认为我适合做办公室的工作。祖母会很高兴的，就剩我们俩人了。"

布拉德肖振作起精神说："如果别人不说，那我是否可以为夏威夷说几句好话呢？这里到处充满了诗一般的魔力，气候带给人们幸福和欢笑，有明媚的阳光、彩虹和紫色的山峰，在这儿不会中暑，也从不下雪。檀香山会对每一个心灵送上美丽的祝福，对于——"

"吉米，你究竟是——"

"说到人，在温和的地方人也只能是善良的，你会发现——"

"我不明白你的意思，吉米。"

“很简单，我已经向五万名游客宣传过这个地方，现在我要向你宣传，希望它能取代你的祖母，虽然她很可爱。可能我不那么可爱，但我还年轻。我不光是要把檀香山推荐给你，还包括我自己在内。怎么样，朱莉？两个人租一间房前长着藤条的平房作为小巢——”

“你……你是说你爱我，吉米？”女孩儿问道。

“哦！上帝啊，我把这句话漏掉了吗？我必须把这整篇话彻底修改。我自然爱你，谁能不爱你呢？我现在向你说这事儿可能不太合适，但我不想让你以为我有拖拉的习惯，虽然我生活在一个懒散的地方。我太喜欢你了，在你写信给你的祖母让她去接你之前，我想让你考虑考虑夏威夷和我。你会吗，朱莉？”

她点头说：“我会的，吉米。”

“这对我来说就足够了。”他笑着说。

陈静悄悄地走了进来，小伙子站了起来。“查理，你要走了吗？我今晚把车借给我的兄弟了，所以你会有幸与我一同坐你那辆著名的小轿车。”

“非常欢迎你。”陈对他说，“是的，我马上就回城里，只剩一件小事。”

女仆安娜匆匆走进房间。“狄克逊说你想见我。”她对陈说。

他点了点头说：“一件小事。你刚才告诉我芬小姐手指上的一枚戒指在凶杀案发生后不见了，一枚祖母绿戒指。”

“是的，先生。”

朱莉·奥尼尔身子向前倾着，屏住呼吸，睁大了双眼。

“是这枚戒指吗？”陈突然拿出了一枚白金戒指，上面嵌着一块在明亮的房间中发出闪闪绿光的宝石。

“是的，先生。”安娜点头说。

陈转身对朱莉说：“很抱歉牵涉到你，但你能否告诉我，这个小东西怎么会跑到你的梳妆台的抽屉中了呢？”

姑娘喘着粗气，吉米·布拉德肖吃惊地看着她。“很抱歉要问你这个问题，这也令我非常难受，”查理继续说，“但我要说，这事儿需要解释。”

“非常简单。”朱莉小声说。

“自然是这样，”陈点头说，“只是到底有多简单呢？”

“好吧，”她犹豫道，“这儿只有我们几个人，我可以坦白地说。希拉手头儿一直很紧，不知为什么她从不在乎钱，钱都从她手指缝中溜掉了，她赚到的钱马上就会花光。她从南海回来时跟往常一样，差不多身无分文了。每个人都在骗她的，偷她的——”

“每个人？”陈重复说，“你是指她的仆人吗？”

“他们中的一些，是的，当他们有机会的时候，但那不重要。希拉到这儿的时候像往常一样需要钱，她已经花光了公司可以预支的所有的钱，他们近来也不像以前那么大方了。今天，她刚到这儿就把我叫来，说她马上就要用钱。她把这个戒指给我，告诉我如果可能的话就替她卖了。我应该今天下午就去找珠宝商的，但我没有去，我不太喜欢这份活儿。但是，我确实打算明早再去，如果今晚没发生这事儿的话。这就是为什么碰巧戒指会在我那儿。”

陈想了想说：“她刚到这儿就把戒指给了你，具体是什么时间？”

“在早晨八点。”

“它一直在你那儿吗？”

“是的，当然了。我把它放进了抽屉，我以为它在那儿很安全。”

“你只能告诉我这些吗？”

“就这些。”姑娘似乎马上就要哭了。

查理转身对女仆说：“你可以走了，安娜。”

“很好，先生。”安娜看了一眼那姑娘，走了出去。

查理重重地叹了口气，虽然他习惯于夜间出没，但这个晚上已经开始让他感到吃不消了。他把戒指拿到灯下，取出放大镜仔细看着。他注意到里面刻着字：“丹尼赠希拉”。丹尼·梅若又回到本案中了？陈耸了耸肩。

当他转回身时，发现朱莉在无声地哭泣着。布拉德肖用胳膊搂着她的肩膀。“没事了，亲爱的，”小伙子说，“查理相信你。对不对，查理？”

查理鞠躬说：“我能粗鲁地怀疑如此迷人的小姐吗？朱莉小姐，我非常难过地看到你这么疲惫，我和布拉德肖先生马上就走，希望你能睡一大觉。你年轻，会很快睡着的，我向你道一声最诚挚的‘晚安’。”

他消失在门帘外。布拉德肖向姑娘耳语了几句之后，也跟了出去。杰西普强忍哈欠，仍像往常一样极为礼貌地送他们出门。查理在台阶上站了一会儿，仰望夜空，深深地吸了一口新鲜空气。

“应当记住，”他说，“当我们在屋中经历痛苦磨难时，屋外依旧星光闪烁，热带的夜晚依旧像往常一样温柔，我有什么没经历过的？一小会儿的休息可能会像雨中的音乐一样甜美。”

他的车子孤独地停在车道上，他们上了车。

“挺难办吧，查理?”小伙子问道。

陈点头说：“我的脑袋都搞晕了，我挖掘出这么多，然而却又像什么都没挖掘出来。”他们快速地开着车，经过了现在已经一片漆黑的蒙娜旅馆，格兰特大酒店的红墙在月光下闪着异样的光彩。“你给我打电话时，”陈说，“我正准备好好地吃一顿小鱼，我吃的那一口简直香极了。唉！我再也不会吃到那种小鱼了。”

“真不好意思破坏了你的晚餐。”布拉德肖回答说。

“如果你的消息不把我的声誉也破坏了，我就满意了。”查理对他说，“结局对于我将会怎样呢?是功成名就，还是给弄得灰头土脸呢?”

“我要去早报社，”小伙子告诉他，“我在那儿兼职。他们缺人，我一直在那儿从事新闻采写工作。现在必须回去把消息写出来，我应该写警方目前还没有线索，对吧?”

查理的车差点儿撞到马路边上。“你就是这么工作的吗?不要那么说，应该说警方有很多线索了，有望早日破案。”

“但这都是老生常谈，查理，而且从你的话中可以听出此案可不是这样的。”

“很少有案件是这样的，”陈提醒他说，“你应该知道这一点。”

“好吧，我会这么说的，为了取悦你，查理。顺便问一下，我没听错特纳弗罗说他在跟你一道工作吧?”

“是的，他把自己幻想成了一个聪明的助手。”

“他倒可能真挺聪明，但你需要他的帮助吗?”

查理耸了耸肩说：“鸟能选择树，树又不能选择鸟。”

“特纳弗罗可是一只怪鸟，我看他的时候有一种很滑稽的感觉。”他们沉默地往前开了一会儿。“不管怎样，有一件事是肯定的。”小伙子最后说。

“什么事儿?”陈问道，“请说出来，我可能匆匆忙忙地把它忽视了。”

“我是想说，朱莉和这事儿一点儿关系也没有。”

查理在黑暗中咧嘴笑了。“我回忆起了自己的从前。”他说。

“回忆起了什么?”

“年轻时，我沉迷在爱情之中。现在我已经是十一个孩子的父亲了，我当然早就不是一腔热情如同身处云雾之中的少年了，但我仍有那美好的回忆。”

“哦，胡扯，”布拉德肖抗议说，“我是冷静地看这事儿的，像一个局外人那样。”

“如果是这样，我建议你立即检查一下夏威夷古老的月亮，因为它正在失去你大肆渲染的魔力。”

他在早报社前停下车，他刹车的声音在静寂的街道上显得异常刺耳。大楼的低层只有一线昏黄的灯光，但楼上的窗户则灯光明亮，显示出人们正在忙碌着。他们正在那儿整理从欧洲、亚洲和美国大陆用电报发来的所有他们认为值得向这个正在太平洋中心沉睡的小岛发表的简略的消息。

吉米·布拉德肖动了一下，似乎要下车，却又停了下来。他从眼角瞥了一下查理问道：“我想现在还不能把它给我，对吧?”

“不能。”查理坚决地说。

“你指的是什么?”小伙子问道。

“与你想的东西一样。”查理咧嘴笑着说。

“我是指你从电影导演那儿拿来的手帕。”

“我也是。”查理和蔼地说。

“那么你知道它是我的了？”

“我猜出来了，上面有个小字母‘B’，我也注意到你没有手帕擦汗。我非常敬佩你的忍耐，你不止一次地用袖子擦汗。你要告诉我这是从你口袋中被别人偷走的吗？”

“肯定是。”

“在什么时候？”

“我不知道，但我想是在我游泳时被人拿走的。”

“你能肯定吗？”

“似乎只能这么解释，但我后来才注意到它不见了。”

“并且直到更久以后，你才对我提起这事儿。”

“这又是因为我的谦虚，查理。”小伙子笑道，“我只是受不了被大家注意。不管怎样，还是让我看看这手帕吧。”

查理把手帕递给他。借着仪表板的灯光，布拉德肖仔细地看着。“是我的，没错，”他指着字母说，“这是我在洗衣店用的字头。如果你问我的话，我要说这可够阴险的。”

查理拿回手帕说：“我有很好的理由把你关起来。”

“然后再与新闻界打交道吗？”小伙子提醒他说，“三思而行，查理。我与那些著名的游客可不是一拍两散，我所表现的夏威夷式好客可不是这样的。”他犹豫着说，“我今夜可能会用到这手帕。”

“我也可能会用到。”查理回答说。

“哦，好吧，我只好一边流汗一边写这个流芳百世的故事了。再见，探长。”

“再见，”陈说，“别把手帕的事儿写到新闻里去，也不要谈起此事，否则我就得来找你了。”

“好吧，查理。这将是一个秘密，没人会知道，除了你我，还有洗衣店。”

第十一章 檀香山的午夜

陈慢慢地把车开到了贝塞尔街的黑尔大楼，警察局就在这里。停好车，他走上破旧的石头台阶。警探室中露出灯光，他走进去，看见了他的局长。

“你好，查理，”这位先生说道，“我一直在等你。我今晚去了卡洛瓦，不然我会同你一道去海滩的。这案子挺复杂，是吧？有什么线索吗？”

查理难过地摇了摇头，他看看表说：“这可是个很长的故事。”

“我最好还是听听。”局长说。在月光下开车去卡洛瓦对他来说是一种休息，这令他精力充沛。

查理坐了下来，开始讲述，局长认真地听着。他先讲到谋杀的现场，没有找到凶器，以及凶手把表调到八点零二分的不成功的计谋，然后讲到线索的问题，他提到别兰花的钻石饰针不见了。

“这东西挺重要。”局长点燃一支雪茄点头说。

陈耸了耸肩说：“但我们却没有找到它。”他又开始讲占卜师特纳弗罗所说的希拉·芬早晨告诉他的事情——三年前丹尼·梅若被杀时她在现场。

“很好，很好，”局长说道，“查理，我们有凶手作案的动机了，只要她把凶手的名字写下来，就像这个特纳弗罗让她做的——”

查理接着讲了信被抢走的经过。他的局长带着明显吃惊和不满的表情看着他。

“真不知道你也会出这种事，失去了控制吗，查理?”

“是的，有一会儿，我不但失去了信，也失去了控制。”陈沮丧地回答说，“后来发生的事情表明，这事无关紧要。”当他说到后来他又发现了信，并且发现除了证实特纳弗罗的话之外并没有什么价值时，他的脸色才好看了起来。他又讲到有人下午看见希拉·芬抱着一张照片哭泣，而照片却被人撕碎了。

“有人不想让你看见它。”局长点头说。

“我也想到了这一点。”查理说。他讲了菲佛很明显是在几个小时之内对怀基基进行了第二次造访，接下来又谈到了那个流浪汉。

“我们取了指纹让他走了，”局长说，“我看他连一只苍蝇都不敢杀。”

陈点头说："很明显你的看法是对的。"接下来他又说起菲佛的被轻易揭穿的认罪，这让他的上级深感迷惑。他又讲到了在玛蒂诺口袋里发现的说明问题的带着玻璃碴儿的手帕，以及吉米·布拉德肖有些迟缓的声明——手帕是他的。查理讲到这儿的时候已经有点儿上气不接下气了。"目前情况就是这样。"他总结说。

他的局长感兴趣地看着他说："很好，查理，有时候我认为你对从大陆回到这里并不太满意，你觉得这儿太平静了，没有什么大案子，只不过是在路上追赶几个受惊的赌徒，没什么刺激，是不是？檀香山对你来讲不够大，但我猜想今夜它一定变得够大了。"

"我感觉不太舒服，可能是它太大了。"陈承认说，"我怎么解决这个案子呢？如果有人问我的话，我要说此案非常棘手。"

"一定不能让它把我们难倒。"局长轻快地说。他是一个聪明人，并且他知道该依靠谁，他预见到在未来几天内他将深深地依赖查理。他用赞许的目光看着他的助手，查理看起来有些困倦，现在从他的外表上再也看不出他的机智了。局长用记忆安慰自己，陈比看起来聪明，他想道。

他思索着说："这个特纳弗罗，查理，他是怎样一个人呢？"

陈的目光亮了起来："啊，可能你问到了问题的核心。特纳弗罗就像雨夜一样阴沉，但这也是他职业的要求。他思维敏捷，而且他似乎热心于帮助我这个可怜的警察。"

"或许有点儿太热心了？"

查理点头说："我也是这么想，但是再想一下——他指出案发时他正与一对老夫妻坐在一起。明天我就核实此事，但我对此并不怀疑，而且我非常肯定在我带他去希拉·芬的房子之前他没有去过那儿，还有其他因素也免去了对他的怀疑。”

“比如?”

“我告诉过你他在谋杀发生前曾向我暗示，我们今晚会逮捕一个著名案件的凶手。如果他自己打算谋杀的话，这一招儿可谓非常愚蠢。而特纳弗罗并不笨，他正好相反。还有，他指出了表的问题，这也说明他是热心帮忙。此举很聪明，虽说不必要，因为我已经从吴若青那里知道事实了，但这是他诚心帮助我的很好的证据。不，我不相信他是谋杀犯，然而——”

“然而什么，查理?”

“我宁可暂时把它装在心中，它可能说明很多问题，也可能什么都说明不了。”

“你抓到特纳弗罗的一点儿把柄了吗?”局长急切地看着他问道。

“关于凶手没有一个确切的证据。在凶杀案发生时，我相信他肯定是在别处。请允许我在说出我的想法之前再思考几个小时。”胖胖的警察把一只手放在额头上说，“嘿，我刚才都被问题搞晕了。”

“你必须清醒过来，查理，”他的局长以一种和蔼但有些焦虑的口气对他说，“警察局的名誉正面临考验。如果这些人来到我们这个平静的小城并在怀基基互相残杀的话，我们必须向他们证明他们不能逍遥法外。我就靠你了。”

陈鞠躬说：“恐怕你只有如此了。很感激你如此看重我，我将会充分发挥我有限的智慧来办此案。现在我要向你说晚安了，这一夜就像没完没了的争吵一样令我疲惫不堪。”

他走到外面破旧的大厅里，这时斯潘塞刚好从外面进来。陈看了看表问：

“‘大洋号’已经开走了？”

“是的，它开走了。”

“我相信我们的朋友谁也没上船吧？”

“我一个也没有见到，我猜我是第一个到那儿的，虽然他们中的一个曾出现过。”

“哪一个？”

“那个阿伦·杰伊斯。他从格兰特大酒店坐一辆轿车来的，收起了他的行李。船离港时，我听到他低声咒骂。我帮他把行李搬上车，他就回海滩了，他让我给你带个口信儿。”

“什么口信儿？”

“他说他会乘下一趟船离开，谁也阻止不了他。”

查理笑着说：“如果他敢尝试的话，我就让他不好受。”

他走下台阶来到街上。在月光下，他看到那斯文的流浪汉史密斯向他走来。

“这主意不错，警官。”这位绅士说道，“你们开车把我送到警察局，然后再把我轰出来，我怎么回到我的卧室去呢？今天晚上我已经走过一次了。”

查理把手伸进兜里拿出一枚硬币。“你可以坐电车回去。”他建议说。

史密斯低头看着硬币说：“十美分，我可不能上了车后给售票员十美分，一位绅士要有一美元才体面。”

虽然很疲倦，陈还是笑了。“真对不起，你说的可能有道理，但我相信这次最好还是只给你车钱。时间很晚了，你今晚应该可以用一点点面子就能保持你的尊严。”

史密斯倔强地摇头说：“我必须有一美元才有面子。”

“你是指你必须买杯酒？”陈耸了耸肩说，“如果你对这个硬币不满意，那我只好收回来了。”他朝车子走去，“真抱歉，我的方向与你棕榈树下的卧室相反。”

史密斯跟在他后面说：“哦，好吧，可能我有点儿太敏感了，把硬币给我吧。”查理把硬币给了他。“就算是一笔借款，探长，我会记下来的。”史密斯说。

他说完就匆匆地沿着贝塞尔街朝国王大街方向走去。查理一只脚放在油门上，眼睛一直看着他，最后他下了车跟在他后面。空荡的大街亮如白昼，他很容易就会被发现，但陈是这方面的老手。史密斯的破鞋大声地拍打在空荡的人行道上，但警探就像穿着丝绒拖鞋般无声地移动着。

流浪汉到了国王大街向右拐了过去，查理跟在他后面，不时地在门房间躲闪着。目标到达福特大街的拐弯处时，查理焦急地等在一个阴暗的角落里。史密斯会不会在拐弯处停下来等候去怀基基的车呢？如果那样的话，这场追踪就会一无所获。

但是史密斯没有停下来，而是穿过街道，沿着福特大街快步走了下去。月光照亮了他摆动的大帽子以及他穿着可笑的丝绒上衣的肩膀。查理的兴致立刻又来了，这么晚了流浪汉要去做什么呢？

陈选择了大道上与史密斯相对的一侧，这边更黑一些，也更符合他的目的。他跟在目标后面走了下去，经过了都只是露出一丝微光的檀香山的几家主要商店，他们继续向前走着。史密斯走到怀丽旅馆的入口处，停了下来。陈藏身于对面黑暗的门房处，看见他向旅馆的门厅内张望着。这地方空无一人，只有一个看门人坐在大玻璃窗后面的一把椅子上打盹儿。流浪汉在那儿犹豫了一会儿，似乎改变了主意，又转过身向回走。惊慌之中，查理把自己胖胖的身躯紧紧贴在身后的门上，以免被发现。

但他是安全的，史密斯毫无怀疑地快步走回了国王大街的拐角处，在那儿等候去怀基基的车。查理一直藏在那儿，直到车来。他看到流浪汉坐上车走了，也没讲究一美元的面子。

陈慢慢地走回警察局。这意味着什么呢？很明显，当菲佛告诉侦探他的住址时，他也是在向潦倒的史密斯先生暗示，而且史密斯有紧急的事情想马上见到这个演员。

当局长走下黑尔大楼的台阶时，查理已经上了他的小车。

“我以为你已经回家去了呢，查理。”他说道。

“我被耽搁了一阵儿。”陈解释说。

他的上级急切地走过来问：“有什么新发现吗？”

“我还在原地踏步。”侦探叹气说。

“对本案你并非像你所说的那样毫无线索吧？”局长焦虑地问道。

陈点头说：“我现在是坐井观天啊。”

“那就爬出来，查理，爬出来。”

“我正计划快速爬上去。”侦探说着启动了车子，终于快速驶向他在蓬奇鲍山的家。

第十二章 谁也不是傻瓜

夜色即将散去，灰色的雾气笼罩着怀基基。流浪汉史密斯轻轻地哆嗦了一下，躺在沙滩上的身体动了动。他伸出手，似乎是在梦中拉过一条并不存在的毯子，盖在他衣着破旧的瘦弱的身躯上。他翻了个身，咕哝了几句，又一动不动地躺在那儿了。

灰色的雾变成了粉红色，东方山头上的一小块天空变成了赤金色，几块像夜晚一样黑暗的云朵变得更加醒目。史密斯睁开双眼，逐渐地由梦境回到了现实，看清了周围的景物。他并不喜欢睡在沙滩上，但不知为何今天并没有往常那种醒来后意识到自己又身无分文的痛苦。发生了一件好事，或者就要发生了。啊，是的，他向头上的黄槿树笑着，大树向他洒下一片桃红色的花雨，昨晚他躺下时这些花还是黄色的。他更想要的是葡萄柚和一杯咖啡，但是花朵与此情此景更协调。

他坐了起来，东方天空的金黄正在扩大，太阳已经露出了一个小边。与天空相匹配的闪着金光的海浪拍打着雪白的沙滩，在他的左侧耸立着死火山戴蒙德角。由于一直感觉自己也像死火山似的快要熄灭了，他对戴蒙德角有一种同病相怜的感情。他又想起了昨夜发生的事情，幸运之神牵着他的手把他带到了那个避暑屋窗前，他下定决心要抓住这次机会。

他站起身，脱下仅有的几件衣服，露出了里面已经磨损了的泳裤。鼓起所有的勇气，他跑到水边跳了进去。冷水的刺激使他恢复了生气，他勇敢地挥着双臂。热带海滩教会了他一项本领，那就是游泳的技术。当他破浪向前时，虚度的光阴离他远去，从前的理想又回来了，他开始计划将来。他将赢回从前的自我，他将离开这个反正他也没打算待下去的令人消沉的地方，他将重新做人。那些能让他重新回到正路上来的钱终于进入他的掌控之中。

温暖而友善的太阳爬上了东面的天空。他游出去很远，越游感觉精力越充沛，最后他回到了浅水处，小心地走着，以免碰到珊瑚。他从他的洗澡间——大海——又回到了他的卧室——沙滩。他坐了一会儿，背靠着一艘废弃的船的船帮，他晚上就是在这下面过的夜。火热的太阳像是他的毛巾，他休息着，心情舒畅。一种甜美的、懒散的感觉传遍了他的全身，但是不，不，这可不行。

他穿上衣服，从兜中拿出了一小截儿木梳，梳了梳他的黄胡子和头发，下一步该吃早餐了。他的头顶的树上长着成串的椰子，通常他不得不以此为早餐。但今天可不行，他微笑着想。在晨曦和美景之中，他慢慢朝蒙娜旅馆走去。这景致过去也是使史密斯先生沉沦的原因之一。每次他想要描绘它的时候，都会灰心地丢下画笔，为自己天分的不足而悲伤。

在旅馆外的沙滩上，一个早起的流浪儿躺在那儿弹着一把铁吉他，唱着一首轻柔的歌曲。史密斯立刻朝他走了过去。

“早上好，弗兰克。”他说。

弗兰克转过头来。“你好！”他神情恍惚地说。

流浪汉坐在他旁边。突然，弗兰克看着他，黑色的大眼睛里闪着热切的光芒。“今天我不打算给游客唱歌，”流浪儿说，“我只为蓝天演唱。”

史密斯点点头。这话从其他任何人口中说出来都会是夸张和做作的，但是流浪汉非常了解夏威夷人。他看到他们每天早晨来到他们心爱的海滩，都像是第一次注意到它的美丽似的。他们会跳进熟悉的海水中高兴地喊叫着，展现出一种现代社会少有的欢乐。

“那太好了，弗兰克。”史密斯赞同地点头说，他突然换了一个更实际的话题，“有钱吗？”他问道。

孩子皱起了眉头，为什么人们对钱这么感兴趣，这么愿意谈钱呢？对他来说，钱一点儿意义都没有，而且永远也不会有。

“我想有吧，”他漫不经心地说，“我想上衣口袋里有一美元。”

史密斯的眼睛亮了。“借给我吧，晚上之前我就还给你，我欠你的其余的钱也还给你，但是我到底欠你多少钱呢？”

“不记得了。”弗兰克回答道，又唱起了歌。

“不到晚上我就会有许多钱，”史密斯继续说着，声音中透出一丝兴奋。

弗兰克轻柔地唱着。天空是这么蓝，海水是这么温暖，躺在白色的沙滩上哼唱着歌让人如此心满意足，这时为钱而激动真是一件怪事。

“你说在你上衣口袋里？”史密斯继续问道。

弗兰克点点头：“你去拿吧，衣帽间没锁。”

史密斯立刻走了。他回来的时候手中拿着一美元的票子，另一只手拿着一小幅油画。

“我把我上次留在你这儿的油画拿走了，弗兰克，”他解释说，“我感觉到我的作品终于要有市场了。”他挑剔地看着那幅画儿，淡绿色的底色上画着一位皮肤黝黑、眼睛黑亮的姑娘，她嘴上衔着一朵红花，带有一种热带的南海岛屿的懒散的表情。“你知道，”流浪汉以一种赞赏的口吻说，“这画儿其实一点儿都不差。”

“是啊。”弗兰克说。

“一点儿不差。”史密斯继续说，“那时候，人们说我有天分，弗兰克，在纽约有人对我这么说，在巴黎也是。天分，可能是有点儿天分，但别的就没什么了。没有脊梁，没有骨气，没有支撑它的东西。你必须得有骨气，我的孩子。”

“是啊。”弗兰克漫不经心地说。

“你知道，弗兰克，技巧不如我一半的画匠都——唉，见鬼，提这些干什么呢？我为什么要抱怨呢？想一想科罗特，他活着的时候，一幅画儿也没卖出去；想一想莫奈，你知道批评家怎么说莫奈吗？他们嘲笑他。”

“是啊。”弗兰克说道，他放下吉他，跳了起来，跑过沙滩，像鱼儿一般跃入水中。史密斯看着他，摇了摇头。

“对画画儿没兴趣，”他说，“只喜欢音乐，这也挺好。”他把钱放进口袋，用胳膊夹起画布，向大街走去。

来了一辆开往市内的电车，史密斯跳上了车。他骄傲地掏出一美元，从今以后售票员可能不会再以貌取人了。在去往城中的路上，他又看了一两次他的画儿，他对它的看法变得更好了。

他在一家餐馆吃了一顿几天都没吃过的丰盛早餐，然后来到了怀丽旅馆。他走进那家旅馆并未引起骚动，只是侍者盯着他，明显地带着不满。“你想干什么?”他冷冷地问。

“菲佛先生住这儿吗?”流浪汉问道。

“是的，但他通常醒得很晚，我不能打扰他。”

“你最好还是打扰他一下，”史密斯语气中突然露出一丝威严，“我们有个约会——非常重要的事情，菲佛更想见我而不是我要见他。”

侍者犹豫着，然后拿起了电话。不一会儿，他转身对流浪汉说：“他马上就下来。”

史密斯大方地坐在一把椅子上等待，菲佛几乎是立刻就出来了，很明显他今天并未醒得很晚，目光中透出忧虑。他走到流浪汉跟前说：“你想见我？我正要去剧院，跟我一起去吧。”

他把钥匙留在了前台，大步向门外走去，史密斯紧紧跟在他后面。他们沉默地走着，最后演员转身问道：

“你为什么这么不小心？你本可以给我打电话约我出去见你的。”

史密斯耸了耸肩说："打电话是要花钱的，而我又没有多少钱，至少目前还没有。"

他最后几个词带有很强的暗示。菲佛领路从较现代的城区走到了东方人居住区。他们走过一家家摆满了丝绸、亚麻、刺绣、玉石和瓷器的商店，路边上堆着一筐筐、一包包的东方食品。

"我看你希望很快拿到钱，对吧？"菲佛最后说。

史密斯笑道："为什么不呢？昨夜我帮了你一个忙，哦，别把我当傻瓜，我知道你为什么要认罪，你害怕我说出我在窗外听到的话，不是吗？"

"你都听到了什么？"

"我听到了足够的话，相信我。我听到那个最近被人杀了的女人对你说她——"

"够了！"演员紧张地四处看着，除了面无表情的面孔和躲避着他的目光的黑眼睛之外，周围什么都没有。

"我想我跟你的计划配合得天衣无缝，"史密斯提醒他说，"当那个华人警探揭穿你的假认罪之后，问我都听到了什么，我所说的正是你希望的，对吗？我证实了你说的话，我本可以在那时那地说出一番惊人的话，请你记住这一点。"

"我确实记得这一点，而且我估计到你今早会出现来敲诈我。"

"我亲爱的先生，"史密斯举起一只瘦削的长满雀斑的手说，"你太小瞧我了，我还有一点儿尊严，而且你说的也不是我的本行。我只是想，作为一个有知识并从事艺术工作的人，你很可能会对我的作品感兴趣。"他指着那幅画儿愉快地说，"我碰巧带着一幅作品。"

菲佛笑道："你倒是个挺特别的人，史密斯先生。假如我确实要买你的一幅作品，那么你打算用这笔钱做什么呢？"

史密斯舔了舔嘴唇："我将永远离开这个地方，我在这儿受够了。过去一年里我一直想回家，回到我在克利夫兰的家人身边。我不知道他们是否愿意见我，但如果我穿上体面的衣服，口袋里再有点儿钱，那可能会有所帮助的。"

"那你一开始是怎么到这儿来的呢？"演员问道。

"我那时去南海画画儿。对有些人来说那可能是个好地方，但我一上海滩就知道对我来说绝非如此。很长一段时间之后，我的家人寄钱让我回家。我设法上了一条船，但不幸的是那条船在这儿停了一天，然后……不知你有没有试过在这里人们称之为奥科拉豪的那种酒？"

菲佛笑了："我明白了，你忘了回到船上去。"

"我亲爱的先生，"史密斯耸了耸肩说，"我把整个世界都忘了。当我醒来时，我的船已经开走两天了。我父亲似乎对此很生气，他是一个脾气急躁的人。"

他们到了河边，穿过一座小石桥，走进了阿拉公园。由于地点便利，这个公园成了城市渣滓聚会的地方。菲佛指了指一条长椅，他们一起坐了下来，史密斯把画儿递了过去。

演员瞧了一眼，脸上掠过一抹惊奇的神色。"天哪，"他喊道，"还真不错。"

"很高兴听你这么说。"史密斯兴奋地说，"有点儿出乎意料吧？我虽然不是你想象的那种善于推销的人，但我还是忍不住要指出这东西某一天可能会变得很值钱。你只有这么一个机会。想一想，当你对你的朋友说：'啊，是的，但我早在很久以前就发现了他的天分，我是他的第一个买主。'

那时候你该是多么骄傲啊。”

“这是你的真名吗？写在这个角上的。”

流浪汉仰起头说：“我的真名，是的。”

菲佛把画儿放在腿上。“价钱是多少？”他问道。

“我卖的东西值多少钱呢？”史密斯反问道。

“如果你是真心想回家的话，”演员说，“我会很高兴替你安排的。当然现在不行，警察目前不会让你走，但是当风声过去一点儿之后，我会给你买张票，另外再给你一些钱，作为买这幅画儿的钱，你明白吗？”

“另外是多少？”

“二百美元。”

“唉，我不清楚——”

“那就二百五十美元吧。想一想，你并非在与一位百万富翁交易，我是一个挣工资的演员，而我的工资也绝非很高。我已经在檀香山忙了很长一段时间，赚了一点儿钱，但我给你的几乎已经是我全部所有。如果这还不够，那我很抱歉。”

“够了。”流浪汉慢慢地说，“我并不想使你为难，为此我也不感到自豪，但这是我的机会——我离开的机会。上帝啊，我必须把握住。我们就这么说定了，只要他们放我走，你就给我买一张去大陆的船票和二百五十美元，但是我现在想先要一小笔预付款。”

“要去买奥科拉豪酒吗？”

史密斯犹豫了一下，“我不知道，”他坦诚地说，“希望不是，我不想碰它，我可能会胡说八道，把一切都弄砸了。我并非为你着想，我是指把我自己的事儿弄砸了。”他站了起来。“我不会去碰它，”他突然说道，“我要斗争，我会成功的，我以一个绅士的名誉向你保证。”

菲佛看着他，怀疑他的保证值多少钱。他拿出了钱包。

“我不得不信任你。我现在先给你五十美元。”史密斯的眼睛亮了起来。“我身上就带这么多。等一等!”他推开了流浪汉急切的手说，“记住，你必须小心。如果警察发现你突然有钱了，他们肯定会调查的。”

“我正在考虑买几件新衣服。”史密斯向往地说。

“现在不行，”菲佛警告说，“你上船之前再买吧，我们会记住这事儿的，但是现在你还是保持原样儿，躲起来吧。”演员站了起来，盯着对方的脸说，“我信任你，一个人如果能画出你这样的画儿是会有出息的，别做傻事，好好做人。”

“天哪，我会的!”史密斯说道，匆匆走出了公园。菲佛对着他的背影看了一会儿，然后胳膊下夹着他新购买的商品，慢慢朝剧院方向走去。

史密斯走到了贝里塔尼业大街，走进了一个矮小的房间，外面门房上字迹模糊地写着“日本旅店”，矮小的桌子后面站着一个有礼貌的身材瘦小的日本人，在他身后的墙上挂着一幅一艘大船乘风破浪的画儿。

“你好，那达，”史密斯愉快地说，“我的房间是空着的吗?”

“真遗憾。”日本人嘶声说。

史密斯把一张钞票扔到柜台上说：“我先付十美元。”

“真遗憾，你离开了这么长时间——”侍者赶快改正说，“房间准备好了。”

“我要出去梳理一下，”史密斯对他说，“我的行李随后就到。”

“你家里寄钱来了？”那达笑着说。

“家里一分钱也没寄来。”史密斯快活地说，“我卖了一幅画儿，那达，你知道，科罗特从来没做到这一点。”他俯身在柜台上亲切地说，“可怜的老科罗特从来也没弄明白，那达，好运只不过是由于在正确的时间站在了正确的窗外。”

“可能是吧。”那达说，“你现在干得真不错。七号房，像以前一样。”

“回家真好。”史密斯回答道，走了出去，嘴里吹着轻快的口哨。

第十三章 陈家的早饭

在史密斯晨泳一小时之后，查理起了床，走到他卧室的窗前，向下看着城市和大海的亮丽景色。从蓬奇鲍山向下看是动人的美景：翠绿的峡谷、闪光的海水、蝴蝶花的小红伞、开满金黄色花朵的大树以及零星可见的砖红色的长藤。查理的家就在这令人愉悦的环境之中，他喜欢就这么站上整个一早晨，想着自己的好福气。

然而，今天他想的是面前的问题。他上床的时候，这问题似乎是不可解决的，但他抱着兵来将挡、水来土掩的态度美美地睡了一觉，现在他感到体内又充满了新的力量。作为一个从大陆回来的警探，他会被一个很显然有着简单答案的问题难住，并弄得手足无措吗？然而，这事儿他需要采取迅速而明智的行动，守株待兔者必会饿死，陈可不想学那个傻瓜。

他住的这个房子里根本谈不上安静，家里有十一个孩子，这会把早晨搞得像疯人院一样，到处都能听到他们的喊叫、吵闹和大笑的声音，最后还有一个痛哭的声音。他愉快地感觉到同样的一天又开始了，他开始为完成自己的任务而做准备。

在餐厅中他看到他最大的三个孩子逗留在桌边。当他走进来时，他发现他们以一种很长时间以来没出现过的非常感兴趣的目光热切地看着他。他们开始说话，他也明白了他们的兴趣所在。从早报上，他们知道了他们的一个偶像被杀了，他们想看到凶手受到惩罚并弄清楚事情的原因。

"安静！"查理喊道，"一个人能在停满了八哥的树下想问题吗？"他对他的大儿子、衣冠楚楚地穿着大学校服、正在点烟的亨利说："你应该去商店了。"

"马上就去，爸爸。"亨利回答说，"希拉·芬是怎么回事？"

"你已经在报纸上看到了，有人残忍地用刀杀了她。现在，去上班吧。"

"这是谁干的？"大女儿罗斯说，"我们想知道是谁。"

"我也想知道。"她的父亲说。

"你在办这个案子，对吗，爸爸？"亨利问道。

查理看着他和蔼地说："在檀香山，还能派别人来办这个案子吗？"

"有什么内幕消息？"已经被美国化到了令人痛苦程度的

亨利问道，“你什么时候抓住这浑蛋？他的名字是什么？”

查理又看着他叹了口气。这些孩子是他与未来的联系，这会是怎样的未来呢？他常感到疑惑。

“正如我经常有理由指出的那样，你的用词非常不准。”他批评说，“我还没有发现嫌疑人，所以，我也不知道他的名字。”

“但是你会的，对不对，爸爸？”罗斯插嘴说，“你不会在这事儿上摔跟头的，对吗，爸爸？”

“我什么时候摔过跟头？”他问道。

她调皮地看着他笑道：“爸爸——”

“当我年轻的时候，”陈赶紧说道，“怀疑至高无上的父亲的智慧可是天大的罪过。父亲应该受到孩子的尊敬和仰慕，像你刚才那样暗示失败是不可想象的。”

她站起身，来到他身旁，微笑着说：“你不会失败的，我们都知道这一点，但是这是你的家人感兴趣的案件，所以快点儿采取行动，好吗？别花太多的时间在东方式的沉思上。”

“如果我停下来沉思的话，”他回答说，“我就会发现自己在这个新世界上是一个非常孤独的人。”

罗斯吻了他一下就走了出去，她要去暑期打工的银行。亨利懒洋洋地站了起来。

“你今晚用车吗，爸爸？”他问道。

“今晚我必须用车。”他父亲回答说。

亨利皱起眉。“我想我必须买辆车，”他说，“我可以分期付款买一辆二手小面包车——”

查理摇着头。“努力干你的工作，别欠钱。”他建议说，

"这样你就半夜不怕鬼敲门了。"

"老一套。"亨利说着，懒散地走了出去。

陈耸了耸肩，开始大口吃早餐。十五岁的伊芙林对他说："希拉·芬可是够正点的，我看过几个她演的角色。"

"够了！"查理大声说道，"你面前那么多英语单词，你却偏要选最低级的，真气人。"

他的妻子端着他的燕麦粥和茶走了进来。她是一个快活的、几乎和陈一样胖的女人，脸上带着安详的微笑。如果说她的丈夫和孩子在适应这个新世界上已经远远超过了她的话，从她的眼中，却看不出一丝的沮丧。"听说希拉·芬的事儿了，"她说道，"真可怕！"

"你知道希拉·芬什么了？"查理惊异地问。

"孩子们一直在说，希拉·芬，希拉·芬。"他的妻子说，"我想她肯定很漂亮，我希望你尽快把坏人抓住。"

陈被他的热茶呛了一下，然后说："如果我抓不到，我看你们会把我从屋里赶出去。我可否请求你给我点儿时间呢？这个案子需要做许多工作。"

"再来点儿茶吧。"他的妻子建议说。

他又喝了一杯，从桌边站了起来。伊芙林给他拿来了帽子，他们似乎都急着让他赶快开始工作。在门口他差点儿被一个圆脸的小男孩儿绊倒，他乌溜溜的眼睛让人想起他的父亲。"啊，小巴瑞，"他把孩子抱起来用力亲了一口，"你一天比一天英俊了。乖，不许再吃塑料了。"

他走了出去，上了他的小轿车。当他开车下山时，心中又想起了他的孩子。他心中一直以他们都是美国公民而骄傲，但是，也许正因为这一点，他们似乎离他越来越远——鸿沟越来越宽，他们从不费心去记中国的格言和诗，他们说的英语让查理敏感的耳朵受不了。

他驶过华人墓地，奇形怪状的墓石散布在斜坡上，那儿躺着他的母亲。他把她从中国接来，让她在蓬奇鲍山度过晚年。她现在要是能看到她的后代，她会怎么想呢？看到衣冠楚楚的亨利，看到活泼麻利、秋天准备去大陆上大学的罗斯，听到伊芙林从学校学回来的过时的俚语，他的妈妈是不会高兴的。查理知道这一点，他自己也为他们难过，但他又无计可施。

一到达城市商业区，他的注意力又转到眼前的任务上了。有许多事要做，他计划着应按什么顺序来做。菲佛在他的想法中最重要，所以他马上开车去了怀丽旅馆。

侍者说菲佛先生跟一个人出去了。什么人呢？他的描述使那个人的身份一目了然。查理皱起了眉头，史密斯找这个演员做什么呢？他在避暑屋的窗外究竟听到了什么呢？菲佛为什么承认他没有犯过的罪行呢？很明显，他不可能是罪犯。他不会是罪犯，只要他昨夜所说的他的活动是真的。啊，他必须去查清楚这事儿。

“我记得我听菲佛先生说他要去剧院。”侍者说道。

陈对戏剧了解不多。“哪一个剧院？”他问道。

“皇家剧院。”侍者告诉他。

查理立刻动身前往。

他从街上走了过去，通过一条镶了瓷砖的走廊，进了黑暗的剧场。舞台上剧团的演员们正在排练下周的节目，几把椅子象征出口和入口，演员们站在旁边。这时菲佛正在做冗长的讲话，他懒洋洋地说着，似乎他说的同他自己一点儿关系都没有。

查理沿着黑暗的通道走了下去。舞台上一个坐在小桌边、绿色丝绒帽都拉到了眼睛上、手中拿着脚本的人很明显不高兴地看着侦探叫道："你要干什么？"

"我只想跟菲佛先生说一句话。"陈回答说。

菲佛走上前来，用手挡着聚光灯的光，向剧场这边望过来。

"啊，是陈探长。"他说，"你上来好吗？"

陈喘着粗气，把自己沉重的身躯移上了舞台。

菲佛友好地微笑着问："今早我能为你做点儿什么呢，探长？"

查理半闭着眼睛看着他："恐怕不多，除非一夜之间你的想法变了。你还记得我违背你的意愿给你找到了一个不在现场的证据吗？我到这儿来是证实一下，只是走个形式。"

"当然记得。"菲佛点头说，"哦，韦恩。"他叫道。戴绿帽子的人不情愿地站起来朝他们走过来。"这位是韦恩先生，我们的舞台指导。这位是檀香山警察局的陈探长，陈探长是为昨晚的事儿到这儿来的。韦恩，你昨晚拉铃是在什么时间？"

"八点二十分，"韦恩大声说道，"晚了五分钟。"

"你拉铃时，我在旁边吗？"

"是的，你在，虽然我们敲门时鬼才知道你在什么地方。"

"但是探长知道。"菲佛说道，"陈先生，你只想知道这些吗？"

"还有一件事，"陈对舞台指导说，"在你们本周所演的剧中，菲佛先生所饰的角色要用刀吗?”

“刀?”韦恩重复说，“不，在这个剧中没有刀，这是一部家庭轻喜剧。”

“非常感谢，”陈鞠躬说，“没有什么了。”他思索着看了一眼菲佛，“你跟我来一下好吗?”

他在前面带路向观众席走去，努力思考着。在八点十二分有人看到希拉·芬还活着；在八点二十分，菲佛在剧院的后台，准备上场。只有八分钟，没有人能在这么短的时间内从怀基基赶回城中的。

在最后一排座位后面的黑暗的门厅处，查理停了下来。两个人都靠在栏杆上。

“我一直在想，菲佛先生，”侦探说，“你为什么说谎说你杀了希拉·芬呢?”

“我自己也有点儿不明白，探长。”

“很明显你没有杀她。”

“恐怕你一定认为我是个傻瓜。”菲佛说。

“我看你是一个非常聪明的人。”

“你真这么想吗? 你肯定是在说好听的。”

“你没有理由认罪的，菲佛先生。”

“如果有的话，我现在也忘掉了，探长。”

“你最好告诉我，不然你就是为正义之路设置障碍。”

“你不该这么说，陈先生。我不想妨碍你，相反，我非常希望你能成功。”

“在目前的情况下，这令我难以相信。”陈沉默了一会儿说，“你今早见过我们的流浪汉朋友了?”

菲佛犹豫了起来。他越来越后悔与史密斯的见面不够谨慎。接着他仰起头笑了起来，这笑来得有些迟，查理注意到了。

“是的，”演员承认说，“他来访时我几乎还没起床呢。”

“他找你有什么事儿？”

“当然是为了钱。我猜想他正挨个儿地试探昨夜他见过的人，他似乎认为只因为见过他一面，我们就都欠他点儿什么。”

“你不应该说‘我们’，”陈反驳说，“我想只有你欠他的。”演员没说话。“你给他钱了吗？”查理坚持问。

“怎么……是的……几美元，我挺可怜他的，他的画儿还可以——”菲佛突然停了下来。

“你怎么知道他的画儿还可以？”陈马上问道。

“是……他……他给我留下了一幅画儿——”

“是这幅？”查理走上过道，从一个空位子上拿起了一件东西，“我们一起向这边儿走的时候我看到了它。”他解释说，“如果你不介意，我想把它拿到灯下仔细看看。”

“一点儿都不介意。”演员说。

查理走到门边，推开门，盯着画儿看了一会儿。那姑娘的眼睛在绿色灌木的衬托下显出一种奇怪的生机。他走回菲佛处。

“你是对的，”他说道，把画儿放在了一把椅子上，“这个人有天赋，真遗憾，这样一个人不得不进行敲诈。”

“谁说这是敲诈？”菲佛问道。

“我说的，菲佛先生，我可以把你抓起来——”

“我的不在现场的证据有破绽吗？”

“没有，但你妨碍我的工作。最后一次问你，流浪汉史密斯听到你前妻对你说了什么?”

舞台指导走到台前叫着菲佛。

“真抱歉,”菲佛说,“大家在等我,我真得走了。”

陈耸了耸肩说:“调查才刚刚开始,我早晚会知道的,菲佛先生。”

“随时来坐坐。”菲佛和蔼地伸出手说,“真抱歉,我现在必须离开你,但你知道一个演员的生活——”

陈严肃地握了握他的手,演员匆匆走上了过道。回到明亮的街道上时,查理迷惑地皱着双眉。他知道在菲佛和蔼的表情后面隐藏着十分重要的东西——可能会真的解决他的问题的东西,然而他却永远不会在菲佛这儿得到它。那流浪汉,啊,或许……他在脑子里给流浪汉画了一个圈儿。

陈重新爬上他的小轿车,驶上了国王大街,然后朝怀基基方向驶去。在经过远离街边的绿树掩映中的公共图书馆时,他很想停下来。他想他应该找一份关于丹尼·梅若谋杀案的洛杉矶报纸读一读,也许在记载这个电影工业史上重大事件的发黄的报纸中,他会发现一两句话能立即把他引到查找希拉·芬一案的凶手的正确方向上来。

他很快下定了决心,掉转车头朝图书馆开去。一小会儿之后,他已经在图书馆同服务台处的姑娘讲话了。

“我能马上看一下三年前六月份的洛杉矶报纸吗?”他问道。

“当然可以,陈先生。”她回答说,“请填一下卡片。”

他匆匆填好卡片,卡片被递给了一位年轻的助手。姑娘朝目录走去时看了一眼卡片,她立刻转身走了回来。

“对不起,”她说,“我刚记起来,那些《洛杉矶时报》

正有人在看。”

“有人在看?”陈惊奇地问。

“是的，一位先生半小时前拿走了。”

“你能说一下这位先生的长相吗?”

姑娘朝阅览室点头说:“他还在那儿，在那扇窗户旁。”

陈走了过去，在一个书架的拐角处往里张望，他看见了亨特利·范荷恩俯身坐在一卷灰色的装订报纸前。这位电影演员一直低着头，似乎很专注地读着。陈朝服务台打了一个手势，表示他已经完全放弃了这事儿，然后轻轻地走出了大楼。

第十四章
小屋的窗户

查理回到街上，坐上了他的小轿车，迅速朝怀基基驶去。忠实的小轿车在身下轻颤着，这让他感觉非常舒服。过去它曾载着他无数次地去追踪各种线索，许多线索都曾把他领进了“死胡同”。每到这时，他就会扭转方向盘，寻找一条新路。然而在大多数情况下，胜利之路最终都会出现在他眼前。

他在这空气清新的早晨快速地开着车，心中想起了亨特利·范荷恩。他想象着昨夜这位电影演员在黑骆驼跪在希拉·芬门外的时候正走过草坪，谁也没跟他在一起，谁也没有看见他，他可以轻松地走进避暑屋，让那个女人永远地沉默，然后再沉着地加入到海滩上的两人中去。

范荷恩是怎样一个人呢？查理有点儿后悔没读一读他的孩子们总拿回家的登载电影花边新闻的杂志。很明显他不是电影界青睐的那种奶油小生形象，他是那种玩世不恭、孤僻、造作、深沉的家伙，谁要探究他的隐私都别想从他脸上看出什么来。啊，对范荷恩先生值得好好思索一番，这种思索可能会大有收获。

但是陈马上要找的人却不是范荷恩，他现在驶上了卡拉卡纳路。虽然太阳仍在头顶上，这个地带却下起了雨。当他驶进旅馆区时，他看到一些游客或穿着雨衣或打着雨伞，他们对这阵太阳雨的态度是颇为认真的，这让查理这样的夏威夷人感到好笑。他向右急转了个弯儿，驶过格兰特大酒店的可爱的花园，把车停在后面的停车场。他在细雨中不在乎地走过去登上了酒店的台阶。

领班侍者带着讨好的微笑，用广东话向他打招呼。陈停了下来，同他聊了一会儿。他解释说他并非来找哪个人，如果允许的话，他只想四处走一走。他穿过高大阴凉的走廊，与一个年轻的经理助理互相打了个招呼。

他走过长长的走廊，朝休息室走去。与其他的许多檀香山的居民不同，他对这酒店豪华的内部设施并没有什么敬畏之情。他曾去过大陆，他认为自己是个见过世面的人，能够评判一个酒店的好坏，他衷心地赞赏这怀基基新添的一景。他亲切地朝捧鲜花的姑娘点了点头，在休息室入口处站了一会儿。这个房间总让他感到心情振奋，从平台上开着的拱门可以望见大海，以及世界上任何其他海滩都难以媲美的风光，还可以闻到不时传来的醉人芬芳。

这个大房子里没有客人，但几个东方仆人正默默地忙着装饰鲜花。在栽于沙碗中的细竹枝上，挂满了数不清的木槿花，这些美丽而脆弱的鲜花在夜晚就会凋零。陈来到朝向大海的平台上，发现自己运气来了，这里仅有的两个人正是他曾见到的昨天晚上与特纳弗罗谈话的那对老夫妻。他朝他们坐着的椅子走去，站在那儿看着他们。那男人放下了他的早报，女人从她的书上抬起眼望着他。

陈深深地鞠了一躬。“早上好。”他说。

“早上好，先生。”老头儿礼貌地回答说。

他的话中带着悦耳的苏格兰小舌音，他的由于在阳光下辛勤工作而留下深深皱纹的脸是查理见过的最诚实的面孔。

陈把上衣向后拉了一下。“我是檀香山警察局的陈探长。我想你从早报上已读到了一个著名演员身亡的消息。我很抱歉打扰你们欣赏这美丽的景致，但你们认识的一位先生是这位死去的小姐的朋友，所以我不得不跟你们谈一下。”

“很高兴认识你，”老先生站了起来，拉过一把椅子，“请坐，探长。我叫托马斯·麦克马斯特，从澳大利亚昆士兰来的，这是我太太。”

陈向她鞠了一躬，老太太朝他和蔼地笑了笑。大家似乎都准备好要闲聊一阵儿。

“你们在愉快地度假吧？”侦探问道。

“是的。”麦克马斯特说，“这可是我们努力工作得来的，对吧，老伴儿？在多年养羊之后，我们终于能回苏格兰看一看了，这是一次非常愉快的旅行，探长。我们计划一路上什么都不漏掉，并且我们很高兴地这样做了。”他朝海滩挥了挥手，“我们也没错过这个美丽的地方。”

他的妻子点点头：“啊，这儿很漂亮，我们真不知道到什么时候才舍得离开这儿。”

“这可是你自己说的，老伴儿，”麦克马斯特说，“我相信到时候我会有决心让咱们俩离开这儿的。别忘了还有阿伯丁等着我们呢。”

陈高兴地说：“我代表檀香山衷心感谢两位如此夸奖。我知道这些话是诚实人说的，这让我深受感动，但是我不得不提起昨夜发生的凶杀案。我可否这么说，这残酷的事情肯定是某个外地人干的。这儿的人非常善良，就像这儿的气候一样，我们很少杀人。”他深有感触地说。

“当然。”老妇人低声说。

抬起头，查理看到特纳弗罗站在门房中。当占卜师看到平台上这几个人时，他露出了满意的神色，他快步走了过来。陈叹了口气，他倒希望能同特纳弗罗调换一下处境。

“啊，早上好，探长。”特纳弗罗说，“早上好，麦克马斯特夫人。你好吗，老先生？”

“有一点点失落，”老头儿说，“不干活儿我感觉不大对劲，但老伴儿告诉我，我必须学会休息。”

“当然应该，你会有很多时间休息的。”特纳弗罗微笑着说，“探长，很高兴看见你这么早就开始工作了，你到这儿一定是来核实我不在现场的证据的，这是非常合情合理的。你问过我这两位朋友这个重要问题了吗？”

“我正在为问这个问题做准备。”

“麦克马斯特先生，在昨晚的不幸事件中我碰巧是这岛上跟那个不幸的姑娘认识的人之一，所以让探长知道在她死去时，我在另外一个地方是很重要的。很幸运我能做到这一点，当然得通过你的帮助。”占卜师对查理说，“昨夜我在休息室离开你之后，你看到我又回去同麦克马斯特先生和夫人谈话。麦克马斯特先生会告诉你在那之后又发生了什么事。”

老头儿思索地皱起眉。“呃，特纳弗罗先生建议我们到外面的阳台上去——你们把它叫作门廊——对着棕榈树院子的那一个。我们走了过去，在那儿坐了半小时，回忆过去在昆士兰的时光。最后特纳弗罗先生看了看他的表，他说已经八点三十分了，他必须走了，他说他要去海滩那边赴晚宴，他站起来——”

“非常对不起，”陈打断他说，“你有没有看过自己的表呢？”

“啊，我看了。”老头儿回答说，他的表情非常诚恳，话语也让人感到是真实的。“我拿出了我的表——”他从兜中拿出一块老式表，“我的表有点儿快，我说：‘八点三十五了，老伴儿，我们这样年岁的人该休息了。’你知道，在农场上我们总是休息得很早，老习惯很难改。所以我们回到酒店里面，我和老伴儿在电梯处停下来，特纳弗罗先生走过拐角去了他二楼自己的房间。当我们等电梯时，我去服务台对表，是八点三十二分，我把表调了过来。这些是事实，探长，我和老伴儿可以发誓做证。”

陈点头说：“有些人说话就像凭空捏造，毫不可信，但是瞎子也能看得出你们的话是可信的。”

“是的，我们总是这样，从阿伯丁到昆士兰，没人怀疑过我们的话，探长。”

“你们认识特纳弗罗很长时间了吗？”查理问道。

特纳弗罗回答说：“十年前，我在一个墨尔本剧院演出，我那时是一个演员。后来我们的剧团解散了，我就去离布里斯班几英里远的麦克马斯特先生的牧场为他工作。我在那儿待了一年，那是我生命中最快乐的一年。你也能看得出来，他们是世界上最善良的人，他们对我就像父母——”

“我们什么也没做，”老太太反对说，“我们也很高兴有你和——”

“我一个人孤零零的，”特纳弗罗打断她说，“能遇到你们这样的人真是好福气。你可以想象到，我那天在这个酒店遇到他们是多么开心。”他站了起来，“我想这些就是你想知道的，陈先生，我希望同你谈一下。”

“就这些了，”陈站了起来说，“夫人、先生，祝你们的假期永远像这明亮的早晨和可爱的海滩一样令人愉快，很高兴能在这著名的十字路口遇到二位。”

“我们也非常高兴，先生，”麦克马斯特回答说，他的妻子点头微笑说，“我们去阿伯丁的路上会想起你的，祝你成功。”

查理和占卜师走进酒店，在一个沙发上坐了下来。“你是上帝的宠儿，”陈说，“如果我要一个不在现场的证据的话，没有比这样诚实的人的话更好的了。”

特纳弗罗笑了。“是的，他们是很好的人。”他停了一下，“探长，你已经知道了这十八分钟我在哪里，那么别人呢?”

“我也知道菲佛在哪里，”查理回答道，“虽然他的许多行动令我不解。至于其他人，他们没有这么幸运，谁也没拿出不在现场的证据。”

特纳弗罗点头说：“是的，他们当中的一个人在这事儿结束以前是会非常需要一个不在现场的证据的。我想你昨夜没来什么灵感吧?”

陈难过地摇摇头:“我只是美美地睡了一觉,你呢?”

特纳弗罗微微一笑:“我也大睡了一场。我虽努力思索,但恐怕帮不上你什么忙。有太多的可能性,我们有必要重复一下吗?贝罗夫妇在丹尼·梅若死时都在好莱坞,据说,梅若与女人处得较随意,而贝罗又是一个善妒的人。”

“我要好好想一想。”陈慢慢地说。

“这可能有用,”特纳弗罗说,“他当时溜达着,去客厅拿一支香烟,他自己说一直待在那儿。暂时先把他放在一边,再说说阿伦·杰伊斯,昨夜他似乎情绪很糟,有谁了解他呢?假设他像贝罗一样爱嫉妒,他看到那些鲜花——不是他送的——在他所爱的女人的肩上,而我们又发现那些花被人用脚踩过,似乎是狂怒的结果。梅若的案子,我相信你曾经指出过,可能跟芬小姐被杀一点儿关系都没有,或许这个案子只是出于一种疯狂的失去理智的嫉妒——”

“或许是吧。”陈平静地说,“还有一个玛蒂诺。”

“玛蒂诺,”占卜师说,英俊的面孔暗了下来,“如果能帮你确定这事儿是他干的,会令我非常高兴,他曾对我说过非常难听的话。”

“你看他是什么样的人?”查理问道。

“哦,他似乎是个有头脑的人,”特纳弗罗说,“他还有一种粗野的力量——一种奇怪的结合,是精细与野蛮的结合。当梅若被杀时他不在好莱坞,但是在这一点上可能我们的思路又错了。玛蒂诺有点儿像个花花公子,他与希拉·芬也许有不为人知的关系。他口袋里的手帕同样令我感到可疑,他当然会否认那是他的,谁都会这么做的,但是如果是有人把手帕放进他口袋里的话，那谁又会冒这样没必要的风险呢？为什么不把它扔到树丛中或者草坪上？为什么做出这么困难而危险的举动呢？那手帕，探长，可能就是玛蒂诺自己的。在谋杀后他继续带着它，不知道里面有玻璃碴儿。除非——”占卜师停了一下说，“除非你有证据证明它是别人的。”

陈睡眼惺忪地看着他。“我的证据太少了。”他叹气道，“在这种萎靡的状态下能听到你讲话真是太好了，请继续把你的逻辑严密的话讲下去。现在该说亨特利·范荷恩了。”

特纳弗罗热切地看着他说：“你对范荷恩有什么看法吗？”

“我很遗憾地注意到他没有不在现场的证据，并且从时间和地点上他都有作案的可能性。”陈停了一下，决定有些事还是不说为好，“除此之外，我就没有什么重要的信息了。请你说一下对这个人的看法。”

“好吧。”特纳弗罗说，“我没对范荷恩考虑太多，他是一个古怪、有点儿愤世嫉俗的人，一个臭名昭著的单身汉，让所有女人都死了心，从无丑闻沾上他。我一直很敬佩他，虽然他对我从不友好。他是个有教养的人，品位很高，可能有点儿自大，但经常受别人奉承的人没有不这样的。”他想了一会儿，“不，探长，”他突然坚决地说，“尽管像你指出的那样，他完全有机会作案，但我却认为亨特利·范荷恩不是我们此案的目标。”

查理站起来看了看表说：“谢谢你的话，现在我必须赶往希拉·芬处，你跟我一起来吗？”

“对不起，”特纳弗罗说，“我现在没空儿，你会告诉我有什么新进展的，是吗？我不只是好奇，如果我们是并肩工作的话，我当然应该知道你在做什么。”

“我们会经常碰头的。”陈向他保证说。他们向酒店出口走去。

领班侍者用广东话向特纳弗罗说了什么，占卜师用迷惑不解的目光看着他。“他说什么?”他问查理。

“他祝你在这迷人的早晨身体好。”陈翻译道。

“哦，我很好，山姆。”特纳弗罗笑着说。山姆宽厚的脸上浮现出一种迷惑的表情。“再见，探长，”占卜师继续说，“有什么新消息随时找我，我自己也会四处调查一下，力所能及地做点儿事。像我曾说过的，我会陪你坚持到底的。”

“非常感谢。”陈鞠了个躬，回到了车上。

当查理到达目的地时，希拉·芬的房子前面的草坪平静而安谧地躺在老榕树的影子下。像往常一样，杰西普以完美的礼仪出来应门。

“你好，警察先生，”他说，“今天早晨大气不错，是吧?”

“可能是吧，”陈说，“我们这儿的人注意不到这一点，每天早上差不多都一样。”

“如果时间长了，这可能会让人感到一点儿厌倦。”管家跟着陈来到了客厅，“探长先生，现在在英格兰，只有身体强壮的人才敢在早晨打开窗帘。”

查理站在这个昨夜曾发生那么多事情的大屋子里四处看着，现在这里平静、安详，充满了阳光。

“朱莉小姐和布拉德肖在海滩附近，先生。”杰西普说，“一位警官——我记得是一位叫赫蒂克的先生，正在避暑屋里工作。”

“啊，是的，赫蒂克是我们的指纹专家。”查理解释说，

“我马上过去。”

在草坪上，他遇到了两个年轻人，他们热情地向他问好。“很抱歉我成了让人讨厌的人，”他对朱莉说，“但我的工作经常要求我走坎坷不平的路。”

“哦，你永远不会让人讨厌的，”她笑着说，“我们一直在盼着你来。”

他看了她一眼，她是那么年轻可爱，蓝色的大眼睛显出一片纯真。他又想起了那枚祖母绿戒指。

“你看我的早报新闻写得如何？”布拉德肖问。

“我只是很快地看了一眼，”陈回答说，“大概主要的事儿都写到了。”

“你能说的仅此而已吗？”小伙子报怨道。

查理耸了耸肩说：“夸奖别人之前都应三思。如果从来没人夸赞过驴子的歌声，它现在就不会再叫了。”他咧嘴笑道，“当然，这个比喻是不合适的。我看你早晨过得不错吧？”

“哦，我刚跑过来帮助朱莉，”小伙子对他说，“我成了她和记者之间的减震器。晚报的记者不太礼貌，他们似乎因为没有先弄到消息而不太高兴。”

“这很自然。”陈回答说。

“你现在打算做什么呢？”布拉德肖问道。

“我想趁白天四处看一看。”查理回答说。

“我来做帮手。”布拉德肖说，“朱莉，你就坐在这儿放松心情、闭上眼睛，什么都不要想。”

姑娘朝他笑了笑，坐在了一张海滩椅上。

“我想让这可怜的孩子振作起来，”布拉德肖解释说，他和查理朝避暑屋走去，“这事让她受了很大刺激，但是我想我不久就会让她相信她的麻烦都过去了，如果她肯嫁给我的话。”

“你对自己很有把握呀。”查理笑道。

“为什么不呢？我太了解自己了。”

他们到达避暑屋时，赫蒂克走了出来。他是在警察局人事调整时从大陆上调来的，接替查理做指纹鉴定工作。他对查理并不友好。

“早上好，赫蒂克先生，”陈礼貌地说，“有很大收获吗？”

“没有什么，”那人回答说，“有许多指纹，但大部分是被杀女人的，我想所有其他指纹也都是无关紧要的。请进来，我指给你看——”

“请稍等一下，”查理打断他说，“我先在这外面转一转。”

布拉德肖跟在他后面，穿过旁边的灌木丛，来到西边公共海滩一侧。在朝向海滩的小屋唯一的窗下——史密斯昨天晚上站过的地方——他停下了脚步。

那儿现在有许多脚印，流浪汉的脚印几乎要辨认不出来了。查理蹲下身仔细地在沙中找着，满意地轻喊了一声，又笔直地站了起来。

“重要发现。”他说道。

布拉德肖走过来，看到查理掌上有一截儿尺寸像香烟大小的雪茄烟蒂。

“被踩进沙子里了，”查理说，“我从来没想到会在这儿发现这东西。”

“啊，我知道只有一个人吸这种雪茄，”小伙子大声说道，“我看见他昨晚——”

“你是对的。”查理微笑着说，“谁会相信他会如此大意呢？我心中充满了疑问。阿伦·杰伊斯先生是什么时候站在这窗外的呢？又是为什么呢？”

第十五章 两杯橘子汁

查理从兜里拿出一个空信封，小心地把他的最新发现放到了里面。他和小伙子再次穿过灌木丛走进了小屋之中，赫蒂克正悠闲地坐在梳妆台边，他的专业用具摊在他面前。

陈坐在一把柳条椅上，环顾着这个刚刚在昨夜发生过悲剧的房间。侦探的面孔平静而安详，表面看起来他就像是在悠闲地等待午饭的铃声。透过厚玻璃窗，他看到一艘客轮缓缓驶进了港湾。

“你在这儿没碰上什么好运气吗，赫蒂克先生?”他问道。

“运气不佳，”赫蒂克回答说，“桌子上的东西上有很多指纹，都是那个被杀的女人自己的，我今早在停尸房取过她的指纹。顺便说一下，法医让我告诉你他已把验尸推迟到了明天，他估计你那时可能会弄出点儿眉目来。”

陈耸了耸肩说：“谢谢他的信任，也请转告他我随时有可能跟他换位置。”他的目光又回到了屋里，他注意到屋内的木制品是新近被刷上白漆的。突然，他站起身走到朝海滩开着的小窗前。“我想你还没有检查窗台。”他说道。

“是的，我还没有。”赫蒂克说，“我原打算检查的，但却漏掉了。”

陈咧嘴笑着说：“温暖的气候让人容易忘事儿，可否请你现在就开始检查呢？”

赫蒂克走到窗台边，熟练地用骆驼刷子刷了起来。

查理和小伙子靠上前来。“啊。”陈喊了一声。在光滑洁白的窗台上出现了一个人的指纹。

“这是希拉·芬的指纹吗？”查理问道。

“不，”赫蒂克回答说，“这是一个男人的指纹。”

陈站在那儿沉思着。“这指纹也是新的。现在我们有些进展了，一只男人的手，一个男人打开了窗子，爬上了窗台，为什么呢？当然是要进房间。在什么时候呢？昨夜，在谋杀发生前后。是的，我们终于有进展了。”他停下来，“这是什么人呢？”他的手在口袋里面摸着那个装着烟头的信封。

他突然坚决地转过身说：“有一件事是确定的，我必须立刻取到阿伦·杰伊斯的指纹。”他又笑着对吉米·布拉德肖说，“你可以写警方找到了重大线索，将很快抓住凶手，但如果你把刚才的事儿透露一个字，我就会想起你的洗衣店的故事并立刻把你抓起来。”

“不会的，查理。”小伙子说，“你现在打算怎么办呢？”

“我打算一个人走，把你留在朱莉小姐身边。她这人怎么样？”

“请等一下，让我告诉你，她是最——”

“等一等，”陈打断他说，“晚些时候再说吧。赫蒂克先生，我要求你留在这儿直到我回来，我需要你锐利的眼睛。我去一下格兰特大酒店。”

他离开了小屋，小伙子跟在后面。当查理消失在房子拐角处时，布拉德肖回到朱莉坐的地方，他在她旁边坐了下来。

“那个滑稽的警察走了吗？”她急切地问道。

“他要离开一会儿，在你思念他之前，他就会回来的。”朱莉抬头看着他，小伙子觉得她美丽的面孔上掠过一丝惊惧的神色，他感到奇怪。“查理刚才在小屋的窗外有了重大发现。”他又说道。

“什……什么？”她问道。

“我想我告诉你他会不高兴的。”布拉德肖回答说，“这个阿伦·杰伊斯是怎样一个人？你不太了解他，对吗？”

“一点儿也不了解，”姑娘回答说，“我昨天早晨第一次见到他。希拉在塔希提遇到他，我相信她非常喜欢他，但是希拉喜欢那么多人，她对我也很好。”朱莉突然转过头去流泪痛哭起来。

布拉德肖站了起来，把一只手放在她抖动的肩膀上。“好啦，好啦，”他不安地说，“不要这样，你要把我在报纸上做的宣传都毁掉吗？怀基基——和平的地方，永远充满欢乐的新月形海滩。想象一下，那些相信我的话的游客看见你哭会怎样？”

“对不起，”她抽泣着说，“我很难过，高兴不起来。”

“是的，你当然不会高兴，我是指现在不会，但为什么不想一想就要来到的快乐，并且先享受一下呢？”

“我……我永远不会再快乐了。”她对他说。

“胡说。为了你，我会把世界变得如同我在旅游局的广告中把这个城市描绘的那样美丽。当我们结婚后——”

她推开他说：“我们永远不会结婚的。哦，太可怕了，我太可恶了，而你一点儿都不怀疑，你会恨我的。”

“告诉我，看着我。”他俯身吻了她。

“不要这样。”她喊道。

“我必须这样，”他笑道，“这是我的责任。我曾在广告中宣传过这地方的浪漫，现在是我自己来把它变成现实的时候了。现在听我说，在一周或更短的时间内这一切都会结束，你会慢慢忘记。查理任何时候都有可能解开这个谜。”

“哦，你这么想吗？”

“他当然会，什么事都瞒不过查理。”

“我怀疑这一点。”姑娘说。

“他肯定会的。”布拉德肖坚定地说。

陈此时可一点儿也没有布拉德肖那种自信，他正走进格兰特大酒店的门厅。他朝侍者挥了挥手，立刻朝服务台走去。

“我又来了。”他朝服务员说，“作为一个不花钱的客人，我在这儿露面次数可是有点儿太多了。你可以告诉我阿伦·杰伊斯的房间号吗？”

服务员笑着告诉了他，并告诉他店内电话在服务台右边。查理在听筒里听到这个英国人的声音时松了一口气，他礼貌地要求同他谈一下，杰伊斯回答说他马上下来。

查理以少有的速度走到休息室。一个年轻的菲律宾侍者站在那儿，侦探把他叫了过来。

“我希望你能拿两杯你们可口的橘子汁来。”他说道。

“好的，先生。”男孩儿回答说。

“我要陪你一同去拿。”侍者似乎愣了一下，但是争辩不是他的职责，从丛林中出来以后，他已经开始明白客人总是对的。

查理跟着他的小向导来到了餐具室，在这儿遇见了一个穿白围裙的仆人。

“我是檀香山警察局的陈探长。”查理简单地解释道，“我刚买了两杯橘子汁，你能把装橘子汁的杯子递给我吗?”

仆人已经困倦得感觉不到惊讶了，正如他自己对妻子说的，他已经中了这儿的气候的毒了。他拿出了杯子，查理从兜里拿出一块洁白的手帕，快速地擦着杯子。

“我这样做并非是怀疑你们不干净，”他说道，“但我最近读到关于微生物的文章，”他咧嘴笑着说，“那是一种非常危险的生命形态。”然而可以看到的是，他擦的只是杯子的外面。完成了任务后，他小心翼翼地把杯子放在男孩儿端的托盘上，然后从兜里拿出了一枚硬币给了仆人。“希望你倒橘子汁时手指不要碰到杯子。”他转身对男孩儿说，“你也如此，明白吗？你不要碰这些杯子，把托盘放在桌子上，不要碰它。不然，到该给你小费时我就看不见你了。”

回到休息室，查理发现英国人已经在那儿了。“啊，杰伊斯先生，”他说，“很高兴再见到你，昨晚休息得好吗?”

杰伊斯瞪着他说：“不，不好，但那又有什么关系呢?”

“真抱歉，”陈大声说道，“怀基基是著名的睡觉的好地方。作为檀香山的一个老居民，看到它出现名不符实的情况，这令我非常痛心。请同我一起坐在这沙发上好吗？"

他坐了下去，沙发被他压得发出咯吱的声响。

"家具发出难听的声音是抱怨我过分的体重，"他继续和蔼地说，"我节食挨饿，但是没有用，注定的事是难以改变的，谁能在秤上选择自己的重量呢？一切都是前定的。"

杰伊斯坐在他旁边。"我今天早上能为你做点儿什么呢，探长？"他问道。

"希望你能接受我因把你滞留在岛上而向你表示再次的道歉。有人把这里说成天堂，但我想，即使是天堂，当一个人急着要离开时，看起来也不会太好，再次向你表示歉意。我向你保证，我会以最快的速度解开这个谜案，让你尽快离去。"

"很高兴听你这么说，"杰伊斯点头说。他拿出一盒烟，取出一支小黑雪茄递给查理。"不吸？"他自己点了一支，"你有些进展了吧？"

"我遇到很多困难，"查理说，"那些知道情况的人保持沉默，那些肯说话的人却不知真相，但这在我的工作中是常有的事情。就在不久前，我想我看到了一丝曙光，啊——"菲律宾男孩儿端着托盘走了过来，他把托盘放在他们面前的小桌子上。"刚才我忘说了，我正在喝橘子汁节食减肥，杰伊斯先生，现在到我喝橘子汁的时间了，我替你也要了一杯。"

"哦，不，谢谢，"英国人回答说，"我不相信——"

"都已经准备好了，"查理坚持说，流露出会受到伤害的语气，"这饮料是无害的，我想你不会拒绝吧？"

"好吧，谢谢。"杰伊斯说。此时他真的是不想喝，但他知道一个华人的感情是多么容易受伤，而且他不能冒险再次冒犯这位这个民族的独特代表了。“非常感谢。”他伸手拿过了杯子。

查理微笑着举起了杯子。“既然你跟我有同样的愿望，就祝我尽快破案吧。”他喝了一大口，放下了杯子，“我猜这种温和的饮料你一定不喜欢。”

“还是言归正传吧，”陈说，“我想问你几个关于昨晚的问题。没有一个不在凶杀案现场的好的证据对你来说是最不幸的。在惨案发生时，按照我的理解，你正心情糟糕地四处乱走着?”

“恐怕是的。”杰伊斯承认说。

“从你在海滩上离开玛蒂诺，一直到他出去找到你并告诉你凶杀案的消息，这期间你都是一个人吗?”

“是的。”

“你在海滩上走了多远呢?”

“我只到了蒙娜旅馆，我在那儿坐在一棵榕树下想着我该怎么办。”

“咱们一起再喝一口好吗? 啊，好的。你没有去希拉·芬房子那边吗?”

“我刚才告诉你了，”杰伊斯回答说，“我只走到了蒙娜旅馆，我坐在那儿想把事情理出个头绪。当我冷静了一点儿之后，我想或许我是小题大作了。一个这么容易受一个愚蠢的占卜师影响的女人究竟是否会成为一位令人满意的妻子?她的生活与我截然不同，我开始感觉到这件事对我们两个人来说都可能是一时的头脑发热。我决心午夜乘船离开，而且可能的话，把整件事忘掉。做了这个决定之后，我感觉好多了。我往回走，路上经过舷外俱乐部。刚回到酒店门外我就遇见了玛蒂诺，他告诉了我可怜的姑娘被杀的惊人消息。”

“你在蒙娜旅馆榕树下时，有没有人看见你呢?”

“我想没有，我坐在一个阴暗的角落里。”

“你去过希拉·芬被杀的小屋吗?”

“没有，我从来没见过那地方。”

“那么你从来都没到过那附近了？比如，在窗户外?”

“不可能，”不用人催促，杰伊斯自己拿起杯子一口喝干了。突然，他盯着查理问：“你问我这个干什么?”

“我只是想缩小调查范围。”陈解释说，“没什么问题了，谢谢你，你知道下次去大陆的船的时间吗?”

“当然知道，”英国人说，“明天中午有一趟，我真希望——”

“我将会尽自己最大的努力，”陈笑着说，“虽然看到我的样子时，许多人可能会说我已经一直在这么做了。”

杰伊斯笑了。“别让这想法妨碍你的速度，”他说，“我知道你会尽力的。另外，恐怕昨夜我对你有些粗鲁，我那时急着要走。有许多原因，不单是因为我在美国的生意，还有这可怕的事情，我想早点儿脱身，我现在仍然这么想。你理解吗?”

“我理解。”陈严肃地点点头，他的左手在上衣口袋里摸着一个信封。“再见!”他说。

查理站在那里看着英国人穿过平台朝大海走去。他感觉到身后有人，便及时地转过身来。一个穿着民族服装的不断地在休息室来回走动的驼背华人老头儿，胳膊下夹着一把刷子和一个畚箕，正伸手来拿杯子。

“嘿!”陈抓住了他满是皱纹的手，“不许碰，不然老天爷会惩罚你的。”他拿出手帕小心地把杰伊斯用过的杯子包了起来，“我要把它拿走，这与你无关。”

但是很明显，这老头儿认为这与他大有关系，因为他一直跟着查理走到服务台，陈在那儿见到一位经理。“我想把它买下来，”他打开手帕露出酒杯，“请说一下价钱。”

经理笑道：“哦，这没什么，拿走吧。你在做什么，查理？在收集我们无辜客人的指纹?”

“差不多，”陈点头说，“除了‘无辜’这个词。非常感谢。现在你可否让这位以为自己抓住了‘四十大盗’之一的老头儿别再跟着我了?”

经理向仆人说了几句，老头儿自言自语地走开了。陈知道他说的不是什么好听的话，但是他没有在意，匆匆走出门，回到了车上。

他一路思考着，开车回到希拉·芬的房子。杯子上的指纹与窗台上的属于一个人吗？如果是的话，那么他就快完成任务了。

赫蒂克在那儿等着他。查理把他的宝贵的、仍旧散发着橘子汁味的杯子交给他，专家马上开始了工作。不一会儿之后，他就站在窗前，一手拿着酒杯，一手拿着放大镜。陈走上前，等着他说出结论。

赫蒂克摇摇头。“一点儿都不像，”他说，“这回你搞错方向了，探长。”

陈非常失望地坐在一把椅子上。那么昨晚进这个房间的人就不是阿伦·杰伊斯了？一切本来都似乎确定无疑，就在一刻钟之前他还对此毫不怀疑。搞错方向了？他没有在乎赫蒂克说这话时的语气。自从查理从大陆回来，警察局的人就不大友好，他们估计他出去历练一番之后回来时必然会目中无人，但是他丝毫没有流露出傲慢的迹象，但这一点儿也没有减轻他们对他的嫉妒，他不得不忍受许多暗含敌意的话。

搞错了方向？在这一行中谁会永远不出错呢？那从不犯错的超人哪儿有呢？

搞错方向了？陈坐在那儿沉思着。杰伊斯曾来过这窗户外面，那个很明显地被他忘掉了的小雪茄烟蒂是充分的证据。但打开窗户进入房间，把指纹留在窗台上的却不是他。这是另一个人干的，是谁呢？还有谁曾经——

查理突然响亮地一拍自己的额头："嘿，我真是个彻底的白痴，我前进得太快了，没有仔细思考。每个人都在催促我，甚至我自己的家人，而我又是个不能匆忙做事的人，忙中出错了。"他转过身对赫蒂克说，"昨夜在警察局提取的那个流浪汉的指纹在什么地方？"

"哦，"赫蒂克回答说，"我带来了。"他从兜中拿出一个马尼拉纸信封，从里面提取出一个玻璃片，"你想——"

"我想，是的，虽然晚了点儿，但我总算还能想到。"查理边说边从同事的手中拿过玻璃片，快步走到窗前。"快过来，"他喊道，"你的玻璃，看啊！你是怎么想的？"

"它们是相同的。"赫蒂克说道。

查理的小眼睛闪着胜利的光芒。"终于弄出点儿名堂了。"他大声说，"那个流浪汉昨夜进了这个房间！我是总搞错方向呢，还是我也有清醒的时候呢？"

第十六章　警　告

此时陈的平静而超然的态度消失了，似乎受到这最新发现的启发，他在地板上来回走着。

“史密斯，流浪汉，”他又说了一遍，“一个被抛到这个美丽海岛上的人类弃儿，一个落魄潦倒的人，昨晚他在这小屋附近可是够忙碌的。我想，这在史密斯一生中可是不平凡的一晚。”

赫蒂克正在收拾他的专业用具。“好啦，我想我现在该回警察局了，”他说，“我已经给你们弄出了点儿线索，现在该看你们的了。”

“啊，你是一个聪明的侦探，”陈咧嘴笑着说，“有时你会漏掉点儿东西，但当同事提醒你之后，你就会像个复仇的魔鬼一样疯狂地工作，你确实给我们提供了材料。好吧，请你马上回警察局，我晚点儿再回去。我建议你让人找一找史密斯，告诉局长必须尽快把流浪汉带到警察局。搜查所有低级旅馆，派卡西莫去做这些事情。他对搜查最有热情，而且，他熟悉下层社会的各个角落。”

赫蒂克答应了他之后就离开了。查理随后也走了出来，他看见朱莉和布拉德肖在草坪上，就在他们身边停了下来。“想坐我的车去城里吗?”他问布拉德肖。

“不，谢谢，”布拉德肖回答说，“我今天把车开来了，而且朱莉刚劝我留下来吃午饭。”

“希望在你的生活中永远不会出现比进行这种劝说更艰难的问题。”陈笑着对朱莉说，“我希望你生活快乐，但我必须告诉你，我会很快回来的哟。”

他正在房子外面转时，杰西普出现在门廊的入口处。“啊，探长，”他说，“你可以进来一下吗?”

管家的严肃表情让查理吃了一惊，他从杰西普打开的门中走了进去。“你有什么事要对我说吗?”他问道。

“是的，先生，请跟我来。”杰西普带路来到房子前部的一个小会客室，他先走了进去。“哦，对不起，先生，我要把门关上，这样就不会有人打扰我们的谈话了。”杰西普说。

“我的时间不太多。”陈说道，有点儿惊异于对方这些细心的防备。

“我知道，探长，我会立即进入正题的。”虽然这样答应了，他还是犹豫着，“我的老父亲曾为一个苛刻的公爵诚实工作了四十五年，他在我年轻时对我说：‘一个好仆人，希德里克，什么都看在眼里，什么都知道，但是什么都不说。’只是在深思熟虑之后，探长，我才决心违背这正确的忠告。”

陈点头说："不同的事情，不同对待。"

"正是这样，先生。我一直是一个守法的人，而且，我急着盼你早日调查清楚而不要再拖延了，如果可以这么说的话。昨夜你问朱莉小姐那祖母绿戒指的问题时，我碰巧在大厅。你可能会认为我是有意偷听别人谈话，但我向你保证我绝非有意的。我听到她告诉你早晨芬小姐就把戒指给了她，而直到你在她的房间找到了它，这戒指一直在她那儿。"

"朱莉小姐是这么说的。"查理说。

"这可把我弄糊涂了，先生。我不知道她这么说是什么意思，但我确实知道在昨晚大约七点钟，芬小姐把我叫到她的房间并给我那封信，让我在特纳弗罗一到时就交给他。当她把信交给我时，我清楚地看到她右手上戴着那枚祖母绿戒指。我绝对肯定这一点，探长，并随时准备为此做证。"

陈沉默了一会儿，他想起了朱莉·奥尼尔，她那么年轻，看起来那么纯真。"非常感谢，"他最后说，"你所说的似乎非常重要。"

"我只希望它不是那么重要就好了，"杰西普回答说，"我是非常不情愿告诉你这事儿的，探长，我与朱莉小姐毫无仇怨，她是一位非常迷人的年轻小姐。先生，我一直保持沉默，但后来我想到了我的责任。像你一样，我希望看到此案凶手受到应有的惩罚。芬小姐一直待我很好。"

陈朝门口走去。"我会立刻采取行动。"他说。

杰西普看起来有点儿不安："如果能不提我的名字，先生——"

"那是不可能的。"查理对他说。

杰西普叹了口气："我明白，探长，我只能再说一遍，我确实看见了那枚戒指。我的视力非常好，就我这个年龄的人来说，这是很让人满意的事情。”

他们走回到大厅，女仆安娜正慢慢走下楼来。陈对杰西普说：“再次感谢你，你可以走了。”

管家向厨房走去，查理等安娜下来。

“早上好，”他愉快地说，“我想跟你说几句话。”

“好吧。”安娜跟在他身后走进了客厅。

“你记得朱莉小姐说的关于戒指的事儿吗？”

“当然，先生。”

“她说芬小姐早晨把戒指给了她，在那之后就一直在她那儿，你对此有何看法？”

“你是什么意思，先生？”女仆问道。

“你白天在芬小姐的手上没看到戒指吗？或者当她叫你来找一枚饰针的时候？”

“即使我看见了，我也没留下什么印象，先生。”

“你看见东西，却没什么印象吗？”

“你明白的，先生，你不会真正注意你熟悉的东西。我的意思是，戒指可能戴在她手上，也可能没有，恐怕我说不上来，先生。”

“你只能这么说吗？”

“就我而言，恐怕只能如此了。”

陈鞠躬说：“谢谢，没事了。”

他穿过一扇落地长窗，慢慢地走过门廊。他一点儿也没有心情去做这项工作，但是过去他曾面临过许多类似的任务，他从未犹豫过。走到草坪上，他向布拉德肖和那姑娘坐着的一个海滩秋千走去。

“朱莉小姐。”他说道。姑娘抬起头看着他，看到他严肃的面孔，她的脸变白了。

“什么事，陈先生?”她低声说。

“朱莉小姐，你告诉我芬小姐在你们昨天早上刚到这儿不久就把祖母绿戒指给了你，你为什么这么对我说呢?”

“因为这是事实。”朱莉勇敢地回答说。

“那你怎么解释昨晚七点有人看见戒指在她手指上这一事实呢?”

“这是谁说的?”姑娘喊道。

“这很重要吗?”

“这很重要，是谁说的?”

“我是从一个我认为可靠的人那儿听说的。”

“你不可能知道谁的话是可靠的，陈先生。这是谁说的?不可能是狄克逊小姐，她还没起床呢。肯定是仆人中的一个，可能是杰西普。是杰西普吗，陈先生?”

“这有什么关系?”

“但我告诉你这很重要，因为我与杰西普的关系不太好，我们之间以前发生过矛盾，至少他对我怀恨在心。”

“能请你解释一下吗?”

“当然。我昨晚告诉过你，芬小姐的仆人总是在欺骗她。我刚做她的秘书时，对这些事假装没看见，因为我不是搬弄是非的人。但大约在一年前，她的经济状况变得非常窘迫，我就开始调查了。我发现杰西普无耻地与商人们勾结在一起，所有的账目都是虚报的，杰西普从中获利。

“我什么也没对芬小姐说，我知道那意味着暂时的痛苦和谴责，最后则可能会是了不起的宽恕，她总是那么心软。

我去找了杰西普，告诉他我知道他所做的事情，并要求他必须停止这么干。他非常气愤，他对我说，好莱坞所有其他的仆人都是这样做的，他似乎认为这是仆人的特权。但当我威胁他说我要告诉芬小姐时，他妥协了，同意不再做这种事。我想他确实是不再干了，但从那以后他对我一直很冷淡，我知道他一直没有原谅我。现在你明白了为什么我问你关于戒指的谎言是不是杰西普告诉你的吧。”

“那么你与安娜的关系如何呢？”

“哦，安娜和我一直非常好。”朱莉回答说，“她是那种踏踏实实用挣的钱买债券的姑娘，她的钱都是诚实得来的，我对这一点毫不怀疑，”朱莉轻轻地笑着说，“因为那可怜的姑娘从来没有机会虚报账目，这些东西都不经她的手。”

陈看着朱莉涌上一抹红晕的脸庞：“那么你坚持说芬小姐是昨天早晨把戒指给你的吗？”

“当然，这是事实，陈先生。”

查理鞠躬说：“我只能相信你的话，朱莉小姐。很可能告诉我昨晚见到戒指的人是为了报复以前的私怨，我当时就想到了这一点。我对自己说，朱莉小姐这样美丽、可爱的人是不会做这么阴险的事情的。吉米，你应该注意到，咱们俩所见略同。”

“这是你的光荣。”布拉德肖笑着说。

“这是我们俩的光荣。”陈纠正说，“我不会再逗留在这里破坏这美丽的景致了，再见。”

他沉思着上了他的小轿车，小轿车在中午炎热的太阳下行驶着。“这么多条路蜿蜒曲折交织在一起——”他在什么地方读过这句话。他叹了口气，有这么多条路，他的小轿车最后会行驶上那正确的一条吗?

当他接近格兰特大酒店时，又想起了亨特利·范荷恩。他不愿意这么快就重新出现在大门口，所以他把车停在街上，朝长着棕榈树的院子走了过去。一群兴奋的游客聚在最高的一棵椰子树下。查理抬起头，看到一个流浪儿正像猴子一样敏捷地向树上爬去。他站了一会儿，对那孩子的技艺非常叹服。

“这孩子挺聪明，探长。”他旁边的一个声音说。

他转过身就看见了范荷恩充满笑意的灰色眼睛。他们所站的位置离其他人稍远一点儿，许多表面上是在看流浪儿表演的妇女都把惊异、爱慕的目光向范荷恩投来。

“啊，范荷恩先生，”陈说，“很幸运遇见你，我到这儿来就是为了见你。”

“是吗?”演员抬头朝椰子树看了一眼说，“他似乎已经爬到最高的地方了。我们去阳台，哦，对不起，是门廊，去那儿聊聊好吗?”

“这主意很好。”查理说。他跟在范荷恩后面，坐在了一个僻静的角落。小男孩儿已经从椰子树上下来了，站在人群中，享受着众人的瞩目。陈看着他。

“有时，”他说，“我非常嫉妒这些流浪儿，他们这么快乐地活着，无牵无挂，没有烦恼。啊，人们所说的天堂肯定就是这样，他们的生活所需只是一件有些发旧的游泳衣。”

范荷恩笑道：“我看你有不少烦恼，探长?”

查理面对着他，决心坦诚相待。“是的，”他停了一下，又突然接着说，“你就是我的烦恼之一。”

电影演员平静地回答说："你抬举我了，我是怎么让你烦恼的呢，探长？"

"你让我烦恼是因为在希拉·芬小姐的谋杀案中你的处境非常不利，你不但没有不在现场的证据，而且在所有相关人中，你离现场最近。你在关键的时刻正走过草坪，范荷恩先生。即使是对我的亲生儿子，我担的心也没有对你的多。"

范荷恩咧嘴笑道："你这么想我很感激，探长。是的，我在这个罪案中处境不利，但我信赖你。作为一个聪明人，你肯定认识到我完全没有杀死那可怜的姑娘的动机。直到我同她一起拍这部影片我才认识她，而且在这次旅程和工作中，我们一直相处得很好。"

"啊，是的。"陈注意地看着演员的脸问道。"你以前同丹尼·梅若也很好吧？"

"丹尼·梅若跟这有什么关系？"范荷恩问道。尽管他尽了最大努力，但他的表情还是不能像他想要的那样泰然自若。

"可能很有关系，"查理对他说，"我想要发掘出事实，或许你可以帮我。我再说一遍，你与丹尼·梅若关系好吗？"

"我同他挺熟的，"范荷恩说，"他是一个非常有吸引力的人——一个狂野的爱尔兰人，他总是做令人意想不到的事情。每个人都很喜欢他，他的死令人震惊。"

"谁杀了他？"查理心不在焉地问。

"我要是知道就好了。"范荷恩回答说，"昨天晚上，你问每个人三年前的六月是否在好莱坞，我就感觉到你认为他的死跟这事儿有关，我很想知道有什么关联。"

查理说："这就是你今早匆匆跑到图书馆去读梅若一案的资料的原因吧？"

范荷恩笑道："哦，你看见我在图书馆了。好吧，探长，就像我的撰稿人会告诉你的那样，我是一个非常好学的人，我最喜欢的事就是躲在角落里看书。请注意，是真正的文学——"

查理举起手打断他的话说："聪明的人应知道要避瓜田李下之嫌。"

范荷恩点点头："一句中国老话儿，不错。"

查理严厉地说："在我们离开这两把椅子前，你应该告诉我你今早去图书馆的原因。"

范荷恩没有回答，他坐了一会儿，英俊的面孔上皱起了眉头，然后他突然坚定地转过头来。

"你对我很坦白，探长，我也会对你这样。当你听了我去图书馆的原因后，恐怕会更加迷惑。"他从兜中拿出一个带有格兰特大酒店印记的信封，从中抽出一张信纸，"请你读一下。"

信纸上的内容很短，是用打字机打的，没有署名。陈读道：

> 这是一个朋友对你的警告，你应该马上去檀香山公立图书馆，然后从所有关于丹尼·梅若谋杀案的报纸中拿走有对你非常不利的报道的报纸。

查理抬起头："你在哪儿发现这东西的？"

"我今早醒来时在门下发现的。"演员告诉他。

"你立刻就去了图书馆吗？"

"吃完早饭后立刻就去了，谁都会这么做的，我不记得有报道说我和那案子有关，而且也不可能有关，但我的好奇心很自然地被煽动了。我去了图书馆，读了馆内仅有的《洛杉矶时报》关于丹尼·梅若一案的所有报道，但很奇怪——”

“怎么样？”陈追问道。

“跟我想的一样，根本没提过我的名字。这一上午我都感到迷惑，探长。”

“这很自然，”查理点头说，“确实很奇怪，你能不能猜测一下是谁写的信？”

“想不出来，”范荷恩回答说，“但是目的似乎很清楚，有人设法要加重我的嫌疑，我很欣赏这高明的手段。他认为我会去图书馆并在卡片上签名，然后你会很快就查出来。这样，你就会认为我与此案有很大关系，从而把宝贵的时间浪费在错误的方向上。幸运的是，你出乎意料地带着你的怀疑马上来找我，我很高兴你这样做了，我更高兴我没把这封信扔掉。”

“但是这信也可能是你自己写的。”陈试探着说。

范荷恩笑道：“哦，不，我可没那么老谋深算，陈先生。我起床时，信已经在门下了。找出是谁写的信，你就找出谁是杀希拉·芬的凶手了。”

“非常正确。”查理说，“当然，信现在应交给我。”他站了起来，“跟你谈话很愉快，范荷恩先生，感谢你信任我。我现在兜里又多了一个谜，再多几个，我的脑袋就要爆炸了。希望我没耽误你吃午饭。”

“没有。”演员回答说，“这次会面对我来说非常幸运，再见，祝你成功。”

陈快步走出棕榈树院子，上车朝城中驶去。一路上，他一直琢磨这个范荷恩。尽管他表情做作，但他似乎是坦诚的，然而查理对此也没有充分的把握，这世界上有什么是可信的呢？欺骗和谎言像毒草一样四处蔓延。

假设范荷恩说的是真的，那么是谁在他睡觉时把信塞到他卧室门下的呢？陈意识到他处身于一场生死斗争之中，他的对手异常狡猾，比他漫长生涯中遇到的任何对手都精明。这么多线索中哪些是假的，是用来迷惑他的呢？哪些是真的呢？

腹中的一阵空虚告诉他吃顿午饭能很好地放松一下精神。他是想到什么立刻就去做的人，但是当他接近公立图书馆时内心涌起更强的渴望——他非常想自己亲自读一下丹尼·梅若谋杀案的报道。他叹了口气，知道餐馆的午餐必须得多等他一会儿了。他停下车，走进了图书馆。

服务台这时没有人，他向右边的阅览室走去，有可能范荷恩早晨阅读的那一大卷报纸还没有被收回架子上。是的，它在那儿，就在那演员曾坐过的桌子上。房间里只有一两个孩子，查理快步走了过去，打开了报纸。

他知道梅若被杀的时间，马上翻到案发第二天早上的那一期。他吃惊地睁大双眼，专栏大标题“电影演员在家中被杀”的下面被人撕去了一大块。

他迅速地翻看着，然后坐了下来，非常困惑并难以置信，丹尼·梅若的每一张照片都被人无情地割掉了。

第十七章
丹尼·梅若之死

陈沉思着一动不动地坐了好长时间。有人不择手段地想要阻止他看到丹尼·梅若的照片，附在照片后面的报道大部分都是完整的，比如“丹尼·梅若初到好莱坞”，还有“隐藏在罪恶中的丹尼·梅若”，但是所有这个演员的照片却被毁掉了。

这是谁干的呢？亨特利·范荷恩？可能。但如果是这样，对于范荷恩这样文雅的绅士来说，这手段却有点儿太稚嫩粗野了。光天化日之下来到图书馆，要了报纸，像他自己说的那样把名字填到卡片上，然后开始对旧报纸大动干戈，这个手法幼稚得让人难以置信。这么做肯定会很快被发现的，范荷恩行事应当不至于如此。

查理沉重地叹了口气，开始读附在照片周围的关于丹尼·梅若的报道。这位演员来好莱坞之前在英国演舞台剧，他很快就获得了成功。他与一位仆人生活在洛杉矶最好的街道的一套离其他住宅较远的房子里。在谋杀发生当夜，仆人在做完日常的工作之后出去了。他八点离开时梅若情绪非常好。

半夜回来时，仆人是从厨房门进来的。看到客厅有灯光，他就走过去想问主人上床前还有什么事让他做。在房间的地板上他发现了这位演员，已经死了大约两个小时了。梅若是在近距离被他自己的左轮枪射杀的，他通常把这把精致的武器放在他桌子的抽屉里。当时凶器放在他身旁，上面没有指纹——既没有他自己的，也没有别人的。没人看见有谁进出过这个坐落在许多大树下阴暗角落里的房子。

不幸的是第二天早晨——警方允许普通人进出这间房子。男演员、女演员、导演、制片人……报道称很多死者的朋友都拥到了房子里。如果还有什么重要的线索留下的话，也这么轻易地被破坏了。反正，一直没找到什么重要线索，警察什么重要的东西也没发现。

关于梅若的过去，人们知道得很少。他来自远方，在调查中他的家人也从未出现过。传说他有个妻子在英国，但他已经有好几年没见她了，也从来不对他的朋友提起她——可能已经离婚了。他在好莱坞的生活也没有什么特别的，女人们爱慕他，但如果他曾对这种爱慕做出过反应的话，也肯定是极其谨慎的。如果说有谁对他有仇怨的话……

再往下看，一个名字突然引起了查理的兴趣。他坐直了身体，快速地读了下去。在梅若演过的一部影片里，女主角的名字是丽达·蒙田。蒙田小姐已与一位檀香山的显赫人物——一个大家族的后裔威尔吉·贝罗订了婚。有人证实曾听梅若与贝罗吵过架，起因于梅若带蒙田小姐去参加了一个晚会，但证人没有听到贝罗说过威胁梅若的话。

贝罗受到了询问，他有充分的不在现场的证据。蒙田小姐为他发誓做证，说在梅若死的当晚，从六点开始一直到半夜以后，她一直与贝罗在一起。他们一起乘贝罗的车开出了很远的距离，在离犯罪现场很远的一个小客栈里跳舞。她承认她已与贝罗订婚并且不久就要结婚。

再往后看就越来越少提到这两个人的名字了。查理继续沿着彻底束手无策的警方的漫无目的的调查足迹读了下去。他一页一页地翻着，没有什么新的发现。在记者们的一片疯狂胡乱猜测中，此案的报道逐渐消失了。

贝罗的不在现场的证据可靠吗？一个即将嫁给他的女人为他做证，她是否也会为他撒谎呢？

陈拿起这卷厚厚的报纸，回到了图书馆的主厅。他把报纸放在服务台上，服务台后面站着一位年轻漂亮的女士。他没说话，打开报纸，指了指被撕掉的地方。

如果他的目的是想让这个年轻女人难受的话，那他找到了最好的办法。她马上痛苦地喊了起来：“这是谁干的，陈先生？”

查理笑道：“非常感谢你相信不是我做的，但我不知道是谁干的。”

“这报纸是那个演员范荷恩先生取出来的，这种事情是法律禁止的，你知道，你应该马上逮捕他。”

陈耸了耸肩说："范荷恩先生早上走了之后一直到过了中午，这些报纸就放在桌子上。我们有什么证据证明是范荷恩干的呢？我很了解他，我不认为他会做这种傻事。"

"但是——"

"如果你允许的话，我想用电话同他谈一谈，也许他能知道点儿什么。"

年轻女士把他带到电话旁。他找到了在旅馆里的范荷恩，并马上说了报纸的事。

"你对此有何看法？"范荷恩问道。

"天哪！我完全糊涂了。"查理回答说，"你读的时候，报纸是完好的吗？"

"当然，完好无缺，大约九点半时我把报纸放在桌子上走了出去。"

"你当时在附近看到过你认识的人吗？"

"一个都没有。但是，探长，这使我对早上收到的信有了新看法，或许我那不知姓名的朋友的目的不是想陷害我，而只不过想借我的手把报纸拿出来。他可能希望事情刚好像刚才发生的那样——我把报纸拿了出来，然后又留在桌子上，这样他不用签名就可以看到报纸，你想过这一点吗？"

"要思考的太多了，"陈叹气说，"谢谢你的提醒。"

他走回服务台，对年轻女士说："范荷恩走时，报纸是完好的，他非常肯定这一点。你看到有别人上午看这份报纸了吗？"

"我不知道，"年轻的女人回答说，"负责那个房间的管理员出去吃午饭了。陈先生，你一定要查出来这是谁干的。"

"我现在正忙着调查一桩谋杀案呢。"陈解释说。

“别管你的谋杀案了，”她沉重地说，“这可是件大事。”

陈微微一笑，但那年轻女人可一点儿也没心情陪他一起笑。陈允诺将尽最大的努力后，就离开了。

他看了看表，知道已经没有时间像往常一样吃一顿悠闲的午餐了。他吃了一块三明治，喝了一杯牛奶，就回到了警察局。局长正在警探室内来回踱着步。

“你好，查理，”他喊道，“我正在想你去哪儿了，忙了一上午吧？”

“像热锅上的蚂蚁一样。”陈回答说。

“有什么发现吗？”

“发现太多了，我都快承受不住了，”陈对他说，“但还是看不出是谁杀了希拉·芬。”

“而这才是我们想知道的，”局长说，“名字——凶手的名字。上帝呀，我们应尽快弄出点儿眉目。”

“可能我们会的。”陈回答说。他说“我们”这个词时语调有一丝极其轻微的变化。他坐了下来。“现在我要讲一下这一上午的经过，有你帮我思考我就不必一个人在黑暗中摸索了。”

他从头开始讲起：他去剧院，菲佛有不在现场的铁证，菲佛还承认他曾花钱买了一幅流浪汉的画儿；他还去了图书馆，在那儿见到亨特利·范荷恩；然后又说到他在旅馆平台上见到那一对老人，他们欣然为特纳弗罗昨夜的行踪做证。

“他们可能是在撒谎。”局长说。

查理摇了摇头：“如果你见到他们你就不会这样说了，他们的眼睛就像黑夜中的灯塔一样诚实可信。”

“这我要亲自来判断。”他的上司说，“他们叫什么名字？

麦克马斯特？我晚点儿要同他们谈一谈，请继续讲。”

查理继续说了下去。他讲了在避暑屋的窗下发现了只有阿伦·杰伊斯才吸的那种雪茄的烟蒂。

“哦，上帝啊，”局长叹气说，“他们不可能都和这案子有关，有人在开你的玩笑，查理。”

“现在你又说‘你’了，”陈笑着说，“刚才你还说‘我们’呢，但我想只有在说成功的事情的时候，你才用‘我们’这个词。”

“好吧，有人在开我们的玩笑，随你的便吧。你弄到阿伦·杰伊斯的指纹了吗？”

“我偷偷摸摸地弄到了他的指纹，但我们在窗台上发现的指纹却不是他的，而是流浪汉史密斯的。”

“嗯！对此我们可以采取点儿行动。我已经下命令立即把他找来，他们随时都有可能把他带来。在那之后你又做了什么呢？”

查理重复了杰西普讲的关于戒指的事，他指出这可能只不过是因为以前的过节引起的。他又把范荷恩解释去图书馆的原因的那封信交给局长看了。最后他讲到图书馆的报纸被人破坏的事儿并提了一下贝罗夫妇与丹尼·梅若一案的关系。

他讲完之后，局长坐着沉默了好长时间，他最后说：“根据你的调查，我猜他们都与此案有关。上帝呀，你就不能根据这些线索做些推理吗？”

“请你说一下你的推论。”陈稍微有点儿刁难地说。

“我？我不知道，我被搞糊涂了，但是你——作为警察局的骄傲——”

"请别忘了，我做事从来不急躁，我一边磕磕绊绊地调查，一边努力思考。好戏在后头，你得给我时间。"

"你现在打算做什么呢?"

"我打算拜访一下贝罗夫人。"

"上帝呀，查理，你可得小心点儿，贝罗可是这城里的大人物，而且他对我从来都不友好。"

"我会非常有礼节的。"

"你是应该这样做。无论如何，别得罪他。你知道，这些大家族——"

查理耸了耸肩说："我又不是闭着眼睛在檀香山住了这么多年。别担心，我会低声下气，尽量挑好听的说。"

卡西莫走了进来，他有些沮丧。

"史密斯那家伙在哪儿?"局长问。

"哪儿也没有，先生，"卡西莫回答说，"他像冰一样融化不见了。"

"融化了？胡说！你再出去，找不到他就别回来。"

"哪儿都找过了，"卡西莫抱怨说，"所有的角落、阁楼、地窖，搜遍了整个城市，哪儿也没有史密斯。"

查理走过来用手拍了拍他的后背。"如果你第一遍没找到，就再找一遍。"他建议道。他从桌上拿起一张纸写了起来。"我给你写几处脏乱窝点的名单，"他解释说，"可能你漏了一些地方。可能我比你这个青年佛教徒协会成员更了解这个城市的罪恶。"

查理热情地鼓励了他一番，日本人接过纸条走了。

"可怜的卡西莫。"陈说，"油灯要常添油。对于他这样的人，没有什么比鼓励的话更管用了。现在我要出去让自己深入更多的谜团之中。”

“我等着听你的消息。”局长在他身后大声说。

查理向玛诺山谷中贝罗的住宅驶去。商业区消失在他身后，他行驶的这条街道两侧都是高大的住宅，房子周围是起伏的草坪，开满鲜花的树枝伸到了他的头上，这些花只能再开一周了。他快速驶过波拿赫学院，驶入山谷深处时，他已经离开了阳光地带，进入了一个阴暗的地区。黑云压在前面的山峰上，突然大风刮来一阵急雨，风挡玻璃被雨水弄模糊了。然而就在查理身后一英里，檀香山的上方还是白日当空。

到了威尔吉·贝罗漂亮的家后，丽达·贝罗在阴暗的会客室接待了他。她解释说她丈夫正为下午打高尔夫球换衣服。在檀香山，一个真正的高尔夫球手是不会在乎下雨的，这条街上可能下着瓢泼大雨，但另一条街上则可能是阳光明媚。丽达的态度很友好，这使陈振作了起来。

“非常抱歉，我这个让人讨厌的人还得来打扰你。”他说，“我相信你希望再也不要见到我，但我不得不同昨夜在案发现场的每个人都谈一谈，尽管这只是走个形式。”

丽达点头说：“可怜的希拉！案子办得怎么样了，探长？”

“取得了很大进展。”他轻率地说，因为他相信她不会追问，“我们可以谈谈你还是好莱坞明星时的事情吗？”

丽达用厌倦的目光看着敲打着窗子的雨水说：“当然可以。”

“当你离开银幕时，我的大女儿的心都碎了。她悲伤地说，再不会有人像你那么优秀了。”

丽达的脸上出现了光彩：“她还记得我吗？她真是个可

爱的姑娘。”

“谁都不会忘记你精湛的演技的。”陈对她说，知道他已经完全赢得了她的好感。

“我能为你做什么呢？”她问道。

陈想了一下说：“你在好莱坞时认识芬小姐吗？”

“哦，是的，很熟悉。”

“我本不该说那些已经逝去的人的坏话，但在很多情况下，我们会身不由己做一些无奈的事情。芬小姐的生活中出现过什么丑闻吗？”

“哦，不，没有。她不是那种人，你知道。”

“但她有你们所谓的桃色新闻吧？”

“是的，经常有。她感情丰富，又好冲动。她总是陷于情爱之中，但我相信都是些单纯的爱情纠葛。”

“你听说过她曾爱过一个叫丹尼·梅若的人吗？”查理仔细地看着丽达的脸，他觉得她有点儿吃惊。

“哦，是的。我相信希拉曾一度疯狂迷恋丹尼，当他被杀时，她非常伤心，或许这些你都知道？”

“我都知道。”陈慢慢地回答说，但让他失望的是，这个女人听到他的话并没感到不安。“我想，你本人也认识这个丹尼·梅若吧？”

“是的，我出演过他最后一部影片。”

陈突然想起了一件事：“或许你收藏有梅若的照片吧？”

她摇摇头。“不，我以前有一些旧剧照，但是贝罗先生让我把它们都烧了。他说他不希望我总是回忆已经逝去的过去，当我——”她停了下来，眼睛看着门。

查理抬起头。威尔吉·贝罗穿着高尔夫球运动服站在门口，他阴沉着脸走了进来。

“这个丹尼·梅若又怎么啦？”他问道。

“陈先生只是问我是否认识他。”丽达解释说。

“陈先生应该操心自己的事儿，”她的丈夫吼道，“丹尼·梅若，”他说，“早就入土为安了。”

陈耸了耸肩说：“非常抱歉，但他在地下似乎并不安分。”

“对于我和我妻子来说，他已经永远被埋在地下了。”贝罗说。他说这话的时候让人感到一种威严。

陈看了一会儿这位充满敌意的百万富翁的眼睛。“你在梅若被杀那晚的不在现场的证据，”他试探说，“似乎非常有效。”

血色涌上贝罗的脸颊：“当然，因为那是真的。”

“所以很自然它就成功了。”查理朝门口走去，“很抱歉，如果我打扰了你——”

“你一点儿都没打扰我。”贝罗怒气冲冲地说，“你到底想在我这儿找到什么？”

“我以为我可能会看到丹尼·梅若的照片。”

“你为什么想要他的照片？”

“不知是谁一直在阻止我看到他的照片。”

“是吗？”贝罗说，“你在这儿是不会找到梅若的照片或者与此有关的任何让你感兴趣的东西的。再见，探长，我必须说请你不要再来了。”

查理耸了耸肩说：“职责所在，由不得我决定去哪儿。我倒更喜欢待在警察局，但你能在地毯上学会游泳吗？不行，你必须到深水中去。再见，贝罗先生。”

丽达跟着他走进大厅。“恐怕我们帮不上什么忙。”她说。

“无论怎样，都非常感谢你。”陈鞠躬说。

“非常抱歉，”女人说，“我希望你能成功，如果我能为你做什么——”

陈的目光落在了她手上戴着的戒指上。“可能有件事。”他突然说。

“请说。”

“昨夜你与希拉·芬小姐是久别重逢，女人的眼睛一瞥就会看到许多男人注意不到的东西。你肯定记得她的穿戴吧？”

“当然了，她穿了一件漂亮的礼服，乳白色的，它是——”

“我是指首饰，”陈对她说，“哪个女人的眼睛会看不见别的女人的首饰呢？”

丽达笑了：“我是会看见的。她戴着一串珍珠项链，还有一个钻石手镯——”

“她的戒指呢？”

“只有一个，一个我记得在好莱坞见过的大祖母绿戒指，她戴在右手上。”

“这是在你最后见到她时你看到的吗？当时，那几个年轻人已经到水中游泳了吗？”

“朱莉和那个小伙子已经去了。”

查理深深鞠了一躬：“非常感激你。现在我必须继续我的工作了，再见。”

他走到外面不会停歇的山雨之中，上车朝充满阳光的海滩驶去。

第十八章　侍者的话

朱莉和吉米·布拉德肖坐在怀基基的白色沙滩上，看着面前从这蜿蜒的海滩一直延伸到南海的波涛汹涌而毫无生命迹象的大洋。

“我想我最好还是回到城里去。”小伙子说。他打了一个哈欠，躺了下来，看着头上湛蓝的天空中悠闲飘荡的云朵。

“你真是一个精力充沛的年轻人。”朱莉笑着说。

他笑了起来。“品位太差，我的姑娘，在怀基基海滩通常用这样的句子来做对话的开场白。我一定是给了你关于这个地方风土人情的错误观念，在这里我们整天游荡，梦想——”

“但你们会一事无成。”朱莉责备说。

“但我已经别无所求，”他说道，“我为什么还要让自己忙碌呢？你一到了夏威夷，就没有别的地方可去了，因为你已经到了天堂，所以你只能坐下来等待永恒的寂灭。”

朱莉耸了耸肩说：“是这样吗？恐怕我不适合这种生活。作为度假非常好，这个地方就像你说的一样，但说到永远地居住——”

他突然坐了起来。“上帝啊，你是说我没有唤起你对夏威夷的热情吗？我——历史上最伟大的散文家——在撰写我生命中最重要的一章时却失败了。布拉德肖触礁了，遭到了失败，这似乎令人难以置信。我在哪儿出的错，朱莉？我没让你感受到这个海岛的美丽吗？”

“美丽，确实美丽，”姑娘回答说，“但怎么看待它对人的性格的影响呢？在我看来，一个人在生活中是不进则退的。”

“是的，”他笑着说，“我在大陆参加过扶轮国际的一次午餐会，记得演讲的人说，我们要么进步，要么死亡。去年我们生产了一千万个垫圈，今年我们要生产一千五百万个。相信我——”

“你刚才不是说要回办公室吗？”

他摇摇头：“我本以为你该做这个天堂里的夏娃，哪知你却是一条蛇。我们这儿的人没事儿可不回办公室，我们不想把在里面睡觉的人弄醒。”

“这也是我心中对你们的看法，吉米。”

“我的大小姐呀，要想取得成就也不用把自己绑在办公室的桌子上啊，躺着也一样能工作。比如，就在刚才，我又想到了一个吸引游客的新说法，你听：‘来吧，让少女把她的花环戴在你的肩上，试一试你驾驭怀基基海浪的本领，或许你可以逍遥自在地在——”

“啊，是的，这就是你喜欢的生活。”

“‘在摇曳的椰子树下休息。’你不喜欢我们的椰子树吗，朱莉？”

“它们挺漂亮，但我想我更喜欢红木。在红木林中深深地吸上一口气，吉米，你就会想马上到外面的世界去拼搏。你不明白我的意思吗？这地方对于属于这里的人可能是适合的，但是你在这里多长时间了？”

“两年多一点儿。”

“你刚来的时候，打算在这里待下去吗？”

“好啦，咱们不谈这个。”

“你当然没打算，因为你只是选择了最轻松的职业。你没想过去大陆成就一番事业吗？”

“哦，一开始——”他沉默了一会儿，“好吧，我看我是没能把夏威夷举荐给你，我失败了。这会永远在我心中留下伤痕，但还有一件更重要的事情，我要毛遂自荐，我非常喜欢你，朱莉，如果你能对我说——”

她摇摇头：“咱们别谈这个，吉米，我不是你想象中的……我很坏，真的……我……哦，吉米，你不会想娶一个……一个撒谎的人，对吧？”

他耸了耸肩说：“你不是惯于撒谎的人，你只是一个笨拙的新手。为什么你要做这种你看来不愿意做的事呢？”

她惊呆了：“你什么意思？”

“就是那个戒指，为什么你要坚持下去呢？我从上午就看出来了，至于陈查理，我钦佩他对你的态度，我不相信你能骗过他一分钟。”

“哦，天哪我还以为我干得不错。”

“这究竟是怎么回事儿，朱莉？”小伙子问道。

她眼中涌出了泪花。“这都是为了可怜的希拉。在我无依无靠、穷困潦倒时，她收留了我。她一直对我那么好，为了她我什么都可以做，别说一个小小的谎言。”

“我不会逼你说下去的，”布拉德肖说，“因为没有这个必要。别回头看，檀香山警察局的陈探长正匆匆朝我们走过来，从他走路的神态我看出你的把戏该收场了。打起精神，孩子，我信任你。”

查理走到他们旁边，和蔼地微笑着。“我想我是不太受欢迎，但不管怎样我还是不得不来。”他面对着姑娘坐了下来，“你对我们的海滩感觉如何，朱莉小姐？你身处一个懒散的地区，到目前为止，你对这种闲散的生活有何看法？”

朱莉盯着他：“陈先生，你到这儿来该不是为了同我谈海滩的吧？”

“不完全是，”他说，“但我想谈话应该有个引子，合适的铺垫会避免许多无礼。假如我跑过来大喊：‘朱莉小姐，你为什么在祖母绿戒指的事儿上对我说谎？’这样就显得唐突无礼了。”

她的脸红了：“你认为我在说谎？”

“朱莉小姐，我有证据。昨夜除了杰西普，还有别人看到在你已经跳进怀基基的海水中很长时间以后，芬小姐手上还戴着那枚戒指。”

她没有说话。“最好你自己坦白，朱莉，”布拉德肖建议说，“这是最好的选择，那样查理会把你当朋友的。对吧，查理？”

“我相信那样会加深我们的友谊。”陈点头说，“朱莉小姐，昨天芬小姐给你戒指，让你去换现金，这是不是事实?”

“哦，是的，”姑娘说，“这是事实。”

“那么后来她又把戒指要了回去?”

“是的，在她见过特纳弗罗之后，大约在中午。”

“她把戒指拿了回来，并且在她死的时候手上还是戴着它?”

“是的。”

“惨剧发生后，你又把戒指拿走了?”

“是的。当我和吉米发现她时，我走进去跪在她旁边，我是那时拿走戒指的。”

“为什么?”

“我不能告诉你。”

“你是说你不想?”

“我不能，也不想。对不起，陈先生。”

“这让我非常为难，”查理沉默了一会儿，“你拿了戒指是不是因为那里面刻着丹尼的名字呢?”

“你对丹尼了解多少?”

陈突然感兴趣地坐直了身体：“我会告诉你，这样我们可能就会坦诚相待了。我知道在丹尼·梅若被杀当晚希拉·芬就在同一个房子里，这样，她就知道了凶手的名字。她非常希望能掩盖她过去生活中的这桩丑闻。或许是为了帮她掩盖，你不希望丹尼·梅若的名字出现在此案中。这种帮助朋友维护名声的愿望是很自然的，但你看出来了，你的帮助没有用。现在你可以说了，这不会伤害到你亲爱的朋友的。”

姑娘轻轻地哭泣着：“是的，我想我还是告诉你吧，你知道了这件事真让我感到难过。如果能不让丹尼·梅若的名字卷进来，让我做什么都行。”

“那么你知道芬小姐过去的这桩丑闻吗？”

“我怀疑发生过什么非常可怕的事情，但不清楚是什么事儿。我那时很年轻，刚到希拉那儿不久，也就是在丹尼出事的时候。出事的那天晚上，希拉回家的时候有些歇斯底里，我一个人在那儿陪她，我尽最大努力照顾她。好几个星期她都精神恍惚，我知道她与梅若的被杀有点儿牵连，但直到现在，我都不知道是怎么回事儿。我那时很年轻，但我明白不要问不该问的问题。”

“那么昨天——”陈催促说。

“昨天早晨她说她必须马上弄到钱，她把戒指给我让我去卖。然后她到格兰特大酒店去见特纳弗罗，当她回来时她似乎又有点儿歇斯底里了。她把我叫到她的房间，她在屋里来回走着，我想象不出发生了什么事儿。‘他是一个魔鬼，朱莉，’她喊着，‘那个特纳弗罗是个魔鬼，我希望我没有让他来。他对我说出了在塔希提时在船上发生的事儿，他怎么能知道，他把我吓坏了。我做了非常傻的事儿，朱莉，我一定是疯了。’她变得有点儿前言不搭后语了。我问她出了什么事儿，‘把祖母绿拿来，’她对我说，‘我们不卖了，朱莉，那里面有丹尼的名字，我现在再也不想听人提起这个名字了。’”

“你说她歇斯底里？”

“是的。她经常那样，但这次更严重。‘丹尼·梅若还没死，朱莉，’她说，‘他还要回来让我名声扫地。’然后她催我去拿戒指，我当然照做了。她对我说我们晚点儿再找点儿别的东西卖，那时她太难受了，没法儿谈这事儿。下午的时候，我看到她对着丹尼·梅若的照片哭泣。”

“啊，”陈喊道，“那镶绿边的照片是丹尼·梅若的?”

“是的。”

“请继续讲。”

“昨晚，”朱莉继续说道，“当吉米和我在避暑屋里看到那恐怖的一幕时，我立刻就想到了希拉说的话，丹尼的鬼魂还要回来羞辱她。我不知道为什么感觉到他的死与希拉的死有关，不想让他的名字牵涉进来，而且我也不知道有什么丑闻会被揭发，所以我就把丹尼的戒指从她手指上取了下来。后来，我听有人提到那照片，我就跑上楼把它撕碎了，把它藏在一个花盆里。”

陈的眼睛睁大了：“原来那是你干的！再后来，当风把碎片吹散时，是你把许多碎片藏起来了吗?”

“哦，不，你忘了发生那事儿时我不在那个房间里。即使我在的话，我也不会聪明到想出这个主意。有人在关键时刻帮了我的忙，是谁呢?我一点儿也想不出，但当我听说这事儿时，心中非常感激。”

陈叹气说：“你把什么都耽误了，让我浪费了许多宝贵的时间。我欣赏你对那已经死去的女人的忠诚——”他停了一下说，“嘿，我倒真想能认识一下这个女人，她能让别人对她如此忠诚。为了保护她死后的名声，一个天真的姑娘可以去妨碍警察办案。一个无辜的男人承认是杀她的凶手，很明显也是为了相同的原因。”

“你认为是菲佛把相片的碎片藏起来了吗?”布拉德肖问道。

查理摇了摇头。“不可能，那时他还没来。天哪！不是那么简单，根本不简单。”他叹了口气说，“恐怕在我解开这个谜团之前就被累成骨架子了，而你，”他看着姑娘，“你一个人就至少让我瘦了好几磅。”

“真对不起。”朱莉说。

“没什么，我的女儿们总是说我身体超重，而我又希望能有一个优美的形象。”他站了起来，“好啦，这事儿就算了。吉米，你可别错过这个年轻姑娘，她已经证实自己是一个忠实的姑娘，而且她也是我见过的最不会说谎的人。这么好的一个妻子，她会属于谁呢?”

“希望是我。”布拉德肖咧嘴笑着说。

“我也这么希望。”查理转头对姑娘说，“接受他吧，你我之间的一切都已经化解了，我很高兴瘦了几磅。”

她笑了起来：“谢谢你，陈先生，真高兴我们之间不再有隔阂。我内心不愿意欺骗你，你是个非常可爱的人。”

他鞠了一躬：“我这颗上了年纪的心听到这样的话也会快乐地跳起来，你给了我继续干下去的新的勇气，但继续做什么呢？天哪！未来隐藏在黑纱后面，而我又没有特纳弗罗的能耐。”

他慢慢地走向他的小轿车，他们俩站在一棵黄槿树下。从车道上拐出来，他差点儿和一辆电车撞上。“醒醒！”电车司机愤怒地喊着。认出了他是檀香山的一名警察之后，司机又假装像什么都没说过，查理朝他挥挥手开车走了。

警探迷失在怀疑和困惑的迷宫之中。祖母绿戒指的事儿总算水落石出了，但他离目的地仍然远着呢。朱莉说的话中有一点让他非常注意，昨晚他想拼在一起的原来是丹尼·梅若的照片。

他想，到目前为止，有人成功地阻止了他看到那个希拉曾抱着他的照片哭泣的人的模样。图书馆的报纸被毁坏也是出于相同的动机吗？很明显，这都是同一个人干的，这个人下定决心不让陈探长看到丹尼·梅若的相片，这是为什么呢？

查理决心回去从头仔细想一想这个案子，但不一会儿，他又停了下来。这个下午要干的工作太多了。“最好我还是什么都不要想，”他喃喃地说，“我要停止一切活动，让疲倦的大脑处于接受信息的状态，也许不思考的时候我的潜意识会抓住什么机会。”

在这种暂停思考的状态下，他把车开到了格兰特大酒店的停车场停了下来，自己则悠闲地朝入口走去。从空荡的门厅里吹出一阵儿凉风。

对自己领班身份非常自豪的年轻华人山姆机灵地朝他微笑着。查理停了下来，有一件小事儿他想问问山姆。

“怎么样，你还喜欢这份工作吧？”他说道。说正事之前，查理习惯做这种铺垫。

“工作不错，”山姆高兴地说，“总有丰厚的小费。”

“你认识叫作特纳弗罗的那个人吗？”

“是一个不错的人，对我挺好。”

查理盯着小伙子问：“今天早晨你向他说广东话，你为什么这样做？”

“他来的那天，他说很久以前他在中国住过，会说中国话，我就用广东话同他聊了一阵儿。他说得不太好，但他能听懂我说的话。”

“但今天早上他好像不明白你的话。”

山姆耸了耸肩说：“我也不明白。我每天早上都对他说相同的话，但今天他却做出滑稽的表情，说他听不懂。”

“这些游客都很古怪。”陈笑着说。

“挺滑稽的，”山姆说，“但小费都给得不错。”

查理穿过休息室走到了平台上，坐了下来。

他停止思考的休息时间实在是太短了，现在他又陷入了沉思。看来特纳弗罗明白广东话，尽管他好像非常愿意帮助查理找到杀害希拉·芬的凶手，但他却不希望查理知道他会说广东话，这是为什么？

查理宽厚的脸上慢慢地荡上一抹笑意，这其实是个简单的问题。特纳弗罗帮助解决这个凶杀案的第一步实际行动是指出表上的时间被调过了，从而大家在八点零二分的不在现场的证据就一钱不值了。

但是如果他一开始没有听懂查理和厨子的对话，如果他不知道吴若青在八点十二分见过希拉·芬，从而使表所显示的时间已经毫无价值了，那么他还会那样做吗？他所显示的侦探技巧在当时似乎证实了他的诚意，但是如果他懂广东话的话，那么他只不过是毫无诚意地卖了个现成的人情。

查理坐了好长时间，心中想着这件事——他的热心的助手特纳弗罗是像他表面上表现得那么热心帮忙吗？

第十九章 特纳弗罗帮忙的手段

导演瓦尔·玛蒂诺穿着他显眼的白色丝绸西服，扎着红领带，走下了休息室的台阶。他看起来像一些客轮上为了把尚在犹豫的游客留在热带景区而设计的宣传品的封面人物。看见似乎对世间的一切都漠不关心的查理悠然自得地坐在椅子上，导演马上走了过去。

“啊，探长，”他说道，“没想到会看到你这么悠闲，莫非你已经解决了昨晚的事情?”

陈摇着头：“没有那么好的运气。谜还是谜，重要的是不要被表象迷惑。虽然我的脚一动不动，但我的脑袋在工作。”

“我很高兴听你这么说，”玛蒂诺回答说，“我盼望你能尽快有所收获。”他坐在查理旁边的一把椅子上，“你知道昨天的事儿一下子就毁了我价值二十万美元的影片，我应该尽快坐下一班船赶回好莱坞看看还能做点儿什么。不论是谁杀了希拉，这人肯定不在乎我们公司的利益，不然他会等我拍完电影再动手。唉，现在什么都完了。但我必须尽快离开，这就是我盼着你能尽快破案的原因。”

陈叹了口气：“每个人似乎都急得不得了，这可不是夏威夷的作风，我已经忙得喘不过气来了。可以问一下你本人对此案有什么看法吗?”

玛蒂诺点燃了一支香烟说：“我不太清楚。你有什么想法?”他把火柴扔到了地板上，那个拿着畚箕和刷子的华人老头儿立即走了过来，瞪了查理一眼，那眼神似乎在说：“我就知道跟你这种人在一起的不会是什么好人。”

“我的想法还没有成形，”陈说，“但我知道一件事，有一个非常聪明的人一直在跟我作对。”

导演点点头：“看来是这样，但是昨天夜里在希拉·芬的房子里可有好几个聪明人呢。”

“你也是一个。”查理试探地说。

“谢谢，很自然你会这么说，但这确实是真的。”他笑着说，“坦诚地讲，昨夜还有一个人，我不喜欢他，但我一直认为他非常圆滑，我指的是特纳弗罗。”

陈点了点头：“是的，他是很精明，只跟他说了一句话，我就看出来了。”

导演把烟灰弹到了地板上。那个华人老头儿马上拿来一个烟灰缸紧挨着导演摆到了小桌子上。

“好莱坞式的轻信养肥了许多占卜师和算命先生，”玛蒂诺继续说，“但这个人是这一行里最出类拔萃的。女人们都去找他，他对她们说出她们认为只有上帝才知道的事儿。这样——”

“他是怎么知道这些事情的呢？”查理问道，

“有卧底，”导演回答说，“我没有证据，但我确信有许多间谍日夜不停地为他工作。他们攫取名人的秘密，然后再传递给他。那些可怜的女演员认为他有神秘的力量，这样就把心里话说给他听。这个人知道的秘密可以把好莱坞掀个底儿朝天，如果他想这么做的话。我们曾试图把他赶走，但他太聪明了。你知道昨天我是很不情愿地拦住了杰伊斯，没让他揍特纳弗罗一顿，但我真希望看见他挨揍。但如果那样的话，希拉的名字就会牵涉进去，想到这一点，我就把他们拉开了。电影是我的职业，这一行里有很多不错的人，我不希望他们的名誉受到损害。但不幸的是，无赖流氓做坏事总要使正直的人受到牵连。”

陈问道：“你想暗示是特纳弗罗杀害了希拉·芬吗？”

“根本不是，”玛蒂诺说，“别误解我，我只是想说如果你在此案中感觉到有一个聪明的对手的话，你应该记住很少有人比占卜师更聪明了。除此之外，我没有别的意思，我不知道他是不是凶手。”

“昨晚八点到八点半之间，”陈告诉他，“特纳弗罗有非常可靠的不在现场的证据。”

玛蒂诺站了起来说：“他当然会有，我告诉过你了，他非常圆滑。好啦，再见，祝你好运，我是真心实意的。”

他朝阳光明媚的大海走去，留下陈一个人在那儿思考着。

不久，查理突然坚定地站了起来，朝门厅处的电话间走去，拨通了局长的电话。

“你现在很忙吗?”他问道。

“不太忙，查理。我约了麦克马斯特夫妇五点半到这儿来，但那还有一个小时呢，有什么事儿要做吗?”

“可能吧，”陈回答说，“我不能讲，但一会儿之后，我会需要你支持我在格兰特大酒店进行一次小小的搜查，如果你能马上开车过来就最好了。”

“我马上过去，查理。”局长答应说。

来到内部电话机旁，查理给阿伦·杰伊斯的房间打了电话。警探告诉他自己会马上上楼同他谈一谈，然后来到了服务台。

“你能不用查房间就确定特纳弗罗是否在房间里吗?”他问道。

服务员看了一眼信报箱说：“他的钥匙不在这儿，我想这意味着他在房间里。”

“啊，好的。”陈点头说，“希望你能帮我一个大忙，给特纳弗罗先生打个电话，告诉他陈探长非常匆忙，来不及亲自找他，告诉他我在城里的青年旅馆等他，说事情非常重要，让他尽快赶过去。”

服务员盯着他重复说：“城里?”

陈点头解释道：“目的是想让他离开这里一会儿。”

“啊，”服务员笑着说，“我明白了，我想这没有问题，我会给他打电话的。”

查理上楼到了阿伦·杰伊斯的房间。英国人打着哈欠把他让进屋里。他穿着睡衣和拖鞋，床铺乱糟糟的。

“请进，探长，我刚打了个盹儿。天哪，这真是一个睡觉的好地方。”

“对于新来的人来说确实如此，”陈笑着说，“我们老居民都学会了保持清醒，不然我们什么都做不成了。”

“那么说你已经有所收获了?”英国人急切地问道。

“不能那么说，但我们进展迅速，当然是按夏威夷标准来说。”查理说，“杰伊斯先生，我是抱着开诚布公的态度来找你的，我打算毫无保留地同你谈清楚。”

“很好。”杰伊斯热切地说。

“今天早晨你告诉我你从来没进过避暑屋，也没到那附近去过?”

“是的，这是真的。”

查理取出一个信封，把一截儿小雪茄烟蒂倒在桌子上：“那么，你怎么解释在希拉·芬遇害的小屋窗户下发现的这个东西呢?”

杰伊斯看了一会儿这个小小的物证。“真可恨，”他转头看着陈，眼中闪着怒火，“请坐，”他说，“这我能解释，而且我会解释的。”

“很高兴听你这么说。”陈对他说。

“今天早晨，当我在洗澡间洗澡时，”英国人说，“大约在八点，是在八点，有人敲我的门。我以为是服务员，就让他进来。我听到门被打开了，然后是脚步声。我问是谁——真可恨昨晚怎么没打断他的脖子!”他恶狠狠地说。

“你是指特纳弗罗的脖子吗?”查理感兴趣地问。

“是的，他走进这个房间，说他要见我。我很惊讶，让他等我一会儿。我从浴盆里站起来，开始迅速地擦干身体。你跟我到洗澡间来一下好吗，陈先生？”

陈很惊讶地站起来跟了过去。

“你看，探长，洗澡间的门上镶着一块大镜子。当门稍稍打开时，像这样，站在浴盆里的人能看到卧室里的一部分，包括桌子。我正匆忙地擦着身体，突然我看到了一件很有意思的事情。桌子上放着一盒已经吸掉了几支的那样的小雪茄。我在镜子里看到，特纳弗罗先生走了过去，自己拿了几支，他把它们装进了他的兜里。”

“很好，”陈平静地说，“多亏这块镜子。”

“一开始我认为这只不过是小偷小摸，但我还是非常生气，我打算走进屋把他赶出去。但当我擦干身体穿好衣服后，我想到这其中肯定有问题，我决定什么都不说，保持低调，如果可能的话看看能不能弄明白这浑蛋有什么企图。我没有猜到，我的脑子转得不太快。我从来没想过他要把我牵涉到希拉的凶杀案中去，我知道他对我没有好感，但也不至于如此。

“我走了出来，问他有什么事情。他毫不心虚地看着我的眼睛说，他来是劝我忘掉之前的不愉快，他说我们没有理由不成为朋友。他觉得芬小姐也会高兴我们成为朋友的。当然，我恨不得把他从窗户扔出去，但我控制住了自己。出于好奇，我请他吸支烟。‘哦，不，谢谢，’他说，‘我从不吸烟。’

“他不断地提到芬小姐，又说我们最好能放弃前嫌。我对他很冷淡，但保持礼貌，我甚至跟他握了手。他走了之后，我坐下来开始琢磨。他拿那些雪茄有什么目的呢？我想不明白。现在，这件事当然清楚了，他打算布置一些假线索。上帝啊！探长，他为什么要费力地做这些事呢？只能有一个答案，他就是杀芬小姐的凶手。”

陈耸了耸肩说：“我也希望能像你那么想，但还有几个障碍必须清除，其中之一是他有一个天衣无缝的不在现场的证据。”

“哦，见鬼，那算什么？”杰伊斯大声说道，“一个聪明人总会弄到不在现场的证据的。”他又咬牙切齿地说，“我很感激特纳弗罗先生努力为我做的事情，我确实很感激，等我再见到他——”

“等你再见到他，你什么也别说，”查理打断他说，“如果你愿意帮我的忙的话。”

杰伊斯犹豫着说：“哦，好吧，但这可不容易，可既然你这么说了，我会保持沉默的。我还能为你做什么别的事儿吗？”

“不用了，谢谢，你已经帮我一个大忙了。现在我的工作又有了新的动力。”

等候电梯的时候，陈想着杰伊斯的话。他说的是真的吗？或许吧。他的解释似乎没什么漏洞，但是那个英国人是否聪明到能即兴编造一席谎话呢？他看起来似乎是一个四肢发达、思维比较慢的人。查理叹了口气，这样一个人问题太多了。

他小心地走出电梯，躲在拐角向四周看了看。周围似乎没人，他向服务台走去。“特纳弗罗先生走了吗？”他问道。

服务员点了点头：“是的，他刚出去，很匆忙。”

“非常感谢你。”查理说。

局长走上酒店的台阶，查理走过去同他打了招呼，他们一起走到了一个僻静的角落。

“什么事？”局长问道。

“调查显示特纳弗罗非常可疑，需要密切注意。”陈回答说。

“特纳弗罗？”局长点头说，“我一直觉得这家伙不对劲儿，他有什么问题？”

“其中一点是，”查理回答说，“他懂广东话。”他讲了那个改变他对占卜师看法的发现。“但在给你打过电话之后，又出现了更重要的证据。”他简单地讲了杰伊斯所说的雪茄的事。

局长吹了个口哨。“我们快成功了，查理。”他大声说道。

陈耸了耸肩说：“请别忘了他的不在现场的证据——”

“我没有忘，我过一会儿再处理那件事。顺便说一下，如果你看到那对从澳大利亚来的老两口儿，躲开他们。我告诉过你，我已经安排他们去我的办公室了，我不想在这儿见他们。在合适的环境下对付他们会更容易。现在说说你想做什么。”

“我希望，”陈回答说，“能彻底搜查特纳弗罗的房间。”

局长皱起了眉头：“这不合乎规矩，查理，我们没有许可证。”

“这就是为什么我让你来，像你这样的大人物是能够安排好这件事的。我们把一切都按原样放着，特纳弗罗是不会知道的。”

“他在哪儿？”

查理解释了占卜师出去的原因。局长点了点头：“这主意不错。等在这儿，我去同酒店管理人员谈一谈。”

不一会儿他就回来了，旁边跟着一个瘦高个儿、头发黄中带红的男人。“已经办妥了。”局长说道，“你认识莫多克先生吧？查理，他同我们一起去。”

“莫多克先生是我的老朋友了。”陈说。

“你好，查理，一向可好？”莫多克说道。他以前当过警察，现在是酒店的保安。

“身体还不错。”查理和局长一起跟在莫多克后面向特纳弗罗的房间走去。

保安打开门之后，把他们带到了特纳弗罗的客厅，他站在那儿看着陈，满腹狐疑。

“你不是打算让我们失去一位最尊贵的客人吧，查理？”他这样问道。

查理笑了：“现在还不好说。”

“昨夜海滩发生了点儿小事儿，”莫多克继续说，“像往常一样，你又成了大家注目的焦点，有些人就是运气好。”

“但他们要付出代价，要承担全部烦恼，”陈提醒说，“还是你在这儿过得舒心惬意。昨天晚上的鱼不错，你吃了吗？”

“吃了。”

“我也吃了，但我只是尝了尝，”陈叹口气说，“想受人瞩目是要付出许多痛苦的代价的。”

他环顾四周说：“我们的目的是进行彻底搜查，但不留痕迹。幸运的是我们有充足的时间。”

他和局长开始系统地搜查，保安舒服地坐在一把椅子上抽起了雪茄。壁橱、抽屉、桌子都彻底搜过了，最后，查理站在一个大柜子前。“锁着的。”他说。

莫多克站了起来。“这很容易，我有一把万能钥匙可以打开它。”他打开了那个大柜子，陈拿出一个抽屉，满意地叫了一声。

“发现了一点儿我们要找的东西，局长。”他大声说道，拿出了一个便携式打字机。他把打字机放在桌上，插进一张信纸，打了一句话：“这是一个朋友对你的警告，你应该马上去檀香山公立图书馆。”打完之后，他从兜中又拿出一张信纸，把两张相互比较。他带着满意的微笑把它们拿给局长看。

“你能否看看这两张纸，然后告诉我你的看法？”

局长看了一会儿说：“很明显是同一台打字机打的，字母‘e’的上半部都模糊不清，字母‘t’有点儿偏。”

陈咧嘴笑着把两张纸拿了回来。“长时间地待在警察局并没有让你的脑袋生锈。是的，正像你说的，这两封信一模一样，都是这台小打字机打的。真高兴我们并非一无所获。我必须把打字机放回原处，这样他就不会怀疑我们来过，如果他闻不到我们的朋友莫多克的雪茄烟味儿的话。”

保安一副内疚的表情。“查理，我可从来没想到这一点。”他说。

“把你的烟抽完吧，反正危害已经造成了，但是小心别让目前这份悠闲的工作把你的脑子变慢了。”

莫多克没有再吸烟，把手中的烟熄灭了。查理继续搜查大衣柜，都快搜完了也没有再碰上好运气。这时，在衣柜的最底层的一个角落里，他似乎找到了点儿让他感兴趣的东西。

他朝局长走去，他的手掌上放着一枚男式戒指——一枚镶着厚金边的大钻石戒指。他的上级盯着戒指。“好好看一看，”陈建议说，“观察一下它的形状。”

“又是珠宝，查理？”

陈点点头。“办这个案子，就像闯进了珠宝店。这可能很自然，因为我们是同好莱坞的人打交道。”他把戒指放回原处，关上柜子并把它锁上。“莫多克先生，我们没事儿了。”陈说。

他们回到了门厅，保安离开了他们。陈陪着局长来到停车场。

“你让我看那枚戒指是什么意思，查理？”局长问道。

“我实在不太愿意重复这件小事儿，”陈笑着说，“为什么呢？因为它与我事业中最丢脸的事儿有关。你大概还记得昨晚，在海滩的房子里，我站在屋子中间，手里紧紧抓着希拉·芬写的信。突然灯灭了，我的脸被凶狠地打了一拳，脸被划破了，这证明打我的人手上戴着戒指。灯亮的时候，信已经没有了。”

“是的，是的。”局长不耐烦地说道。

“我当时马上就开始查看屋里的男人有谁戴着戒指。贝罗和范荷恩戴着戒指，其他人没有戴，比如特纳弗罗先生就没有戴。然而昨天早上我拜访他的时候，我看到他手上戴着我刚才让你看的那枚戒指。而且，当我们在听到了关于凶杀案的消息之后，一起开车去希拉·芬的房子的路上，在黑暗中我看到了他闪光的钻戒。当他在小屋里帮我调查时，我又看到了他手上的戒指。然而在信被盗之后，灯再次亮起来时，他手上的戒指却不见了。你对此怎么想，局长？”

“我认为，”局长说，“黑暗中打你的是特纳弗罗。”

查理若有所思地抚摸着自己的脸颊说：“很奇怪，我也是这么想。”

第二十章 揭开黑纱的一角

他们走了出去，局长困惑地皱起了眉头："我真的不明白，查理。"

"哪一点？"查理平静地说，"我们现在是同舟共济。"

"特纳弗罗打了你，他为什么这样做呢？"

"为什么不呢？也许他感觉有劲儿没处使。"

"他刚对你讲了信的事儿，还说希望你们两个人能发现这封信，而当你拿到信时，他又把你打倒，把信夺走了。"

"很显然，他想单独看信。"

探长摇着头："想不通，真想不通。他偷了杰伊斯的雪茄，又急急忙忙地把烟蒂扔在避暑屋的窗户下。他给范荷恩写了张纸条，让他稀里糊涂地去了图书馆。他还干了什么别的事情呢？”

“也许是他杀了希拉·芬。”查理提示说。

“我敢肯定是他干的。”

“然而他却有很好的不在现场的证据。”

局长看了看表。“是的，到五点半时我要看看他的不在现场的证据是否可信，如果那对老夫妻像他们承诺的那样，按时去我的办公室的话。你现在打算做什么？”

“我同你一起去见那对老人，但我要先在图书馆停一下。”

“哦，是的，但要尽快赶过来。我想我们现在有些眉目了。”

“什么眉目？”陈温和地问。

“上帝才知道。”局长说着，匆匆走向自己的车子。他先走了，查理开车跟在他后面上了卡拉卡纳路。

快到五点了，到了怀基基游泳的时间了，人行道上到处都是穿着鲜艳海滩服的美丽的姑娘和身穿漂亮罩衫、皮肤晒得黝黑的健壮的男人。别人有时间享受生活，但是查理不行。下午的新发现让他彻底感到困惑，那位发誓最大的心愿是帮助他找到杀害希拉·芬的凶手的特纳弗罗从一开始就在阻挠他的调查。在陈开车回城里的路上，占卜师阴沉的面孔和神秘的眼睛在他心头挥之不去。

在图书馆下了车，他又来到了服务台前。

“你能否告诉我负责阅览室的年轻姑娘在不在？”他问道。

姑娘走了过来，很明显因为上午的事情而感到沮丧和气愤。她再也不会让看过的报纸丢在桌子上了，负责把看过的书籍放回书架的日本小男孩儿今天正好休息。当然她记得范荷恩，她看过他的电影。

“上午在阅览室还来过其他特别的人吗？”查理问道。

姑娘思考着。是的，她想起了一个人，一个样子奇特的人，尤其是他的眼睛。陈让她再细致地描述一番后，心里已经知道她说的人是谁了。

“你注意到他在读那演员看过的报纸吗？”

“不，我没有。范荷恩先生刚走，他就来了，待了一上午，读各种报纸和杂志。他似乎在消磨时间。”

“他什么时候离开的？”

“我不知道，我出去吃午饭时他还在这儿。”

“啊，是的，”陈点头说，“他应该在这儿。”

“你认为是他把报纸割下来的吗？”

“我没有证据，而且恐怕永远也不会有的。但我相信是他干的。”

“我真希望看到他进监狱。”姑娘愤愤地说。

查理耸了耸肩说：“我也这么希望。谢谢你提供这么重要的信息。”

他快速返回警察局。局长正一个人在房间里对着电话大声吼着：“不，不，还没有眉目。”他摔下话筒，“天哪，查理，他们都快把我逼疯了，全世界的人都想知道谁杀了希拉·芬。早报收到了一百多封电报，算了，图书馆的事儿怎么样了？等一下。”

电话铃又响了，局长接电话的声音仍然毫不柔和。

“是斯潘塞。”他放下电话说道，“我不知道他们都是怎么了，他们似乎一点儿用都没有，他们在哪里都找不到那该死的流浪汉的踪迹。他是个关键人物，查理，昨夜他在小屋里——”

查理点头说：“一定要找到他，我很忙，但似乎我得亲自出马去找他了，等会儿同那对老夫妻谈话结束——”

“好！那正合适，你一有时间就出去。我刚才说到哪儿了？哦，对了，图书馆。你在那儿有什么发现？”

“毫无疑问，”查理回答说，“特纳弗罗就是毁掉丹尼·梅若照片的人。”

“我就猜到是他。他不想让你知道这个梅若长的什么样儿。为什么呢？如果弄不清这件事，我会憋疯的。但有一件事是确凿无疑的，我坚信这一点：特纳弗罗就是我们要找的人，他杀了希拉·芬。我们必须证实这一点。”陈刚张嘴要说话，局长又说，“哦，我知道，你要说他有不在现场的证据。那你就瞧我的吧，我会不惜一切代价把他的证据粉碎的。”

“我要说的是另外一个疑点。”陈温和地对他说。

“是什么？”

“如果他打算杀死希拉·芬的话，为什么他一开始要告诉我我们将抓到杀死丹尼·梅若的凶手呢？比如我的儿子亨利就会问，他提那事儿干吗？”

局长把头放进手里：“上帝啊，我不知道，这个案子可不简单。是吧，查理？”一个穿着便服的人出现在门口，说托马斯·麦克马斯特先生和他的妻子到了。“带他们进来。”局长站了起来，“无论如何我们都可以做一件事情，查理，”他说道，“我们可以攻破他的不在现场的证据。等我们完成这个任务之后，事情可能会变得明朗一些。”

那对老苏格兰人走了进来，看到他们坦诚清白的样子，局长大受打击。老头儿伸出一只手走向查理。

“啊，晚上好，陈先生，咱们又见面了。”

查理站了起来。“请你同我们的局长握握手好吗？麦克马斯特夫人，我给你介绍一下，这是我们的局长。局长想问你们几个礼貌的问题。”他非常轻微地强调了一下“礼貌”这个词，局长领会了他的意思。

“你好，夫人。”他友好地说，“麦克马斯特先生，很抱歉打扰你。”

“这没什么，先生，”老头儿用带着一点儿阿伯丁卷舌音的口音回答说，“老伴儿和我从来没同警察打过什么交道，但我们都是守法的公民，愿意帮忙。”

“很好。”局长说，“先生，根据你所告诉陈探长的，你们两个人都是那个特纳弗罗的老朋友？”

“啊，我们是。在他年轻时，我们就认识他了。他是一个不错的小伙子，我们非常喜欢他，先生。”

局长点点头：“你说昨夜从八点零二分一直到八点半，你们同他一直待在格兰特大酒店的一个门廊里。”

“我们是这么说的，先生，”麦克马斯特回答说，“而且你把我们带到任何法庭上，我们都会发誓做证，这是真的。”

局长盯着他的眼睛说：“这不可能是真的。”

“你是什么意思，先生？”

“我的意思是一定是什么地方出了错，我们有充分的证据表明在那段时间特纳弗罗在别的地方。”

老头儿骄傲地挺直身体说：“我不喜欢你的语气，先生。

托马斯·麦克马斯特的话从来没被怀疑过，而我也不是到这儿来受侮辱的。”

“我并非怀疑你的话，我只是说你弄错了。你说特纳弗罗在八点三十分离开你，当时你看你自己的表了吗？”

“我看了。”

“你的表可能不准。”

“它是不准。”

“什么！”

“它快三分钟，我把它跟酒店的钟对了一下，酒店的钟是八点三十二分。”

“请原谅，你已经不年轻了，是吧，麦克马斯特先生？”

“这也违反美国的法律吗，先生？”

“我的意思是——你的眼睛——”

“我的眼睛同你的一样好，先生，甚至更好。特纳弗罗先生在八点三十分离开我们，这时间没错儿。我们吃完晚饭出来之后，他一直同我们在一起，除了有一小会儿，他同一位先生在休息室的另一端谈话。即使那段时间，他也没有离开我们的视线。这是我说的，我的话不会改变，”他的大拳头敲着桌子，“永远不变。”

“老头子，别激动。”老太太说道。

“谁激动了？”麦克马斯特喊道，“跟警察说话你必须语气重点儿，老伴儿，你必须用他们的方式讲话。”

局长思索着，他不得不承认这老头儿是个诚实的人。他本打算恫吓一番，让他取消证明，但他意识到这不会有用的。算了吧，他想着，特纳弗罗确实有不在现场的证据，而且是很好的证据。

“你也能证实你丈夫的话吗，夫人？”他问道。

“每一个字。”老太太点头说。

局长做了一个绝望的手势，转过头对麦克马斯特说：“行了，你赢了。”

查理走上前问道：“能允许我同我的两位朋友说几句话吗？”

“当然，你们谈吧，查理。”局长倦怠地回答说。

“只是很简单的问题，”陈温和地说，“特纳弗罗先生到你们农场时是一个事业刚开始的年轻人吧？”

“是的。”麦克马斯特回答道。

“是一个舞台演员吗？”

“是的，而且是一个不太成功的演员。他非常高兴同我们在一起工作。”

“特纳弗罗这名字很奇怪，他跟你们一起工作时是叫这个名字吗？”

老头儿飞快地看了一眼他的妻子说：“不，不是。”

“那时他用的是什么名字呢？”

麦克马斯特紧紧地闭上了嘴，什么也没说。

“我再问一遍，他跟你们一起工作时用的是什么名字？”

“很抱歉，探长，”老头儿回答说，“他曾要求我们不要讲这件事。”

陈突然感兴趣地睁大了眼睛：“他要求你们别说出他的真名？”

“是的，他说他已经不用原来的名字了，并让我们称他为特纳弗罗先生。”

查理循循善诱地说：“麦克马斯特先生，我们面对的是一个非常严重的问题。昨夜发生了谋杀案，特纳弗罗不是凶手，你提供的不在现场的证据已经证实了这一点。我们真诚地相信你的话，因为我们知道你的话是真实的。你已经帮了他一个忙，你很高兴这么做是因为你尊重事实。但即使是好朋友也没有权利做过分的要求。你说过你遵守法律，没有人会愚蠢地怀疑你这一点。我希望知道特纳弗罗同你一起在澳大利亚时的名字。"

老头儿看着他的妻子说："我……我不知道。老伴儿，这事儿可难办了。"

"你说出他的名字也不会证明他是凶手，"查理继续说，"你已经证实了那一点，但如果你不说出他的名字，你就是在妨碍我们的工作，我非常确信你不是这种人。"

"我不知道怎么办好。"苏格兰老头儿喃喃地说，"老伴儿，你看怎么办？"

"我想陈先生是对的。"她朝查理微笑着，"我们证实了他不在现场，这已经足够了。如果你不说，那我说，一个人怎么会羞于说出他的真名呢？而且我相信那是他的真名。"

"夫人，"陈说，"你的观点是正确的，请你说出他的名字。"

"我们在农场认识特纳弗罗的时候，"老太太说，"他用的名字是阿瑟·梅若。"

"梅若！"陈大声说道，他和局长交换了一个胜利的眼神。

"是的，今天早晨他对你说他为我们工作时是一个人，我不明白他为什么那么讲，但那不是真的。他是同他的兄弟一起到我们那儿去的。"

"他的兄弟？"

"是的，当然是他的兄弟，丹尼·梅若。"

第二十一章 琢磨不透的人

听到这个意料不到的消息，陈的呼吸急促起来。特纳弗罗是丹尼·梅若的兄弟！难怪这位占卜师会那么急着从希拉·芬的嘴里打听出杀死丹尼·梅若的凶手的名字，难怪他提出要全力帮助陈找到那个在希拉·芬就要说出凶手名字时让她永远沉默的人。

他是真心帮忙吗？相反，他在尽可能地妨碍陈。查理用手摸着头，这个特纳弗罗可真是个让人琢磨不透的人。

“夫人，你说的话很重要。”警探说，他的眼睛亮了起来，至少有一点已经清楚了，“你能告诉我他们两个人有什么相像的地方吗？”

她点头说："是的，有相似的地方，虽然许多人可能注意不到，因为他们的年龄和皮肤颜色不同。丹尼是黄头发，而阿瑟的头发非常黑，但我第一次看到他们肩并肩站在一起时，我马上就看出他们是兄弟。"

陈笑了："你为我们解决问题提供了帮助，夫人，虽然到目前为止只有上帝才知道最后结果如何。我想我们就问这些问题了，对吧，局长？"

"是的，查理。麦克马斯特先生，我非常感谢你和夫人到这儿来。"

"没什么，先生。"老头儿回答说，"来吧，老伴儿，我感觉有点儿不太对劲儿，可能你说的有点儿太多了。"

"胡扯，托马斯，诚实的人是不怕说自己的真名的，而我相信阿瑟·梅若是个诚实的人。如果他不是，那就是他变坏了，不再是我们从前认识的他了。"老太太站了起来。

"至于那个不在现场的证据，"她的丈夫倔强地说，"我们仍坚持它，决不动摇。从八点到八点半，特纳弗罗跟我们在一起。如果凶杀案发生在那半小时之内，那就不是他干的。我发誓证实这一点，先生们。"

"是的，是的，我相信你会的。"局长说，"再见，先生、夫人，很高兴认识你们。"

老两口儿走了出去。局长看着查理问道："现在如何了？"

"还是处于一片迷雾之中，像以前一样。"陈说，"现在特纳弗罗正在青年旅馆等我，我马上给他打电话，叫他到这儿来。"

他打过电话之后，回来坐在他的上司旁边，皱着眉深思着。

“案子更复杂了，”他说，“特纳弗罗是丹尼的兄弟，这本应该非常有助于我们破案，但是相反，这却只是增加了我们的困惑。他为什么不告诉我这一点呢？为什么他要费尽心机不让我们知道这一点呢？你听到刚才那位夫人说他们很像了吧，这就说明为什么所有梅若的照片都被撕碎了。特纳弗罗不择手段地想阻止我们知道我们刚了解到的事实。”他叹了口气，“不管怎样，我们总算明白为什么那些照片都被毁了。”

“是的，但是这帮不了我们什么忙。”局长说道，“如果他的兄弟被杀了，而只要希拉·芬说出凶手的名字，他就会让你抓住凶手。我认为他会很自然地告诉你他同梅若的关系，尤其是在希拉·芬被杀之后。这会很合理地解释为什么他对这个案子感兴趣。然而他不但没有告诉你，却千方百计地想把这一事实隐瞒起来。”局长停了一下说，“很奇怪，这些好莱坞的人从来没注意到梅若和占卜师之间的相似之处。”

陈摇摇头：“他们不太可能注意到，他们两个人去好莱坞的时间相隔很远，而且也没人见过他们在一起。麦克马斯特夫人说过，许多人不会注意到他们相像的。但是特纳弗罗真是高估我，怕我会看出来。一般人只有在他们相似之处被指出来之后才会看出来，然后大家就都看出来了。人的本性就是这样。”

“我都快受够了人的本性了，”局长吼道，“占卜师到这儿后，你打算怎么对付他？”

“我打算见机行事。我们不提他做的那些坏事，但我们会说出刚知道的这件事，他会怎么解释他隐瞒此事呢？这可能很重要。”

“唉，我不太清楚，查理，可能最好是连这一点都不要提。”

“如果我们要假装对他没有疑心的话，就得说出这一点。我们会装出很高兴的样子，既然我们知道他绝对有理由帮助我们，我们就应装作突然看到了希望的样子。”

“好吧，就由你对付他吧，查理。”

一会儿之后，特纳弗罗轻松地走了进来，给人的感觉是虽然处于陌生的环境中，但他却能泰然自若。他朝查理点了点头。

“啊，探长，我等了你好长时间，我都几乎要放弃了。”

“真是非常抱歉，”陈说，“我被许多事情缠住了，不能脱身。让我介绍一下，这位先生是我们的局长。”

占卜师鞠了一躬说：“幸会。你进展得怎么样了，探长？我很想知道。”

“你当然想知道，就在刚才我们发现了一件事，它让我们认识到你对此案的兴趣会有多么深。”

特纳弗罗盯着他说：“你这是什么意思？”

“我是指我们发现丹尼·梅若是你的兄弟。”

特纳弗罗走上前来，把他的手杖放到了桌子上，他似乎在心中思考了一会儿。

“这是事实，探长，”他再次看着陈说道，“我不知道你是怎么发现的。”

查理露出一丝满意的微笑。“在我们的这种调查下是不会有太多的事情能隐瞒住的。”他温和地说。

“很显然是这样。”特纳弗罗犹豫着说，“我想你们正在怀疑为什么我自己没把这事儿告诉你。”

陈耸了耸肩说："你肯定是有很好的理由的。"

"有几个原因，"占卜师说道，"其中一点就是我不认为知道这事儿对你解决这个案子有什么帮助。"

"这个想法有道理，"陈马上说，"但我不得不承认这有点儿伤感情，朋友之间应该坦诚相待，这样才能增加友情。"

特纳弗罗点点头坐了下来。"我想你说得很对，对不起，我把这事儿藏在了心底，非常抱歉。如果还不太晚的话，探长，我就把整个事情向你讲一遍。"他说。

"一点儿也不晚。"陈微笑着说。

"丹尼·梅若是我的兄弟，探长，是我最小的弟弟。我们之间的关系更有点儿像父子，我非常喜欢他，照顾他，帮助他在事业上取得成功，并以此为荣。当他被残酷地杀害时，我伤心欲绝，这样你就会明白为什么我说，"他的声音突然颤抖了起来，"我这三年的主要目的就是为他复仇，其实这是我的唯一目标。如果那个杀死希拉·芬的人与杀死丹尼的是同一个人，那么不看到伸张正义我死不罢休。"

他站起来，在地板上来回走着。

"当我听到丹尼被杀的消息时，我正在伦敦的一个剧团演出。当时，我什么都不能做，我离得太远了。但后来我到了好莱坞，决心要查清他死亡案件的真相。我想如果我不以丹尼哥哥的身份，而是用一个假名出现在好莱坞，那么我查明案情的机会就会更大一些。一开始，我用的名字是亨利·伍德，那是我当时演过的一个角色的名字。

"我开始了暗访，很明显，警方对此案束手无策。我逐渐地注意到好莱坞有许多占卜师和算命先生，他们的生意似乎都很红火，而且听说他们通晓许多电影界人士的惊人内幕。

“我突然产生了一个想法。我年轻时曾做过玛斯克莱恩大师的助手，他是一个著名魔术师家族的成员，一个有非凡能力的人。我在心理学上有些天赋，并为人算过命，有能力做这样的事情。我想为什么不取一个古怪的名字，然后做一个看水晶球的占卜师呢。通过窥视好莱坞的秘密，或许我能查明丹尼被杀的真相。整个事情似乎让人感到很简单，近乎有些可笑。”

他又坐了下来。

“这样，用了两年时间，我就成了特纳弗罗大师。我听到了各种单相思的故事，了解到了惊人的野心、仇恨与阴谋、希望与绝望，这种生活非常有趣。我听到了许多秘密，但直到最近我一直都没打听到我最想了解的那个大秘密。然而，昨天早晨在格兰特大酒店，我的机会来了，我总算看到了找到杀害丹尼凶手的一线曙光。当我意识到发生了什么时，我差点儿就控制不住自己。希拉·芬告诉我，那晚在丹尼的房间她亲眼看到他被杀害。我竭尽全力控制住自己，我当时就想逼她立刻说出凶手的名字。要是在三年前，我肯定会这么做的，但是时间是会让人变得沉稳的。

“但是一旦我发现她知道内情，不让她说出来我是不会罢休的。当你昨晚见到我时，探长，我正满怀着希望。我打算在晚宴后找你一同去见她，我相信我们两个人合作最后肯定能让她说出凶手的名字。我打算立刻把凶手报告给警方，”他看着局长，“因为我从来没想过用其他的方式复仇。从一开始，我就打算让法庭来处理杀死丹尼的凶手。当然，这也是唯一正确的途径。”

局长严肃地点点头：“当然，这是唯一的途径。”

特纳弗罗看着陈说："你知道发生了什么。不知为什么这个人发现了希拉要告发他，就杀她灭了口。眼看着胜利在望，我却被击败了。除非你找到是谁杀了可怜的希拉，不然我这么长时间幽禁在好莱坞的日子就算白费了。这就是为什么我要帮助你，"他的声音又颤抖了，"这也是为什么我如此迫切地要找到杀害希拉·芬的凶手的原因。"

查理用一种敬畏的目光看着他，散布那些假线索的就是这个人吗？

"虽然晚了一些，但我还是很高兴你能如此坦诚。"警探说道，脸上带着一种奇特的笑容。

"我想我本应该一开始就告诉你的。"特纳弗罗继续说道，"实际上，在开车去希拉的房子的路上，我差一点儿就告诉你了。但是，我又想到，知道这些根本不会对你有任何帮助，而且我也不想让大家都知道我为什么在好莱坞算命。如果传了出去，我在那儿的事业当然也就完蛋了。我想，如果陈探长没有找到杀死希拉·芬的凶手，那么我就回到好莱坞继续寻访，他们还是会来告诉我他们的秘密的。戴安娜·狄克逊今天又找我算命了。这就是为什么除非我找到杀害丹尼的凶手，我就不想公开我的真名的缘故。我希望两位先生也替我保密。"

"可以，"陈点头说，"这事儿将像埋在中国的长城下面一样埋在我们心中。能知道在此案中你如此坚定地站在我们这边，我想这又带来了新的希望。我们会找到杀害希拉·芬的凶手的，同时他也是杀死你弟弟的凶手。"

"有什么进展吗？"占卜师热心地问道。

查理盯着他说："每过一分钟，我们都向目标迈进了一步。再解决一两件小事儿，我们就完成任务了。”

“很好。”特纳弗罗高兴地说，“现在你了解了我在此事中的处境，我希望你能原谅我没有一开始就全说出来。”

“你的解释合情合理，”陈微笑着说，“误会已经冰释，我想你现在可以走了。”

“谢谢。”特纳弗罗看了看表说，“快到吃饭时间了，很遗憾我告诉你的事对调查没有什么帮助，如果我能帮上什么忙的话——”

陈点头说：“我非常理解你的心情。谁知道呢？也许真需要你帮忙呢。”他把特纳弗罗从警察局前门送了出去。

他回来时，局长正跌坐在一把椅子里，苦笑着看着他说：“唉，他说的话有什么毛病吗？”

查理咧嘴笑着说：“毛病太多了。特纳弗罗真是个怪人，他想要帮忙，所以他就偷了杰伊斯先生的雪茄，然后丢在避暑屋的窗户外面。他盼望我能破案，所以他就写了个条子让我把时间浪费在无辜的范荷恩先生身上。他没有什么重要的理由可以不告诉我他是丹尼·梅若的哥哥，然而他不择手段地毁掉丹尼·梅若的照片，似乎不惜一切代价要瞒住我。他看到了那封可能写有杀害丹尼·梅若凶手名字的信，在我要打开信时，他就踢灭了灯，还向我的脸猛打了一拳。”陈沉思地抚摸了一下自己的脸颊说，“是的，这个特纳弗罗真是个非常奇怪的人。”

“那么，我们现在怎么办呢？”局长问道，“现在你似乎碰壁了，查理。”

陈耸了耸肩。“碰壁了我们就绕过去，找一条新路。我现在又对流浪汉产生了兴趣，昨晚他为什么要进避暑屋呢？

更重要的是，他听到希拉·芬和菲佛说了些什么呢，以至于菲佛出不少钱来堵他的嘴?”他朝门口走去，“卡西莫的捉迷藏已经玩得够长了。我先吃点儿东西填饱肚子，然后我将亲自去城里找找看。”

“就这么办吧，”局长说道，“你亲自去找流浪汉，我也去城里吃点儿东西，吃完之后我马上就回来。七点之后你在这儿可以随时找到我。”

查理给家里打了一个电话，女儿罗斯接的电话。他说他不回家吃晚饭了，电话里传来不满的尖叫声。

“爸爸，你必须回家，我们都想见你。”

“啊，你们终于开始关心可怜的老爸了。”

“当然，而且我们也急着要听新消息。”

“还得再等一等，”他建议说，“目前还没什么消息。”

“你一整天都干什么了?”罗斯问道。

陈叹了口气：“也许我应该让我的十一个孩子来办这个案子。”

“可能你应该这么做，”她笑道，“美国式的干劲儿可能会创造奇迹的。”

“是的，而我只不过是个东方人——”

“谁说你是了?我可从来没说过。但是爸爸，如果你爱我，就抓紧破案吧。”

“我会尽快地，”他答道，“不然我看我今晚是进不了家门了。”

他挂上电话后就到附近一家餐馆饱饱地吃了一顿晚餐。

吃饱了饭又来劲头儿了，查理沿着国王大街向阿拉公园走去。夜幕已经降临在了这块肮脏的流氓无赖出没的场所。

他们懒散地靠在长凳上，有些人谨慎地闭着嘴巴用带有敌意的目光看着查理。他经过的时候，有人小声议论着，偶尔从那些曾与探长打过不愉快交道的人嘴里传来一两句咒骂的话。但他根本没在意，他要找一个穿丝绒上衣和一条原来曾是白色的帆布裤子的人。

在公园里一无所获。他又穿过一条两侧尽是不起眼的商店和小商贩的街道。在他上方一个摇摇欲坠的阳台上，一个穿着褪色和服的肥胖的菲律宾妇女正吸着一支饭后烟。查理来到了檀香山的不为那些呼吸着海滩新鲜空气、醉心于海岛美景的游客所知的地带。小河区毫无美丽可言，只有肮脏和贫困，七个民族的人拥挤在同一个贫民窟里。他听到争吵的声音、孩子的哭声、“吧嗒吧嗒”的拖鞋声。即使是这儿，也有柔美的夏威夷音乐声，《群岛之歌》的歌声徜徉在恶臭的空气中。在通往一个阴暗肮脏的楼梯的门厅处，他停了下来。他看着牌子——东方卡巴莱酒吧。

他在这几个字的霓虹灯光中停了一会儿。一个皮肤黝黑、苗条、优雅的姑娘走了过来。他站在一边让她过去，看到了她的面孔后不禁叹息，又是一朵迷失在肮脏世界中的热带小花。他快步跟在她后面走上了楼梯。

他走进了屋顶有点儿矮的简陋的房间，屋里有许多张铺着白蓝相间格布的桌子，一些浓妆艳抹的姑娘在桌后面吃饭。一个和气的小老板走过来，表面冷静实际有些紧张地搓着手。

“你有什么事儿，探长？”

查理把他推到一边，朝那个他在下面见到的姑娘走去。她已经摘下帽子，把它挂在一个钉子上，很显然她在这儿上班。

“打扰你一下。”陈说。

她看了他一眼，恐惧混合在她那阴郁的眼神中：“你有什么事儿?”

“你认识那个叫史密斯的白人流浪汉吗?”

“也许吧。”

“他给你画了一张像，我见过，很漂亮。”

姑娘耸了耸肩说：“是的，他有时来这儿。我让他画了张像，那又怎么了?”

“你最近见过史密斯先生吗?”

“很长时间没见到了。”

“他住在哪儿?”

“我想是在海滩上。”

“但当他有钱的时候，他住哪儿?”

姑娘没有回答。老板走过来说：“你告诉他，李奥娜拉，回答探长的问题。”

“好吧，有时他住在日本旅店，在贝里塔尼亚大街。”

陈鞠了一躬：“非常感谢。”他没再在这难闻而拥挤的屋子里停留，快步走下了黑暗的楼梯，不一会儿他就到了日本旅店。服务台后面的瘦弱的日本人以陈很明白的虚伪的友好态度同他打了招呼。

“探长，欢迎光临。”

“我是来找一个叫史密斯的人，他在这儿吗?”

服务员从桌子下面拿出一个登记簿：“我看一看——”

查理伸手把登记簿从他稍微抵抗了一下的手中夺了过来。“我来看，你的眼睛好像不太好。阿尔奇·史密斯，七号房，领我去。”陈说。

“我想史密斯先生出去了。”

“我们去看看他出去没有，请你快点儿。”

日本人不情愿地领他穿过长满乱蓬蓬的无人照料的树木和花的院子。日本旅店是一排小平房，他们走上了一个门廊，一个日本女行李工被一个沉重的箱子压得弓着腰，在旁边摇晃着走了过去。服务员走到一条发着霉味的过道上，用手指着一扇门，号码“七”的残余部分挂在门板的钉子上。

“这就是。”日本人说完后，带着怨恨的表情离开了。

陈打开七号房门，进入了这低矮阴暗的房间。一张松木桌子上亮着一个脏兮兮的灯泡，桌子旁坐着流浪汉史密斯，他膝上放着一张画布。他吃惊地抬起头。

“哦，”他说，“是你！”

陈睡眼惺忪地看着他问：“你一整天都到哪儿去了？”

史密斯指着画布说：“证据就在这儿，探长。我一直坐在我美丽的画室里画外面的院子，很高兴你来坐坐，画完之后，我有点儿无聊。”他靠在椅子上审视着他的作品，“过来看看，探长。你知道吗？我相信我画进去了点儿东西——一股邪气，你是否知道有时鲜花看起来也会很邪恶呢？是的，有时它们会的，比如在日本旅店院子里的花。”

陈瞥了那幅画儿一眼，点了点头：“是的，非常好，但我现在可没时间赏画儿，戴上你的帽子跟我来。”

“我们去哪儿？去吃晚饭吗？我知道圣热曼大路上有个地方——”

“我们去警察局。”查理回答说。

“你说去哪儿就去哪儿。”史密斯点头说着，把画儿放到一边，拿起了他的帽子。

他们穿过阿拉公园来到了国王大街，陈用一种几乎是同情的目光望着流浪汉。在他们再次分开之前，流浪汉将会告诉他许多事情，这些事情或许足够解决他所有的烦恼。

警探室内只有局长一个人：一看到查理身边的人，他的眼睛立刻亮了。“啊，你抓到他了，我就知道你能行。”局长说。

“是什么事儿?”史密斯快活地问，“这么重视我，让我受宠若惊，但——”

“坐下，”局长说，“把帽子摘下来。”谢天谢地，终于有了个不必温文尔雅地对待的人了。“看着我。昨夜有个女人在怀基基的一间单独的小屋里被杀了。她被杀时，你曾在那小屋里做了什么?”局长问。

史密斯长着黄胡子的脸变白了，他用舌头舔了一下嘴唇说：“我从来没进过那间屋子，局长。”

“你撒谎！我们在窗台上发现了你的指纹。你在那间屋子里干了什么?”

“我……我……”

“振作点儿，你的处境可不太妙。说实话，不然你会被判死刑的。你在那儿做了什么?”

“好吧，”史密斯低声说，“我会说的，给我一个机会。我没杀人，这是真的。我是进了那个房间，从某种角度说——”

“从某种角度说?”

“是的，我打开窗户爬上了窗台。你明白——”

“请从头开始讲。”陈打断他说，“我们知道你到了小屋窗户下，听到里面一个男人和一个女人在说话，这些我们先不谈，你听到那个男人离开了屋子，然后——”

“然后我在后面跟着他，我想看看他……但是他上了车开到路上去了。我没追上他，所以我又慢慢走回来坐在海滩上。不久我听到有人叫了一声——一个女人的叫声从那间小屋里传出来。我不知道怎么办才好，我等了一会儿，然后我走过去从窗户往里看，窗帘是放下来的，但它不断地被风吹动着，一点儿声音也没有。我想屋子里没有人，这时……唉，真的……这事儿让我难以启齿，我以前从来没做过这样的事情，但我穷困潦倒，一无所有。如果你也面临同样的处境，你会明白我的感觉，似乎世界欠你什么东西——”

“说正事儿。”侦探叫道。

“好吧。隔着窗子我瞥见了一枚钻石饰针，我以为里面没人，所以我就爬到了窗台上。我俯下身拿起了饰针，这时我看见了她……那个女人……躺在桌边……被人用刀刺死了。当然，我立刻意识到我不应该待在那儿，我从窗台跳下来，把饰针藏在海滩上我的一个秘密的小保险箱里，然后尽量装出漫不经心的样子走到马路上。一个小时后，当那个警察把我带走时我还在走着。”

“饰针还在海滩上吗?”陈问道。

“不，我今天早上把它取回来了。”史密斯从裤兜里把它拿了出来，“拿去吧，我不想留着它，别让我再看见它。我肯定是疯了，但就像我说的，当你落魄潦倒时——”

查理端详着那枚饰针，它非常精致，一排钻石镶在白金上。他把它翻过来，饰针在中间折掉了，针尖部分不见了。

局长严厉地看着流浪汉说：“你知道这意味着什么，我们必须把你关起来——”

“请等一下，”查理插嘴说，“找到漂亮的饰针虽然是件好事，但这并不是关键，关键的是这个人在小屋的窗外听到希拉·芬和菲佛先生都谈了什么。那是很重要的话。为了掩盖它，菲佛先生甘愿承认不曾犯过的罪行；为了保守这个秘密，他付给史密斯先生不少钱。但现在史密斯先生改变主意了，他不会再隐瞒了。”

“哦，我不会说的，”史密斯喊道，“我的意思是，这没什么，没什么——”

“我们按盗窃罪把你关起来，”查理打断他说，“你愿意坐牢吗？我想不，政府也不愿养活你。在某种情况下，我们会永远忘记你的偷窃行为。我说得对吧，局长？”

局长有点儿拿不定主意：“你认为这有那么重要吗，查理？”

“非常重要。”查理回答说。

“好吧，”他转身对流浪汉说，“告诉我们实话，昨夜你都听到了什么，然后你就可以走了，我不会起诉的，但是，这次必须是实话。”

史密斯犹豫了。他对大陆、体面的服装和受人尊敬的生活的玫瑰色梦想异常执着，但一想到瓦胡监狱，他不禁打起了寒战。

“好吧，”他最后说，“我告诉你吧，我不愿意这么做，但想到克利夫兰，还有我的父亲，他非常容易生气，年岁也大了，你明白，即使不为我自己，为了他我也得离开这个鬼地方。当我走到那个窗户前，探长——”

陈举起手。“请等一下，我非常希望你当着菲佛的面讲这件事。”他看看表说，“我想我能在旅馆找到他，请稍等。”

他打电话找到了菲佛，然后他走过来坐到流浪汉旁边的一把椅子里。“现在我们先舒服地休息一下，史密斯先生，你先捋一捋思路，请回忆一下，这次是事实。”

流浪汉点点头。“放心吧，探长，这次是真话。”他低头看着他的破鞋说，“我就知道这么好的事儿轮不到我头上。有香烟吗？没有？我也没有，唉，生活就是这样。”

第二十二章 流浪汉听到了什么

他们静静地坐着，时间一分一分地慢慢过去。史密斯灰色的眼睛绝望地看着自己的未来——一个永远穷困、凄惨地行走在弯曲海滩的未来。点燃一支大雪茄，局长拿起一张晚报看了起来。陈查理从兜里拿出那枚钻石饰针柄看着，沉思了起来。

十分钟之后，菲佛走进屋里。他进屋的神态似乎是走在舞台上，温文尔雅，微笑着，非常自信。但当他看到史密斯之后，他的微笑立刻消失了，皱起了眉头。

“晚上好，”演员说，“我可以给你二十分钟，陈先生，然后我就必须走了，今晚上台可不能再迟到了。”

“二十分钟足够了。”查理点头说，“史密斯和你见过面了，这位是我们局长。”

菲佛鞠了一躬说：“我看你叫我来有很重要的事儿，对吧，探长?”

“似乎对我们很重要。”陈回答说，“昨晚你与前妻在避暑屋进行了一次谈话，谈话的真实内容直到现在还是个秘密。第一次谈到这件事时，你认下了你不曾犯过的罪行；然后今天早上，你突然又喜欢上了艺术，买了一张史密斯的画儿，希望让他保持沉默。”他紧盯着演员，“我很高兴你得到了一幅好画儿，菲佛先生，因为那将是你所能得到的唯一的东西。史密斯不能再保持沉默了，他要讲实话了。”

演员的脸上闪过了苦恼的神色，随后又被愤怒取代了，他猛然转过身看着流浪汉：“你这个卑鄙的——”

史密斯举起一只手争辩道：“我知道，我知道，我成了个说话不算话的人，但我跟你一样，对此感到难过。但是这些厉害的人抓到了我的把柄，那是一件很严重的事。如果我不把你的事儿说出来就得进监狱，而我已经习惯了在空旷的地方呼吸着新鲜的空气睡觉，所以监狱在我看来可不是什么好去处。我说过了，我非常抱歉，但我还是要把你供出来。顺便问一下，你有香烟吗?”

菲佛盯着他看了一会儿，然后耸了耸肩，打开了一个银色烟盒递了过去。史密斯自己拿了一支烟。

“多谢，这事儿可真让人难受，菲佛先生。不，不用，我自己有火柴。这事儿越早结束越好。”他点燃香烟，长长地吸了一口，“回到我们感兴趣的话题上吧。昨晚在海滩上我走到避暑屋的窗户前，这个男人和希拉·芬都在屋里，主要是希拉·芬在说话。我看了一眼她，她很可爱，比电影里还可爱。我倒希望能有机会给她画张像——穿着那件奶白色的礼服——"

"行了，行了，"局长大声说道，"说正经的。"

"我是在说正经的，我只想指出她是多么漂亮，像那样的女人开枪杀个人也是情有可原的。"

陈站了起来："你什么意思？"

"我是指她开枪杀过人，她那时正对菲佛先生讲这件事——三年前，在好莱坞，她怎么杀了个人——"

菲佛呻吟一声坐进了一把椅子里，用手捂住了脸。

"杀了什么人？"局长问道。

"啊，那人的名字是，"史密斯犹豫地说，"丹尼，我想她是这么说的。是的，对，丹尼·梅若。"

在一阵紧张的沉默之后，菲佛跳了起来。"让我来讲吧，"他大声说道，"从他的嘴里讲出来真让人受不了。让我来为希拉解释一下，她重感情，好冲动。我会让你们明白——"

"我不在乎谁来讲，"局长说，"但是我希望能快点儿讲。"

菲佛对陈说："你知道的，探长，她往剧院给我打了一个电话——一个语无伦次、可怜兮兮的电话，她说她必须立刻见到我。我说等我演完剧再来，但她说不行，那可能太晚了，如果我真的爱过她的话，我必须马上过去，她有事儿要告诉我，她想听我的意见。她非常绝望，所以我就去了。

"我在草坪上遇见她，她异常地惊慌恐惧。我们走进避暑屋，她就立刻讲了起来。她对我说，在我们离婚几年之后，她遇见了丹尼·梅若，她疯狂地爱上了他，我能想象得出来当时的情景。我知道希拉是怎样爱一个人的，那是疯狂的，没有理性的爱。梅若似乎喜欢她，可他有一个妻子在伦敦，是音乐喜剧舞蹈演员，但是他保证会同她离婚，并同希拉结婚。希拉高兴了一段时间。有一天晚上，梅若让她到他家去。

“那是三年前的六月的一个晚上，她在他约定的时间到了他家。他告诉她他完蛋了，他的妻子出了意外不能再工作了，他说他对这个女人负有责任，不管怎样，他都要给她写封信让她到好莱坞同他一起生活。可怜的希拉有点儿发疯了，她失去了理智。梅若桌子的抽屉里有一把左轮手枪，她拿着手枪指着他，威胁说要杀了他，然后自杀。我曾见过她这个样子，我知道她绝非故意。梅若过来夺枪，他们扭打在一起，枪在她手中走了火。梅若倒在她脚下，死了。

“我想，那时她又恢复了理智。她拿出手帕把她的指纹从枪上擦去，溜出房子跑回了家。她是安全的，调查从未牵涉到她，但她再也没开心过。从那天起她一直生活在痛苦之中。

“八个星期之前，在塔希提，她遇见了阿伦·杰伊斯。她想嫁给他，但以前的记忆一直烦扰着她。这时，她已养成了一个习惯，什么事儿都要请教特纳弗罗这个家伙，她认为他非常聪明。她叫他到这儿来见她，昨天早上她去了他的房间。

“她去的时候，她根本没想过会提到丹尼·梅若，她只想让他占卜一下未来，看看她与杰伊斯的婚姻是否会幸福。但他似乎用一种神秘的力量控制了她，可能她被他催眠了，反正她一清醒过来，就发现自己已经把这件可怕的事情告诉了占卜师——”

“停一下！”陈以一种少见的粗鲁态度说道，“啊，请等一下，你是说她告诉特纳弗罗是她杀了丹尼·梅若？”

“当然了，我——”

“但是特纳弗罗可不是这么说的。”

“他在撒谎，希拉告诉他是她杀了丹尼。你不明白吗？这就是她如此惊慌、急着见我的原因。她说我是她唯一可以信赖的人，她不喜欢特纳弗罗听完她的话后的眼神，她对这个人感到非常恐惧。她相信他计划着利用她说的话来以某种方式伤害她。她求我帮忙，但我能做什么呢？又有什么可以做的呢？”

菲佛坐在那儿，似乎讲这段话已把他弄得精疲力竭。“我尽力安慰她，保证我会尽力帮助她，但我告诉她，我必须马上赶回剧院。她求我留下来陪在她身边。但是，先生们，你们知道，剧必须得演下去，我一生中从来没让观众失望过。我拒绝了她，离开她回到了城中。”他说。

菲佛再次把脸埋在手中继续说：“要是我留在她身边就好了，但是我没有。紧接着我就听说可怜的希拉被杀了。我本打算立刻就对警察说出全部事情，但不知为什么那时候我却说不出来了。希拉一直是那么正直、可爱，那么慷慨、善良的一个好朋友。我想象着她过去的污点，一件在她不能负责的时候做的错事会被传遍全世界，而且即使找到杀她的凶手，也救不活她。不，我想我的任务是让希拉保持清白的名声。

“这时这个可恶的流浪汉跑了出来，要讲他听到的话。我都有点儿要失去理智了，我一直爱着希拉，我现在还爱着她。昨夜见到她之后，我对她的爱比以前任何时候都更强烈了，所以我就认了罪，说我是凶手，想以此来让你们停止调查。我不知道我是否能坚持到最后，今早我醒来时感觉昨夜自己有点儿豪气过度了。幸运的是，我不必坚持到最后，陈先生当时就把我的假认罪揭穿了。但我还是成功地达到了目的，我给史密斯一个暗示。当他今天找我的时候，我已准备好愿意付出一切代价让他保持沉默。我不能忍受让希拉在一度那么崇拜她的世人面前蒙受耻辱。”

查理站起来，把手放在演员的肩膀上说：“你给我造成了很大的麻烦，但我完全谅解你，因为你是个重情义的绅士。请你原谅我，如果我不断重复同一件事，但是这一点非常重要，你非常肯定芬小姐把她告诉你的话同样也告诉了特纳弗罗吗？”

“我非常肯定。”菲佛回答说，“如果你发现特纳弗罗与丹尼·梅若之间有任何关系，那杀她的人就是占卜师，肯定是。”

查理与局长对视了一眼。局长对史密斯说：“你可以走了，别让我在这儿再见到你。”

流浪汉马上站了起来。“你不会见到我了，当然，如果你们总是拖我进来，我也没办法。”他走到菲佛身边说，“我真的非常抱歉，老兄，我希望你知道，至少在一方面我遵守了诺言，我一整天一口酒也没喝。我坐在屋子里，钱放在口袋里，坐在那儿画了许多难看的花，而我的嗓子一直像撒哈拉沙漠那么干。这项任务挺艰巨，但我还是挺住了。也许我还会有别的机会。给你，”他从兜里拿出一小卷钞票，“这是你的。”

“这是什么钱?”菲佛问道。

“三十二美元，五十美元就剩这么多了。很抱歉就剩这么少了，我买了一点儿画布和一些画笔，一个人不能坐在屋里什么也不干。”

菲佛站起身，把钱推了回去说：“哦，算了吧。那画儿挺不错，至少我是这么看的，你留着钱买点儿像样儿的衣服吧。”

史密斯灰白的眼睛闪出了感激的光。“天哪，你是一位真正的绅士，能认识你真幸运。我感到了有种情绪在心中激荡，这难道是一种坚定的决心吗？我听说轮船上很缺服务员，明天早上我就买点儿东西，然后到去大陆的船上找个工作。旧金山，从那儿到克利夫兰不远。是的，上帝啊，我一定要这么做。”

“祝你好运。”菲佛说。

“谢谢。可以再给我一支香烟吗？非常感谢。”他向门口走去，又停下走了回来，“不知为什么，局长，我不想离开了，你能帮我个忙吗?”

局长笑着说：“我尽力吧。”

“把我一直关到早晨，”流浪汉说，“别让我带着这么多钱走到大街上，我怕遭到抢劫，或者我有可能——我的意思是今晚把我关在一个安全的地方。”

“很愿意帮忙，”局长点头说，“跟我来。”

史密斯朝陈查理挥挥手：“早上别忘了提醒我，探长，我还欠你一个硬币——十美分。”他跟着局长离开了房间。

查理对菲佛说：“剧院正等着你呢，非常感谢你所说的话。”

"陈先生，如果你能不让希拉的这件事公之于众的话——"

查理摇头说："非常抱歉，但恐怕这不可能，这事儿与她的被杀有很大关系。"

"我想是的。"菲佛叹气说，"好吧，不管怎样，你对我一直很有礼貌，我对此非常感谢。"

陈把他送了出去。

剩下查理自己了，他的眼睛若有所思地盯着空中。局长进来时，他还是这个样子，他们彼此对视了一会儿。

局长说："看来特纳弗罗说的是谎话，而你一直是根据他的话来进行调查的。查理，你是不该上这个大当的。"

陈点点头："如果有时间的话，我会羞愧地埋头忏悔，但我现在选择忘记过去。从现在起，我的调查又有了新方向。"

"你什么意思？从现在起？"局长问道，"这案子结束了，你不这样认为吗？"

"你这么想吗？"

"我非常肯定。在早上，希拉·芬告诉特纳弗罗是她杀死了丹尼·梅若，而梅若是他的弟弟。晚上，她就被杀了。还有什么比这更简单呢？我要马上逮捕占卜师。"

查理举起手说："不，不，我建议不要这样做，你是忘了他坚如磐石、不可动摇的不在现场的证据了。"

"我们不得不动摇它了，它很显然是假的，一定是，不是那对老夫妻撒谎救他，就是他像骗你一样骗了他们。"

"我不这么想。"陈倔强地说。

"你是怎么了，查理？脑子糊涂了？我们从来没有遇到过比这更清楚的案子了。那个小小的不在现场的证据明——”

“还有别的问题，”陈提醒他说，“为什么特纳弗罗要告诉我他会叫我到海滩去抓一个凶手呢？我心中一直想着他的话，我坚信，这个案子还没完。”

“我不明白你的意思，查理。”

“菲佛先生的有趣的故事只让我弄明白了一件事，我现在知道为什么特纳弗罗不希望我看到那封希拉·芬写的信了，他怕我会马上知道他对我讲的话是假的，那他的计划就全完了。对他来说，幸运的是信中所写的内容反倒成了他谎言的证明。‘请忘了我今天上午对你讲的话，我一定是疯了……’这时他知道他在暗中打的那一拳完全没有必要，他肯定恨不得踢自己两脚。”陈停了一下，又接着说，“是的，特纳弗罗从一开始就在骗我，但我仍不相信他是凶手。”

“好吧，那么你打算怎么办呢？”局长问道，“让我陪你一起在这儿无所事事地搓手指头吗？”

“我不是这种人，”陈精神抖擞地说，“我要采取行动。”

“什么行动？我们没有其他线索了。”

查理从兜中拿出钻石饰针。“我们有这个。”他把它递过去说，“请你仔细看一看好吗？”

局长看了一会儿说：“饰针从中间折了，对吧？另一半不见了。”

陈点头说：“确实不见了，等我们找到了那不见的针头，这案子也就结了。”

局长一脸困惑地问：“你什么意思？”

“这针是怎么断的呢？当凶手把表摔坏之后，想弄出更多的证据来证明表是在一场搏斗中被摔坏的，所以他就扯下兰花，然后用脚践踏。当他把花扯下来时，饰针也被带了下来。很显然它是尖部朝上的，或许针尖深深地扎进了凶手的鞋底，这样才断了。事情果真如此而凶手自己又没有察觉吗？这是可能的。如果是这样，那么怀基基海滩那栋房子的光滑地板上就会留下很重要的划痕。我马上就去找找看。”

局长想了想说：“好吧，或许这会有点儿用，我给你一个机会去查查看。去吧，我在这儿等你的消息。”

在门口，查理遇见了卡西莫。日本人显得疲倦而又沮丧：“已经在城里仔细地搜了二十或者五十遍了，哪儿都找不到史密斯先生。”

“你真是个好侦探。”局长吼道，“史密斯现在就在这儿的监房里，查理已经找到他了。”

失望和难过一起涌进了日本人的眼睛里。查理在门口停下又走了回来，他拍了拍这瘦小男子的肩膀。

“振作起来，”他温和地说，“好好干，记住参加青年佛教徒协会的每一次会议，你还是会取得成功的。没有人是完美的，看看我，已经干了二十七年警察了，我还是认为自己不是那么聪明。”

他慢慢地走了出去。

第二十三章
致命的椅子

查理向海滩驶去，他希望这是最后一次去希拉·芬的房子。月亮还没有升起，紫色的夜幕中闪烁着微弱的星光，黑暗而安静的角落里不时闪出一两棵开满鲜花的大树。二十四小时以前，就在这月亮尚未升起、夜色正浓的时刻，黑骆驼跪在了希拉·芬的门前。

虽然他现在已经知道了这个女人过去的秘密，知道她曾做过很大的错事，但他想起她，依旧感到非常同情。她虽然没有为她的罪行受到法庭的审判，但她却一点儿也没少遭受痛苦，这对她来说是多么难过的三年啊！在她最后可怜的信中，她写下了这样的话：“或许最后我能找到一点儿快乐，我太需要它了。”然而她找到的却是什么呢？她等到的竟是一匹把她带向未知世界的黑骆驼。

不管杀她的人有什么动机，这一举动都是残酷无情的。他下定决心要找到凶手，使其受到审判。但怎么找呢？他兜里的小小饰针会帮他的忙吗？他热切地希望它会起作用，因为它现在是他唯一的依靠。

大榕树在那曾是影星最后的豪华住所前的草坪上投下了漆黑的影子。陈停下车，关掉车灯，敏捷地跳下了车。

杰西普平静而有礼貌地把他请进屋里。“啊，探长，我盼着你能来呢，这是多么柔和而又馨香的夜晚啊。”杰西普说。

陈笑着说：“我太忙了，杰西普，顾不上夜晚的美景了。”

“啊，是的，我想你工作很忙，探长。如果我可以冒昧地问的话，有什么关于此案的新消息吗？”

陈摇头说：“目前还没有。”

“很遗憾，探长。年轻人在海滩上，我是指朱莉小姐和布拉德肖先生。你想找谁问话呢？”

“我想找这房子的地板问话。”陈对他说。

杰西普扬起他的白眉毛说：“探长，我的老父亲过去就常说，墙也会长耳朵。”

“地板也会讲话的。”查理说，“如果你不反对的话，我想从客厅开始。”

他推开厚重的门帘。戴安娜·狄克逊正坐在椅子上轻柔地弹着钢琴，她站了起来。

“哦，你好，”她说，“你想找谁吗？”

“我是非常想找到一个人。”陈点头说，“希望在案子结束时，能找到他。”

“这么说你还没发现是谁杀了可怜的希拉？”

“还没有，这不是个让人高兴的话题。你为什么不去海滩呢？年轻人这个时间应该去那种地方。”

戴安娜耸了耸肩说：“没有男人的海滩算什么海滩？这儿没有足够的男士。”

“我敢说对你来说这种情况可不多见。”查理微笑道。

“哦，一点儿改变对每个人都有好处。”她站在那儿不耐烦地四处打量着，“你现在要做什么？这件事儿可真让我——”

“现在，我要说的话会非常不礼貌，”他说，“我希望一个人待在这儿，请你到门廊上去好吗？”

她噘嘴说：“我本以为你会叫我帮你的忙呢。”

“有你这样迷人的小姐在身边，我怕我会不能专心工作。”他打开了落地长窗，“请帮我这个忙。”

她不情愿地走了出去，他在她身后把窗子关上了。他不希望有人看到他有不体面的行为，而他打算做的事儿正是非常不体面的。他打开了房间里所有的灯，然后有点儿费力地跪在了地板上，从兜里拿出一个放大镜。他开始非常仔细地检查那异常光滑的地板，只要是没有被地毯盖着的任何部位，他都不放过。

他四处爬了很长时间，膝盖都疼了起来，但他一点儿都不在乎，因为他的努力取得了丰硕的成果。他不时地发现许多很显然是非常新的划痕，他喘着粗气，黑眼睛里闪着满意的光芒。

突然他想到了一个更好的主意。他站了起来，朝餐厅跑去。他很高兴地看到桌子还在昨晚相同的位置。正在往橱柜里放餐具的杰西普转过身来。

陈说："我看见你还没有把折叠桌放下来。"

"放不下来，先生，"管家说，"转轴都锈住了，这房子以前的住户看起来非常好客。"

"这也没什么。"陈点头说。他很高兴地看到，除了门口处有一小块儿地毯之外，整个屋子的地板都是裸露的。"请帮我一个忙，杰西普先生。请按昨夜的位置，在桌子周围摆十把椅子。"陈说。

杰西普不解地按照他的吩咐做了。当他摆完后，查理沉思着站了一会儿。

"这些椅子的位置与你在大约二十二小时前给客人们上咖啡时一模一样吗?"

"一点儿不差。"管家肯定地说。

查理默不作声地搬出一把椅子，消失在桌子下面。椅子被一把一把地推了出来，这表明查理还在下面。杰西普盯着他，少有表情的脸上显出惊异的神色。陈用一只手电来加强亮度，终于检查完了这漫长的一圈。最后，他像要喘口气似的爬了出来。、

"昨天晚餐时，椅子上放客人的名卡了吗?"他问道。

"没有，先生，他们是随便坐的。"

"你是否记得每个人坐的位置?"

杰西普摇头说："对不起，探长，昨晚比较乱，我当时有点儿慌。"

查理把手放在主位右侧的一把椅子上说："那么你说不出昨晚谁坐在这儿了?"

“恐怕我说不上来，陈先生，可能是一位男士吧，但我真的想不起来了。”

查理琢磨了一会儿说：“非常感谢。电话是在大厅吧？”

“是的，先生，我带你去。”

“不必麻烦了，”陈说，“我会找到的。”

陈走到大厅里，把自己关在楼梯下的小电话间里打了好几个电话。最后，他拨通了局长的电话。

“有什么收获吗，查理？”局长问道。

小屋的门被陈关得严严实实的，他额头上渗出了许多小汗珠。

“饰针就快帮我们结案了。”陈回答说，“现在我还不知道凶手的名字，但我已经打电话叫昨晚的客人来了，加上这儿还有两个，人就全了。当人到齐后，我们把他们带到餐厅，让他们按昨晚的位置入座。死去的女主人的位置在主位，对着房门，到时请注意坐在主位右侧的人，他就是凶手。”

局长笑道：“听起来简直像是一场戏剧，但我不在乎，只要能成功就行，我马上就到。”

陈回到大厅，擦了擦额头。他看到杰西普的身影一闪，消失在餐厅的门帘后面。他悠闲地踱到门廊上，看到狄克逊小姐还在那儿。

“你可以回客厅了。”他鞠躬说。

她站起身走到他面前急切地问：“你找到要找的东西了吗？”

他耸了耸肩说：“这个世界上，有谁能找到他要找的东西呢？成功又能怎么样呢？一切都只不过是过眼云烟罢了。”说完，他朝海滩走去。

草坪右侧的避暑屋今夜阴暗而寂静。在靠近海边的一张单人椅上，挤坐着朱莉和布拉德肖。小伙子看见他就站了起来。

“啊，是查理，”他大声说道，“檀香山的名侦探，你好吗？有什么新消息？”

“新消息是怀基基海滩的爱情魔力还在，很抱歉，我的出现破坏了这美丽的景致。”

布拉德肖伸出手说：“握握手，查理，你是第一个听到这个消息的人，我要和朱莉结婚了。”

“真是好消息，”陈高兴地说，“祝你们幸福美满。”

“哦，谢谢你，陈先生。”朱莉说。

“我会想你的，陈探长，我也会想这个海滩的。”布拉德肖说。

“你要离开檀香山吗？”

“哦，是的。”

“你要离开这个你写过一百万字来赞美的可爱地方吗？”

“我必须这样，查理。你难道忘了这儿令人懒散的美景对一个年轻人的影响吗？它只能让一个人垮掉。在这弯弯的海滩上，呼吸着从南面来的温暖的海风，一个人会变得怎么样呢？他会变懒、变蠢。我不再想看到这些棕榈树了，查理，你听说过红木林吗？它们让你振作。今后与我相伴的树就是红木了。”

陈咧嘴笑道：“看来，你没能把你对夏威夷的认识灌输给朱莉小姐。”

“看来是这样。我把这地方推销给了五万名游客，却没能推销给我心爱的姑娘，我想这就是生活吧。”

“如果离开这儿，你就会失去许多美丽的东西，”查理说，“而且你也会带走非常美丽的东西，因为朱莉小姐会随你一起走。”

朱莉笑道：“这话听起来有布拉德肖先生的风格。”

“我确实也会这么说的。”布拉德肖说。

陈站在那儿，看着正在升起的月亮以及闪着清辉的曲折海滩。从蒙娜旅馆的院子里传来哀伤的夏威夷乐曲声。他说：“谁会比在这海滩上沐浴在爱河中的年轻人更幸福呢？尽情地享受吧，这样的事儿一生只能经历一次，时间一去不回头，青春才是最宝贵的。”

“查理，你怎么变得多愁善感起来了？”布拉德肖说道。

陈点点头说：“我想起了多年以前在这个海滩上我自己的爱情故事。你猜猜有多少年了。我现在已经是十一个孩子的父亲了，你想想，该有多长时间了？”

“你一定为你的孩子感到骄傲。”朱莉说。

“是的，”陈说，“至少我已经把自己的过去同未来连接了起来。在我死后，身后还有十一个儿女，有谁能说这儿没留下我的印迹呢？”

“你说得对。”布拉德肖对他说。

“我能同你单独谈一会儿吗？”查理说。他和小伙子回头朝房子走去。

“有什么进展？”布拉德肖问道。

“随时会有重大发现，一小时之内我就可以告诉你谁杀了希拉·芬。”

“天哪！”小伙子惊叹道。

“首先，我给你个任务。朱莉小姐是希拉·芬的好朋友，你去婉转地告诉她是芬小姐杀了丹尼·梅若，此事确凿无疑。”

“你不是认真的吧？”

“我是认真的。按我说的，婉转一点儿告诉她。如果当着很多人的面告诉她，那她肯定会受不了的。她会很难过，但她会很快忘记的，因为她拥有你的爱。”

“查理，我会尽力开导她的，谢谢你的关心。你一切都安排好了吗？”

“我尽力而为。告诉她这事儿之后，你们马上就回客厅来。”

“好吧，查理，谢谢你。”

陈回到大屋子时，戴安娜·狄克逊正同玛蒂诺、范荷恩和杰伊斯寒暄，他们是从酒店一同来的。侦探满意地看到他们都穿着晚礼服，希望他们也都穿着昨夜穿的鞋。

“你好，探长，”玛蒂诺说，“我们尽快赶来了。你有什么事儿吗？”

“做个小实验，”陈回答说，“或许我们今晚就能结案了。”

杰伊斯点燃了一支小雪茄。“你说今晚就能结案？天哪，希望真能如此。他们已经在明天的船上给我留了个单间，全靠你了，探长。”

“我们都盼着结案，”导演说，“我自己也想离开。亨特利，咱俩也可以搭那条船走。”

范荷恩耸了耸肩说：“哦，我倒不在乎什么时候离开，我一直在想昨晚那个流浪汉，我看他比我们这些人都快乐。”

“想回归原始生活吗？”玛蒂诺笑着说，“我看你是受了在塔希提演的那个角色的影响。”

“不，是因为好莱坞，”范荷恩说，“在我见过的所有造作虚伪的地方中，好莱坞是其中的‘佼佼者’。”

“这话听起来像是一个真正的加利福尼亚人说的。”吉米·布拉德肖接过他的话说，他刚同朱莉一起进来，“我可以引用你刚才说的话吗？著名电影演员认为檀香山的简单生活比电影城的浮华生活要好。”

“如果你引用的话，”范荷恩严肃地说，“我会否认我说过这样的话。”

“天哪！”布拉德肖咧嘴笑道，“在电影演员访谈录里，你永远不会看到他们最精彩的话。”

威尔吉·贝罗和他的妻子走了进来。威尔吉穿了一件亚麻西服和一双白皮鞋。查理有点儿发愁了，如果贝罗坐到了那把关键的椅子上，那他现在要想找到证据可就困难了。

“究竟是什么事儿?”贝罗问道，“今晚我本想早点儿上床睡觉的。”

“可怜的老威尔吉受不了兴奋的事儿，”丽达说，“我倒是喜欢刺激。你好，戴安娜，你今天好吗?”

门帘打开，特纳弗罗无声地走了进来。他站在那儿往四周看了看，眼中闪着焦虑的目光。

“啊，”他说，“所有人都到齐了。”

杰伊斯慢慢地站起身走过来，拿出了一盒烟。“晚上好，”他说，“吸一支雪茄吗?”

“不，谢谢，”特纳弗罗面无表情地说，“我不吸。”

“很抱歉，”英国人说，“我还以为你吸烟呢。”

查理赶快走到他们中间说：“请坐，请坐，大家都来了，除了我的局长，我们等他几分钟。”

他们坐了下来。丽达、戴安娜和朱莉低声地聊了起来。男人们都默默地坐了下来，目光茫然。

不一会儿，局长从大厅走了进来，后面跟着身材高大、精明能干的斯潘塞。陈站了起来。

“啊，局长，现在我们可以开始了。我说过了我们要做一个小实验。这几位有的你已经认识了——”

威尔吉·贝罗跟局长握了握手，瞧了一眼查理说：“很高兴你能来这儿。”

“特纳弗罗先生你也认识了。”陈不经意地说。他又介绍了其他人。“现在请大家都到餐厅去。”他最后说。

“什么！又一次晚餐吗？”丽达·贝罗大声说道。

“一次特殊的晚餐，”陈对她说，“一次没有食物的晚餐。请这边走。”

他们严肃而又有点儿不自然地走了出来。局长和这个粗壮的穿制服的警察的出现让他们感觉到了情况的严重性。他们很自然地在心中想着，这是什么意思？这是一个陷阱吗？

杰西普严肃而又认真地站在他的工作岗位上，他要以优雅的礼仪安排客人们坐在这张光秃秃的桌边，就好像桌子上铺了雪白的桌布，放了银光闪闪的餐具一样。

“现在我说一下要求，”陈慢慢地说，“我想提醒你们，这是一个非常重要的时刻，你们在行动之前都要仔细想一想，一定不要出错。现在请你们按与昨天相同的位置坐在桌旁。”

他话音刚落，便引起了一阵小小的骚动。“我昨天太紧张了，我想不起来了。”戴安娜大声说道，其他人也都说着相同的话。有一阵子，他们四处转着，定不下来要坐在哪儿。

最后，吉米·布拉德肖首先在主位对面的椅子上坐了下来。

“我的位置在这儿，”他说，“我记得很清楚。朱莉，你在我的右边。范荷恩先生，你在我的左边。”

朱莉和电影演员在杰西普完美的礼仪中坐了下来。

“贝罗先生，昨天你坐在我旁边。”朱莉说道。看到这个檀香山人坐的位子，陈长长地舒了一口气。

“我是坐这儿，”贝罗说，“亲爱的小姐，谢谢你提醒我。戴安娜，你在我的右边。”

“对的。”狄克逊小姐说。杰西普帮她把椅子摆好，她坐下来说：“瓦尔，你在我的右边。”

“对的。”导演点头坐下来。

桌子的一侧已经完全坐满了，但是查理感兴趣的那一侧还没有。

“丽达，你坐在我的对面。”戴安娜说。

贝罗夫人坐了下来。

除了主位之外，还剩两把椅子空着，杰伊斯和特纳弗罗还没有坐下。

“贝罗夫人，我相信我是坐在你旁边的。”特纳弗罗说着在她右侧坐了下去。

“是的，”丽达说，“杰伊斯先生坐在我另一侧。”她说着指了指左边那把椅子，就是在这把椅子前的地板上有许多可能是鞋底上那半截儿饰针弄出的划痕。

“我想我们都找到自己的座位了。”杰伊斯一无所知地笑着坐了下去。

随后是一阵沉默。“你们现在坐的位置与昨晚坐的位置完全相同吗？”陈慢慢地问道。

“不完全相同。”范荷恩突然说。

“有什么错误吗?”查理问。

“是的，现在特纳弗罗先生坐在了我的左边，但是昨晚我左边坐的是杰伊斯先生。”

“是的，是的，”丽达·贝罗大声说道，她转头对特纳弗罗说，“你和杰伊斯先生弄错位置了。”

“可能是弄错了。”占卜师和蔼地说着并站了起来。杰伊斯也站了起来，坐到了丽达右边的椅子上。犹豫了一会儿之后，特纳弗罗坐在了那把致命的椅子上。“我想我们这次都坐好了。”他平静地说，“杰西普，你可以上汤了。”

查理和局长交换了一下眼色，离开桌子走进了大厅。

“是特纳弗罗，”局长轻声说，“我早就知道是他，看一看他的鞋——”

但是陈倔强地摇头说：“一定是什么地方出了错儿。”

“出了错儿？胡说！查理，你到底怎么了?”

“完全错了，”陈继续说，“你不能定一个有他那样的不在现场的证据的人的罪，把全世界的饰针拿来都没用。”

“照你这么说，这一切都没用了?”

“到目前为止，是的。但我还没绝望，请让我想一会儿，这应该可以解释。啊，是的——请跟我来。”

他们回到客厅。空桌子旁坐着的人都用期待的目光看着他们。

“请大家不要动，”陈说，“我一会儿就回来。”

他推开一扇门走进了厨房，人们听到他与厨子吴若青低声交谈。他们在沉默中等待，即使很明显是无罪的人也显得焦急和不安。不一会儿，查理以少见的速度快步走了回来，脸上带着严肃的表情。

“杰西普。”他说。

管家吃了一惊，走上前来。

“什么事儿，探长？”

“杰西普，昨晚这些人走了之后，其他人在这张桌子旁坐过吗？”

管家脸上露出了内疚的表情：“非常对不起，先生，平常我是不会做这种事儿的，但昨晚一切都乱七八糟的，而且我们又没吃饭，所以我们就坐下喝了点儿咖啡，我们太需要它了。”

“你同谁坐下喝咖啡了？”

“安娜和我，先生。”

“你和安娜在客人走后坐在了桌子旁边？你坐在哪儿？”

“我坐在现在玛蒂诺先生坐的位子。”

“那么安娜坐在哪儿？”

“她坐在这儿，先生。”杰西普把手放在特纳弗罗坐着的椅子背上。

陈沉默了一会儿，茫然地看着杰西普。最后，他像终于踏上漫漫旅程终点的游人一样，长长地吁了一口气。

“安娜现在在哪儿？”他问道。

“我想她在楼上她的房间里，先生。”

查理朝斯潘塞点点头，命令说：“马上把那个女人带来。”

斯潘塞走了出去。陈转身对大家说：“我们的小实验做完了，现在请回客厅吧。”

大家站了起来，沉默地走过大厅。查理和局长在楼梯下等着，局长什么也没说，查理似乎也不想说话。不一会儿，斯潘塞带着安娜出现在楼梯上，他们慢慢走下来。查理乌黑的眼睛盯着安娜，她也用淡漠的目光和他对视着。

“跟我来。”他说，他把她带到了客厅，站着看了一会儿她的脚，她穿着与深色服装相配的黑色高跟鞋。查理注意到她右脚的鞋帮部位似乎稍微有些粗。

“安娜，我有个可能是很奇怪的请求，”他说，“请你把右脚的鞋脱下来好吗？”

她坐了下来，慢慢地解开鞋带。特纳弗罗走了过来站在陈身边。侦探没有理他。

他从安娜手里接过那只很重的鞋，把它翻了过来，开始用一把小刀削橡胶的鞋跟，鞋跟里露出了半寸长的一段黄金饰针。查理做了一个胜利的手势，把针拔出并举了起来。

“你们都是证人。”他对大家说。他又转过身对安娜说：“至于你，我要说你太不小心了。当你用脚踩那些兰花时，你没有注意到留下了这个重要的证据。但要不是因为你不小心，我们也不会破案。”他盯着鞋说，“我看见你鞋帮上有个铁箍，我想这是用来固定脆弱的踝骨的，你的脚受过伤吗，夫人？”

“我的踝骨很长时间以前摔断了。”她用刚刚能听见的声音说。

“断了？”查理立刻喊了起来，“什么时候？怎么断的？是在舞台上跳舞时弄断的吗？啊，是的——是的，夫人，我想你曾是丹尼·梅若的妻子。”

那女人朝他迈了一步，眼中闪着愤怒和蔑视的目光，但她的脸就像怀基基的沙子一样白。

第二十四章 黑纱的背后

查理转身看着特纳弗罗，在占卜师深陷的双眼中他看到了一丝并不情愿的敬佩的神色。查理微微一笑。

“我真笨，早该想到，”他说，“这个女人不是偶然出现在这儿的。当你以占卜师的身份出现在好莱坞时，你需要一些卧底，他们散布在各个角落为你收集电影界人士的情报。你弟弟的妻子出了意外，踝骨断了，不能再工作了。她穷困孤独，你把她叫来，给她找了个工作，这样她也能帮助你收集情报。还有什么比这更自然的安排吗？”

特纳弗罗耸了耸肩说：“你的想象力可真丰富，探长。”

“不，不，你抬举我了，”查理说道，“这两天发生的事儿证明我的想象力还不够丰富。我只承认自己的一个长处，那就是当对手露出破绽时，我会抓住不放。现在这个破绽终于让我逮着了。安娜的任务不单是向你传递各种信息，她还要帮你调查丹尼·梅若被杀的真相。这就是你安排她给希拉·芬工作的原因吧？你大概早就怀疑希拉·芬了吧？我看是的。昨天早上，在你的住处，女演员把自己的恶行告诉了你，你非常兴奋。你的打算是好的，你想把芬小姐交给警察，不然昨晚在格兰特大酒店，你就不会对我说那些话了，然后发生了什么呢？”

“还是你告诉我吧，探长。”

“我正想这么做。然后你听说希拉·芬被杀了，不用问你就知道这是谁干的，你的处境很不利，但脑子却像往常一样转得很快。你捏造了和希拉之间虚假的对话，立刻就把我引上了歧途。你告诉我芬小姐要给你写封信，而让你吃惊着急的是，她真的给你写了封信。这封信可能会马上粉碎你的计划，所以你击倒我，抢走了信，后来证明这是多此一举。你毁掉梅若的照片来隐藏你和他之间的关系。你试图通过把不相干的人牵涉进来误导我。哦，特纳弗罗先生，可把你忙得够呛。我可以原谅你，但却很难原谅自己，为什么我会这么笨呢？”

“谁说你笨了，查理？”局长说道。

“我自己说的，而且我坚持这么说。”陈回答道，“我与占卜师之间的这场游戏本来早该结束了，事情本来很清楚，我知道他雇用卧底。我想到在塔希提和这儿的船上有人在监视希拉，但我却没有足够地重视这件事。我知道安娜平时买债券，这表明她除了有做女仆的工资外，还有别的收入。我知道了特纳弗罗的不在现场的证据并且确信他不是凶手，那么他的行为应该怎么解释呢？一个好的侦探应该很自然地推断出他在保护另外一个人。是谁呢？我在报纸上读到丹尼·梅若有一个妻子，我知道梅若是特纳弗罗的弟弟，而且我知道了梅若是被希拉·芬所杀，后来我又知道了梅若的妻子出了意外，不能再工作了，那么我有没有把这些情况结合起来从而得出一个显而易见的结论呢？没有，我仍旧不着边际地四处探访，查到最后我抓住了这个带我走向胜利的线索。”

陈突然转身对脸色苍白、一言不发的安娜说：“我说得对吧，夫人，是你杀了希拉·芬！”

“是我杀的。”那女人回答说。

“别做傻事，安娜！”特纳弗罗喊道，“坚持到底。”

她做了一个绝望的手势说：“有什么用呢？反正我也不在乎，我活着已经没有什么目的，我将来怎样都无所谓了。是的，我杀了她，为什么不呢？她——”

“请等一下，”局长打断她说，“你说的任何话都可能被作为呈堂证供。”

“你这话说得有点儿迟了，局长，”特纳弗罗说，“她应该有一位律师——”

“我不需要，”安娜阴郁地说，“我不需要任何帮助。我杀了她，她夺走了我的丈夫。有了他的爱，她还不满意，她还要了他的命。我已经报了仇，我愿意为此付出代价。我愿意认罪，尽快结束这一切。”

“很好。”局长赞同地说。他知道檀香山又省了一笔打官司的钱。

“你疯了，安娜！”占卜师喊道。

她耸了耸肩说："别管我了，我想我让你所有的计划都破产了，我毁了你的一切，忘了我吧。"

她的口气冷淡，充满了怨恨。特纳弗罗由于遭到拒绝，把脸转到了一边。查理给她搬过一把椅子："请坐，夫人，我想简短地问几句话。是特纳弗罗把你带到好莱坞的吗?"

"是的。"她坐下来说，"我可以从头说起，如果你希望的话。丹尼拍电影时，我在伦敦的音乐厅跳舞。我干得不错，但后来出了意外，摔断了踝骨，我不能再跳舞了。我给丹尼写信告诉了他，问他我可不可以到他那儿去。我没收到回信，不久我就听说他被杀了。

"阿瑟，也就是丹尼的这位哥哥，那时也在伦敦演剧。他对我很好，借钱给我。后来他告诉我，他要到美国去调查是谁杀了丹尼。过了一段时间，他写信告诉我他在好莱坞做了占卜师，起了新名，叫特纳弗罗。他说他需要帮助，如果我愿意的话，可以去帮他。我那时正给一个我以前跳舞的经理当戏装保管员，这活儿很累，再加上我总是想起往事，所以非常想换个环境。"

"所以你就去了好莱坞。"局长说。

"是的，我秘密地见了特纳弗罗。他说他要把我安排在芬小姐身边。他建议她辞掉以前的女仆，并在同一天派我去申请这份工作。他已经发现芬小姐和丹尼曾一度过从甚密，他想我在她那儿可能会发现什么。他建议我应尽量改变自己的样子，比如我的发型，他担心丹尼可能给她看过我的照片。我按照他的指示做了，但这一切其实都是多余的。丹尼肯定是把我的照片都丢了或者扔了。芬小姐雇用了我，我干得一直不错。你明白，我也曾有过女仆。我跟她在一起待了一年半，但我什么也没发现，我是指关于丹尼的事儿。

“昨天下午，我和特纳弗罗在海滩上见了面，他告诉我早上希拉·芬在他的公寓里承认自己杀了丹尼。他打算设法让她把那些话再说一遍，并安排一个证人在一旁偷听。他把地点选在避暑屋，他会单独跟她在那儿谈，让我在旁边偷听。他建议之后就叫警察来处理。

“我回到房间，心中涌起对这个女人难以扼制的仇恨，是她夺走了我丈夫的生命，同时也夺走了我的一切。我一个人在屋里面想着。特纳弗罗的计划在我看来显得那么愚蠢，找警察？我知道你们美国的陪审团对希拉·芬这样漂亮、有名的女人会怎么做，他们是决不会判她有罪的，还有比找警察更好的办法。我不断地想着，我现在很后悔这么想。”

她的眼睛又亮了起来：“不，我不后悔，我很高兴。我想了一个计划，选在晚上下手，那时会有许多人，人多了就不容易判断是谁干的。我设计了那块表的案发时间，我是从丹尼曾演过的一个剧中学到这一招的。从七点四十分到八点十分，我一直待在厨房里，杰西普和厨子也在那儿。在八点十五分我在避暑屋找到希拉·芬，她在那儿等着表演她晚会的入场式，她总是那样。

“我到她的房间拿了一把刀，刀是她在塔希提买的。我想找什么东西把刀包上，最好是一个大手帕。一间屋子的门开着，我看到一件男人的上衣。我走了进去，从那件上衣的口袋里拿出手帕，我想那是布拉德肖先生的上衣。”

“啊，是的，”吉米·布拉德肖严肃地说，“谢谢你选中了我。”

“我走进了避暑屋，”安娜继续说，“她没有怀疑，我走到她身边——”这女人把脸埋进了手里，“这一段我不想讲了。后来我用手帕包着表，把表摔坏了，然后又戴到她手上。但还没有其他表明发生搏斗的痕迹，所以我就把花撕下来用脚踩了一阵儿。我走了出来，把刀埋到了沙子里。我听到海滩上有声音，心里非常害怕。我跑回房子，从后面的楼梯跑回我的房间。”

“那手帕呢？”查理问道，“特纳弗罗先生来的时候，你把手帕给他了吗？”

“请等一下，”占卜师说，“安娜，你和我最后一次谈话是在什么时候？”

“昨天下午在海滩上。”

“从那之后，我们说过话吗？”

她摇头说：“没有。”

“你告诉过我你杀了希拉·芬吗？”

“不，我没有。”

占卜师看着局长说：“这是我非常想澄清的一点儿小事儿。”

“但是那手帕——”局长看着安娜说。

“我把它丢在草坪上了，我希望有人能发现它。”她的眼睛看着布拉德肖说，“因为你知道，它不是我的。”

“你想得很周到。”小伙子鞠躬说。

“确实是在草坪上，”特纳弗罗说，“我就是在那儿把它捡起来的。”

“然后你就把它放进了我的口袋，”玛蒂诺说，“我还没为此谢谢你呢。”

“别介意，”陈对他说，“你并非是唯一受到特纳弗罗先生‘眷顾’的人。”

局长走到那女人身旁。“上楼准备好，”他严厉地说，“你必须跟我们去城里，你可以在警察局把刚才说的话再重复一遍。”他点头示意斯潘塞跟着她。

那女人面带阴郁而又不屑的表情站了起来，在斯潘塞的监视下走了出去。

“好了，”贝罗说，“我想我们现在可以走了。”

局长做了一个同意的手势。威尔吉和丽达首先走了，紧接着玛蒂诺、范荷恩和杰伊斯也离开了。杰伊斯离去前握着查理的手低声说：“谢谢，我要坐船走了。在这艘船上，以及在未来我将乘坐的所有的船上，我都将尽力保持头脑清醒。”

戴安娜静悄悄地上楼回到自己的房间。陈转身温和地对朱莉说：“回到海滩上去数星星吧，呼吸着清新的空气，想想你们美好的未来。”

姑娘睁着大眼睛看着他轻声说：“可怜的希拉。”

“希拉·芬的烦恼已经过去了，”陈对她说，“你能为这个可怜的女人做的就是忘了这一切。吉米会帮你的。”

布拉德肖点点头。“当然了。”他用胳膊搂着姑娘说。

“来吧，朱莉，再看一眼棕榈树，然后我们就到长着真正大树的大陆去。”他们朝落地长窗走去。

布拉德肖回头朝陈笑着说：“再见，查理，我现在得走了，我要忘掉我的形容词来适应加利福尼亚。”

他们走了出去。查理回到房间时发现他的局长正看着特纳弗罗。“查理，”他说，“你说我们该对这位朋友怎么办？”

陈没有回答，而是若有所思地摸着脸颊。看到他的动作，特纳弗罗笑了。

“真是很抱歉，”他说，“探长，我给你制造了许多麻烦，但我的处境太难了，你能明白这一点。我应该马上把安娜交给你吗？或许应该，但是像我昨晚告诉你的那样，我立刻就想到所有这一切都是我的责任。虽然我不是故意的，但毕竟有责任。我根本不应该告诉她，但我需要一个人证。要是我没把我的发现说出来就好了。”

“回首往事时，总会发现做了许多错事。”陈点头说。

“但我从来没想到安娜会变得那么不理智，这些女人啊，探长。”

“这些女人是一些原始动物。”

“看来是如此。安娜一直是个有点儿奇怪的不太爱说话的冷漠的人，但我们之间有一个共同点——我们都爱丹尼。当她昨夜证明了她有多爱丹尼之后，我不能出卖她。相反，我跟你作起对来。我已尽了自己最大的努力，但还是失败了。”他伸出了手。

陈跟他握了握手。“获得最后胜利的人是不会计较以前的小事儿的。”他说道。

穿制服的警察隔着门帘向屋里望着。

“马上就跟你一起走，斯潘塞。”局长说，“特纳弗罗先生，你最好跟我们一起去。我会跟检察官谈一谈你的事儿，但你不必惊慌，我们一般是不会为一个从大陆偶然来此的游客花费很多钱的。”

特纳弗罗鞠躬说：“谢谢你。”

“你开车来的吗，查理？”局长问。

“是的。”陈告诉他。

局长和特纳弗罗走进了大厅，不一会儿查理听到他们从前门走了出去。

他站在那儿环顾这间明亮的屋子，他最终在这里结了案。然后，他重重地叹了一口气。他走过门帘，从走廊的一张桌子上拿起了帽子。吴若青突然从餐厅里走了出来。

查理看了看他的同胞的小眼睛和满是皱纹的黄色面孔。

“请你告诉我，吴，”他说，“我怎么干起了这一行？为什么一个我们民族的人要关心白人的仇恨和罪行呢？”

“你是怎么啦？”吴问道。

“我累了，”陈叹气说，“我现在需要平静。这是个挺棘手的案子，但是，”他点点头，宽厚的脸上又浮起一抹笑容，“你知道，玉不琢不成器呀。”

他轻轻关上门，走了出去。

Earl Derr Biggers

The Black Camel

本书译自美国 Bobbs - Merrill 出版社 1930 年版